生生不息

肖 睿●著

U0137340

内蒙古出版集团
远方出版社

图书在版编目(CIP)数据

生生不息/肖睿著. – 呼和浩特：远方出版社， 2015.9
ISBN 978-7-5555-0527-3

Ⅰ.①生… Ⅱ.①肖… Ⅲ.①长篇小说 – 中国 – 当代 Ⅳ.①I247.5

中国版本图书馆CIP数据核字(2015)第219682号

生生不息

作　　者	肖　睿
责任编辑	董美鲜
装帧设计	晓　乔　韩　芳
出版发行	内蒙古出版集团　远方出版社
社　　址	呼和浩特市乌兰察布东路666号　邮编 010010
电　　话	（0471）2236471 总编室　2236460 发行部
经　　销	新华书店
印　　刷	内蒙古爱信达教育印务有限责任公司
开　　本	710×1000　1/16
字　　数	210千
印　　张	16
版　　次	2015年9月第1版
印　　次	2015年9月第1次印刷
印　　数	1—10 000册
标准书号	ISBN 978-7-5555-0527-3
定　　价	28.00元

如发现印装质量问题，请与出版社联系调换

目 录

序章　骗子

一个婴儿笑了，他或者她浑身的褶皱看起来没那么恶心。这都跟他或者她毫不邪恶的嘴角有关系，还有他或者她紧握住的粉红色小拳头。即使这里有浓重到像酒一样能灌进人嗓子，能让人想吐的雾霾，也抵挡不住对面大厦顶楼这大显示屏里圣洁的笑容，在那一刻，我想做一个父亲。我知道那就是广告的力量。

我的午饭摆上了桌。和往常一样，我吃的是麻辣烫，我看见老板装盘的时候把一截火腿肠掉在了地上，又捡起来扔回了盘子里，我装作没有看见。就像我装作我没有失眠症一样。如果我要求老板再换一根，一定没有问题，可我不能保证费了我一番口舌换来的战利品会比这根干净多少。事实上，吃什么我都无所谓，吃什么都是能把味蕾摧毁、能把肠道撕裂的地沟油浸泡出来的红色物质。记得六七年前，我刚在这个地方混的时候，连吃了几天方便面之后实在扛不住了，跑进一家面馆点了碗羊肉泡馍。吃到一半发现里面有只死苍蝇，我没有丝毫愤怒与不满，我十分高兴地把那只死苍蝇用筷子夹了出来。吃完羊肉泡馍之后，我又把那只死苍蝇扔回了碗里，挥筷吃喝了起来。他们只好又重新做了一碗，我再没有吃过那么香甜的羊肉泡馍。人们总说这个世界上没有白吃的午餐，这是句废话。这个世界上当然有白吃的午餐，前提是你要抓住午餐的尾巴，哪怕那是一只泡软了的苍蝇。

手机新闻上说，地铁票要涨价了，这个消息让我的心情跌到了低谷。此时电话响起，我没有接。号码是外地的，已经给我打了不下二十个电话。我想不是通知我中奖，就是通知我法院冻结了我的账户。手机新闻上又说，昨天有三个人结伴跳进了地铁轨道，幸亏及时施救，才没有遇难。他们为什么自杀，是因为地铁票涨价吗？这个消息让我感到遗憾，下次他们再想选择这个方式，就得多花几倍的价钱了。

电话又来了，不是刚才骚扰我的号码，是我等的人到了。

她是一个姑娘，个子瘦瘦高高的，没有我的女朋友莉莉丰满。她穿的衣服和靴子一看就是便宜货。在电梯里我巧妙地盘问了她几句，我知道了她今年刚大一，来北京上学半年了。她没有会把我扔进局子的爹，也没有会把我饭碗砸了的妈。这套衣服一定是进大学之前缠着父母买的，虽然我没上过大学，但我能想象当时的场景有多幸福。这姑娘没有莉莉好看，但比莉莉年轻。年轻人有一种特别的柔软，我管那叫作天真。可我并没有因此而放弃要狠敲她一笔的念头，这是个弱肉强食的世界。不管是这里，还是她来的地方，还是永远都望不到头的沙漠，她要么在未来几年中变成和我一样的人，要么就离开这里，要么就死在这里。没有其他的选择。

我把她带到了公司，拿出了那款她之前在网上看中的相机。她拿着试了半天，不出所料，皱起了眉头。这台相机当然不会令她满意，除了外壳，所有的零件都被我换掉了。在我说了一堆这个型号相机的坏话之后，我把我要卖的那款塞到了她手里，展开了我烂熟于心的推销说辞。没用多少工夫，这姑娘稀里糊涂地把银行卡递给了我，"嘀嘀嗒嗒嘀嘀"，对着 POS 机一顿乱摁，我用高于市场价三倍的价格把这台相机卖给了她，她对我说："谢谢你，陈先生。"我说不用谢，把她轰出了公司。

在我钓这只"肉鸡"的时候，莉莉就坐在我对面，一言不发地盯着我。我冲她微笑，她也不搭理我。我知道她是因我不和她结婚的事而生气，可这样冷酷还是挺烦人的。姑娘为什么总要伤小伙子的心呢？我算是看透了，爱情说穿了就是生产力加生产关系。

"老陈！"莉莉总这么叫我，其实我不老，我才二十五岁。"你究竟打算怎么办？"

"什么打算怎么办？"

"结婚啊！你装什么孙子？"莉莉瞪圆了她原本就很大的眼睛。

我认识莉莉是在动物园。我每周都要去一次动物园，只有动物能让我安静。那天很热，我们都昏昏欲睡。此时我发现了一个坐在长椅上哭红了眼睛的姑娘。我必须承认，当初就是莉莉这双小鹿一样纯真的眼睛吸引了我。如果我当时要是知道这双眼睛生气了就跟狼进食时的嘴一样可怕的话，拿枪逼着我也决不会坐到她身边跟她搭讪。

那天莉莉是和她男朋友一起去动物园玩的，她男朋友去洗手间的时候莉莉翻了一眼那人手机，然后崩溃了。莉莉说："这孙子心里不但有个人，还可能是个男的。"崩溃的莉莉就这么肆无忌惮地跟我聊着她的前男友，肆无忌惮地哭。这让我很尴尬，来往的路人都以为是我把她弄哭的。

"你知道它在想什么？"顺着我手指的方向，莉莉看到了猴山里一只隔着铁笼观看我们的猴子。莉莉不解地看着我，就像我疯了。

我深吸一口气说："它在想，她真好看，就是哭成这样了，都比我见过最好看的姑娘好看。"我指了指猴山里最胖的一只猴，那猴看到我指着它，愤怒地龇起了牙。

"你缺心眼啊！"莉莉白了我一眼，"有拿人比猴的吗？"

莉莉的表现让我放心了，最起码她没有反感我。我告诉莉莉，这座猴山里谁和谁好了，谁和谁离了，谁脚踩两只船，谁怀揣杀父之仇可这辈子估计报不了了，谁在来的路上丧失了记忆为此得了抑郁症。莉莉的嘴角有了上扬的弧线，眼神不再那么忧伤。这让我想起了许久没有见过的那个人，当我们伤心难过的时候，那个人就告诉我们风为什么此时吹过我们的身体，叶子为什么在此刻落在我们的头发上。土地的运动，生灵的叫喊，每一道阳光，每一场雨，每一粒沙子出现在生命里，都是不可思议的神迹。虽然我不知道什么叫意义，什么叫此时此刻，什么叫神迹，可每次让那个人这么一聊，我就觉得心里面特别舒服。

在猴山前和莉莉聊天的时候，我心里就像那时一样舒服。我觉得莉莉是长生天赐给我的神迹。

分别的那天晚上，我就给她打了电话。我告诉她，我姓程，在电脑城里卖数码设备。为此，我专门做了个假身份证，结果名字打错成了"陈"，我只好解释说因为我的口音问题莉莉听错了，好在她相信了我。至于在电脑城上班，这倒是真的。之前我去那里买相机也受了骗，被那帮坏小子臭揍了一顿。这件事教育了我，这个买卖很有利润，并且很适合我。

约了几次会，我俩上床了。这件事情让我非常后悔，自打那之后她就逼着我结婚，一直闹到现在。早知道性欲要让我编造越来越大的谎言，制造越来越多的麻烦，我绝对把自己给化学阉割了。我再次向莉莉解释，我现在很穷，什么都没有；我还有严重的失眠症，我上次睡着都是一个星期之前了，我各方面都没有做好结婚的准备。

莉莉绝望地看着我，又开始重复她已经说了一万遍的话，没钱可以赚，有病可以治，失眠她可以陪着我一块儿看电视。总之，她必须跟我马上结婚。

就在我们俩争执不下的时候，刚才那只"肉鸡"又跑了回来，她的脸充斥着愤怒的红晕，那表明她此刻很愤怒。她脸上的肌肉颤抖着，摆出了铁一样僵硬的表情，这意味着她此刻很伤心。她大声叫嚷着我高价卖烂货给她，把她给骗了。她要到工商局去告我，又说了几句，她竟然哭了起来。

这只"肉鸡"的表现并没有超出我的预料，更不会让我害怕。曾经有个中年人在我这里花了摄影机的价钱，买回去了三十台带摄像功能的照相机。知道被骗了后跑来说他回单位是要坐牢的，他做鬼也不会放过我。然后他拿出一把小刀子割腕自杀，从血流了一地到被抬走我眼睛都没眨一下。受骗了来割腕，当初批这堆垃圾，又要回扣又要我虚填发票的时候怎么不割腕？不过这只"肉鸡"此时此刻的出现解救了我。我甩下了今天一定要跟我拼个你死我活的莉莉，把女孩带到了楼上的监管队。我在监管队的朋友耐心地向这个哭哭啼啼的小姑娘解释了半天，说数码产品属于市场双方议价产品，一旦达成协议就再也没有挽回的可能性，把她唬得一愣一愣。我听得直想乐，再让这孙子喷一会儿，小姑娘得倒找钱给我了。

把小姑娘赶走了之后，天已经黑了。我拽着我朋友吃了顿羊肉串，说是羊肉，可从小吃牛羊肉长大的我很清楚那是羊尿浸出来的不知道什么肉，但我无所谓。吃完了饭，我哼着小曲回到了家。没想到莉莉就坐在我的客厅的沙发上，面色铁青地望着我。她用一种特别奇怪的眼神看着我，那种感觉就像冰冷的蜥蜴尾巴扫过你的脚心。

我长叹了一口气，看来今天晚上会吵一整夜了。

"我洗把脸咱俩再谈。"我躲进了卫生间思考对策，外面的她没有回音，这不是她的风格，我有些意外。我再次回到客厅，看到莉莉把我的手机放在了茶几上。

"你把手机忘在了公司,"莉莉说,"我给你取回来了。"

我没有说话,我的注意力全在手机上,它正在播放着一段视频短信,画面里我的姐姐图雅正在呼唤我那个许久没有用过的名字"阿木尔"。

我还看到了告诉我世间万事万物里都包含着神意的那个人。她躺在洁白的床单上,紧闭着双眼,白发与脸庞上披着一层阳光,即使画质粗糙,可画面里的她还是有一种沙漠生灵特有的肃穆。

"外婆很想你。"老图雅抽动着鼻子说,"阿木尔,你快回来吧。她的时间不多了,上次她醒来,专门叮嘱我,一定让你回来跟她告别。她想见你,我们都想见你……"

视频断掉了,莉莉问我:"阿木尔是谁?"

我告诉她:"阿木尔是我。"

"你不是姓陈吗?你家里人不是都死光了就剩你一个人了吗?"

"你听我解释。"我向莉莉走过去,试图拥抱她。我告诉自己别紧张,一定能找到方法解决眼前的情况。可莉莉尖叫着推开了我,撕碎了所有能撕碎的东西,砸烂了所有能砸烂的东西,还是消停不下来。我看她下一步要点房子了,扑过去紧紧抱住了她。我都不知道抱了多久,她特别平静地跟我说:"你放开我。"

我放开了她,看她压抑着自己身体的颤抖,我刚准备说话,她捡起了自己丢在地上的包。她对我说:"老陈也好,阿木尔也好,你对我不诚实。我一直都不知道你是怎么想的,我连你是谁都不知道。这样是不行的,我从认识你心里就不踏实,现在证明我的看法是对的。要么,你跟我说实话,要么就不要再跟我说话了。"

莉莉哭着走了,我关上门才发现,她是穿着拖鞋走的,高跟鞋静静地立在地板上,像一双眼睛般看着我的慌乱。我点了根烟,重新看了遍那段视频。外婆的身体明显缩小了，这像一截树桩般的佝偻肉体能安放下她那强大的灵魂吗？我很怀疑。我想起了许多往事，这些往事让我不停地抽烟。许多夜晚是命中注定的，这个夜晚我的灵魂如同被我家乡的黑风暴摧毁了一样沸腾痛苦。在我抽了两包烟之后，天亮了，我打了一辆出租车赶到了莉莉家，看得出来，她和我一样整夜没睡。

我把高跟鞋还给了莉莉，在她要关门之前我用身子拦住了她。我被防盗门夹得直抽凉气，有那么几秒钟我觉得莉莉想用门把我挤死。我对莉莉说："你不要生气了，我带你回毛乌素沙漠。"

"什么沙漠？那是哪里？"莉莉瞪大了眼睛，好奇地问我。

"毛乌素沙漠，我的家。我会把我的故事、我家族的故事都告诉你。"我对莉莉说。我没告诉她的是，我曾经发誓再也不回到沙漠，这些故事一定会让她瞠目结舌。我俩也会为这个故事吃尽苦头，我已经准备好了。

第一章　沙漠

　　毛乌素在汉语里的意思是"不好的水"，用老陈——不！用阿木尔的话来说就是坏水。"毛乌素沙漠就是一肚子坏水的沙漠。"阿木尔这么对我说。

　　想想其实我还是挺傻的，我竟然不知道老陈是阿木尔，阿木尔是老陈。"阿木尔"，我念这个名字都觉得拗口、陌生。或者说，神秘。但挺好听的，"阿木尔！阿木尔！"我再和他说话的时候，总叫他这个名字。他听到这个名字就会看着我，眼神里有一种他是老陈的时候不会有的东西，像是他在笑一样。

　　这种笑容特别温暖，虽然天气预报里内蒙古初春的温度还是挺吓人的，可我一点都不觉得冷。从南苑机场到鄂尔多斯机场只要一个小时，我还没睡着，刚坐舒服就到了。天空很蓝，没有雾霾，这让我都有点儿受不了。我的鼻子更受不了，冷空气新鲜而且带有一丝甜味，它让我变得特别严肃，好像不认真地记忆与思考，就对不起自己一样。

我见到了阿木尔的姐姐，图雅。她好美，五官像是被雕刻出来的月亮一样骄傲，眼神却很温柔。她的身材也好，像国际名模一样高，可又比那些刻意减肥的姑娘们自然、丰满。她拥抱我的时候我的紧张与局促都烟消云散了。可阿木尔对姐姐的拥抱一点儿都不热情，他对姐姐的关心，回应也很冷淡。图雅问他的情况，他都是"还好"。图雅说起自己的打算，他都是"可以"。最后我看不下去了，图雅再问他什么，我都抢着回答。

在医院，我终于见到了阿木尔的外婆。她在重症病房，我们只能在外面远远地瞅着她。她紧闭着双眼，没有知觉。可我总觉得她满脸的皱纹都在颤抖，像是忍受着极其巨大的痛苦。我从来没见过有哪个人的脸上会有这么多的皱纹，像是伤口。这个老太太裸露在被单外面的所有部分都是伤口，她就像一座被风吹裂的、被石头割裂的、被野兽撕裂的、被刀子划裂的伤痕博物馆。阿木尔的嘴唇在呢喃着什么，那是他们的语言。我很怀疑她是否能听到他的祈祷，图雅说外婆已经陷入了深度昏迷之中，醒不过来了。可阿木尔说她会听到，会醒过来，长生天无所不在。从心里我有那么一点点相信阿木尔，因为这里的天空实在是太蓝了，像是神的宫殿。

走廊外面都是人，有官员，有商人，阿木尔说他们都身价几亿几十亿。可我看不出来，他们说话都很轻柔，似乎生怕把阿木尔的外婆吵醒。这里还有许多外国人，黑的、白的、红的，日本人、韩国人。一个叫麦克的美国人负责接待他们，他对待这些人始终很平静，很和善。他说起英语就像春风一样让人感觉舒服，是个完美的年轻人。可我发现了他的弱点，无论图雅走到哪里，他的眼神就会跟到哪里。一旦找不到图雅，他就会打断与对方的谈话，直到看见图雅才会平静下来。我想他一定很爱图雅。

阿木尔的母亲依云娜来过一次，我看得出来她很关心儿子，因为她观察我的时候，眼神里充满了恨不得把我的心剖出来看看对他儿子是不是真心的渴望。她和阿木尔似乎有着天大的矛盾，他们是彼此的雷区，不断地试探对方，又不断地躲避着自己。所以她只能通过观察我来验证自己对儿子的想象。事实上，从一下飞机，阿木尔就不像一个刚回到家的人，倒像是来到一个陌生地方的、陷入到某种麻烦里的糊涂旅客。我成了他和外界的翻译，平衡着他和他生命之间的关系。

阿木尔似乎不满意我的好奇与热情。"她以前经常跟我说一句话，"阿木尔指着病房里的外婆，"在沙漠里，不要相信自己的眼睛。那会让你死于幼稚。"

图雅在医院旁边的宾馆开了个房间，谁累了可以去睡一觉。可她从不让阿木尔和我单独在那里待着，每次我要休息她也要休息。我看得出来她根本没心思待在那里，她只是想把阿木尔轰出去。阿木尔其实很信服图雅，他说图雅是在美国上大学回来的。可这么保守，我看她一点儿都不像美国大学生。后来，我也不好意思去那里了。

我们回来一个礼拜后，外婆醒了。她死死地盯着阿木尔，天知道坚持着保持意识，不让眼皮落下费了她多大的力气。她的眼睛红了，不知道是因为泪水，还是因为疼痛。她的嘴唇在微微颤抖，像是被蜡烛烧伤后的飞虫在扇动翅膀。阿木尔把头凑了过去，他说自己听不清楚她在说什么。图雅握住了她的手，在我看来她只是长出了一口气，可图雅说她听懂了外婆在说什么。

"外婆说，她想找一块沙梁做墓地。阿木尔，这个愿望她让你帮她完成。"

外婆又昏了过去，我觉得她这样是很幸运的。她没有看到阿木尔得知自己要帮一个老人寻找墓地时的嘴脸，否则她一定寒心，当时就会离开人间。阿木尔气急败坏地拉着我要离开，他说这是件非常荒唐的事情，人埋在哪里不是埋。谁劝他都不听，可我也不听他的，我拉着图雅的手，说什么就是不挪步。我跟他说，你想走就走吧！我会留在这里陪你的家人完成她的心愿。剩下的话我没有说，我想他很明白，如果他走了，我们之间也就这样了。

坐在麦克的车里，要忍受非常吵闹的摇滚乐。看着他摇头晃脑的样子，很难和之前对待那些客人彬彬有礼的麦克画上等号。图雅聚精会神地寻找着公路两旁可能出现的沙漠，看来她对麦克这副傻样子见怪不怪了。我有点儿相信阿木尔说的了，麦克和我们没吸过毒的人是有点儿不一样。阿木尔戴着个眼罩，坐在我身边一言不发。我知道他没有睡着，他只是在赌气我要挟他成功了，就像个孩子一样。可我知道他是想帮外婆达成心愿的，否则他为什么非要拉我一起走呢？

放眼望去，草地辽阔遥远得像海一样。风一吹过，草浪翻滚，远处的森林摇晃着那片深厚浓密的绿荫，如同远洋货轮上低语的水手在冲我们挥手。一群群牛羊在好奇地看着我们这辆发出咆哮的汽车。我所看到的一切，完全是一张"天苍苍，野茫茫，风吹草低见牛羊"的风景画，我问图雅什么时候才能到毛乌素，图雅说我们现在就在毛乌素。我惊得坐了起来说："毛乌素不是沙漠吗？"

图雅和麦克没有说话，他们的脸上浮现出了一种我看不懂的笑容。阿木尔扒下了眼罩对我说："这里以前都是沙漠。它就是被我外婆，还有你这些天看到的所有人改变成这个样子的。也包括前面坐着的这两个混蛋！我他妈凭什么就得从这些木头和草里面找沙子？我又不是一只羊……"

我看着这片草原，心里发起愁来。我看懂图雅和麦克的笑容了，那是恶作剧得逞之后的笑容，天真又混蛋。阿木尔说得没错，他们是两个混蛋。

在毛乌素这辆漫无目的游荡着的汽车里，大地叛逆的儿子阿木尔愤怒地向我讲起了他的故事。

1

我外婆叫阿茹娜，汉语就是"纯洁"的意思。在我看来，她之所以纯洁是因为她出生在一个水草丰美的富饶之地。要是像我一样生在一堆牛粪里就是个神仙也纯洁不起来。她的父母是一对能把孩子和牛羊养育得比谁家的孩子和牛羊都壮实的牧民，每当别人问起她父亲其中秘诀的时候，他的答案永远都是因为我们比谁都虔诚地信仰长生天。外婆说那里的景色特别美，就是来个瞎子随便拍拍照片都能获奖那么美。那里的草原永远都走不到尽头，无数生灵藏匿栖息在草丛里，享受着长生天的恩泽。阿茹娜在十八岁之前就和草原上的野兔子一样不知道什么叫忧愁。这里的每一棵草从清晨到夜晚，从春天到冬天，每一刻都是不同的，都像是在重新出生。家对于阿茹娜来说，就像是一个生机勃勃的大游乐场。

她十八岁那年的冬天，她老爸在一场大雪中失踪了七天。就在她与母亲快要把眼睛哭瞎的时候，父亲回家了，还带回来了一个男人。父亲告诉阿茹娜，这就是她要相守一生的丈夫。她傻眼了，那个男人很瘦，在这个草原上是找不到生灵像他这么瘦的，简直可以用"干枯"来形容。他的皮肤很黑，像是从生下来就没有被太阳好好对待过。这个男人唯一的优点就是笑起来挺好看，他也很爱笑。我外婆说一眼就能看出来他是个和善而有意思的人。

"我叫巴根。"那个男人向阿茹娜介绍自己。阿茹娜没搭理他，她想不明白，草原上优秀的男孩子那么多，父亲为什么要让她嫁给一个黑不溜秋的异乡人。

父亲告诉她，这场大雪中，他把最好的三匹马走丢了，找马的时候父亲迷了路，被冻伤在了荒野之上。巴根发现了父亲，把他抬回了家，用雪给他擦身子，替他治疗冻伤。巴根把自己的被子给父亲盖，把自己的食物给父亲吃。得知父亲要是找不到马，家庭就会遭受灭顶之灾，他执意要出去在雪夜里寻找。父亲问他："你不要命了？"巴根说他从小就孤身一人，特别渴望有个家庭。如果今天是为了帮一个家庭不被毁灭，那么再危险的雪夜长生天都会保佑的。

两天后，巴根把三匹马带到父亲的面前。和巴根离别时，父亲看到他孤零零地立在天地间冲自己挥手，心里特别不是滋味。他返了回去，告诉巴根自己的家庭被巴根拯救了，他决定帮巴根建立一个家庭，把我的外婆嫁给他。

"巴根"在汉语里的意思是"柱子"。一想到这根柱子会成为我外公，我外婆就想大声喊叫，想要爆炸。她越琢磨这件事情越觉得自己不该听她父亲的。可她的身体不由控制地在收拾行囊，在和自己的亲友们告别，到野花丛与溪流边看最后一眼，在野兔和野猫们出没的地方放足食物。草原上的每一道阳光似乎都在告诉她，你应该告诉父亲，你不愿意嫁给巴根，你不爱他。可我外婆就是说不出这句话，我特别理解我外婆。就像我可以每天跟莉莉干，可以跟她说一万次"我爱你"，可就是不知道这狗屁玩意儿究竟是什么一样。她的母亲埋怨她临别前变成了一个狠心的哑子，我外婆觉得自己快要疯了。

巴根带走我外婆那天，没有迎亲队伍，没有礼物，什么都没有，可他欢快得像只发春的马驹，似乎他拥有了整个世界。人们都暗暗感慨草原上最美丽的一枝鲜花就这样被土块砸死了。我外婆看着这个撒欢的陌生男人，突然觉得自己特别委屈。她决定这一生不和这个男人说话，似乎这是抵抗自己滑稽人生的有效方式。父亲鼓励了他俩一定要好好生活一番，就拽着快哭晕过去的母亲离开了。巴根提着行李在前面走，我外婆跟在他屁股后面不时回头看看。夕阳西下，外婆的草原一片朱红，万事万物似乎都在鸣咽。那是一个少女在世间最辉煌的青春与忧愁，时间都为之变得缓慢。她母亲的歌声突然从天边飞来，那歌声像一只手，安抚着阿茹娜的灵魂，又攥住了她的心，狠狠地攥出了眼泪。

> 离群的雏雁啊
>
> 命运将它们抛弃在河边湖畔
>
> 人类的女儿呀
>
> 命运将她们抛弃在海北天南
>
>
> 迷失的烈马啊
>
> 命运将它们困在漫长的路上
>
> 人类的女儿呀
>
> 命运将她们困在陌生的异乡

2

"风真大"，几年前在监狱看守室里，我外婆向沦为阶下囚的我讲述她这一生的时候，当她回忆起这一段，还是心有余悸。

"我们一直往西走，先坐汽车，再坐驴车，后来就得走路了。一开始我还记着时间，到后来慢慢模糊了，我索性就不记日子了。只知道沿途的树与草越来越少，废土和石块越来越多。草原变成了戈壁，有时候走好几个时辰才能见到几棵枯树。风越来越大，比我在草原上见过最烈的风还要烈。母亲为我这出嫁女儿置办的新衣服被它割烂了，母亲为我这出嫁女儿置办的新鞋子被它撕裂了。可巴根似乎见怪不怪。他不断地问我问题，问我爱吃什么，喜欢什么，害怕什么，讨厌什么。我信守着对自己的诺言，无论他跟我说什么，我对他只有不理不睬。但从心里，我开始害怕了，我握着临别时母亲送我的一串念珠，祈祷长生天从那一阵阵由毛乌素吹到我脸上的风里裹挟我熟悉的草原味道，那是一种生命的清香。可是没有，没有清香，甚至没有腥臭。这没有任何迹象的风如果让我来形容，我只能说那是像死亡一样的虚无。

"当巴根吹了声响亮的口哨，告诉我到家了的时候，我终于明白父亲跟我告别时为何会匆匆离开——他不敢面对我，他有愧于我。

"这是一幅多么可怕的景象啊！你走过的沙丘，不及你看到的万分之一。你看到的沙丘，不及你能感觉到的万分之一。到处都是沙子，到处都是沙子的颜色。就连天空，就连在沙子里钻来钻去的蜥蜴，也和沙漠一样灰黄。我这辈子最恨的就是灰黄色，那就是绝望的颜色。

"混蛋巴根在这里就像是进了自己家厅堂一样自在，他告诉我这里方圆几百里只有咱们一户人家！咱们在这儿只要守着沙漠的规矩，想干嘛干嘛。就是脱光了衣服躺在沙丘上打滚都没人管咱们。沙漠的规矩，只有一条，那就是咱们在这里连粒沙子大都没有。一不小心随便一粒沙子，甚至一粒沙子的影子都能要了咱们的命。

"我走在沙漠里，心说没有咱们，只有我自己。我要记住回家的路，就是父亲再生气，就是他拿鞭子把我打死，我也决不要在这个地方生活。一阵风吹过，我回头一看傻眼了。那一行我刻意踩下的脚印，通往我家乡那片草原的脚印，被风吹得无影无踪。我回不去了，我冷汗直流，这座沙漠在嘲笑我，每一座沙丘在嘲笑我，每一道沙梁在嘲笑我，每一粒沙子在嘲笑我。我受不了了，怪叫一声，迈开步子狂跑了起来。巴根在

第一章　沙漠

15

后面追我，他问我要去哪里。我也不知道我要去哪里，似乎只要往巴根存在的相反方向跑，我就能离开毛乌素。

"跑了没有多久，我就跑不动了。每一步都像是被沙子里藏着的手紧紧拽住，那手下面连着的生灵像这个宇宙一样庞大。我祈祷长生天，求求你啊！让我逃出去吧！此时我听到巴根惊恐地叫喊着，起风了！黑风暴来了！

"我看见身后的天空变成了黑色，远处一道昏暗的血红色巨墙排山倒海一样地向我们扑了过来。巴根追上我，把我往一口肮脏的废井里推，见我不愿意，他干脆抱着我摔了下去。我还没来得及把他给推开，狂风裹挟着沙子灌了进来。沙子在我的眼睛、鼻腔和嘴巴里翻滚跳跃，狂风恨不得把我的头发和我的灵魂一把拽走。在失去意识前，我看到一座座房屋、帐篷相互碰撞裂成钢块与铁片，一台台汽车相互碰撞变成火花，一头头巨大的蜗牛相互碰撞飞溅血雨。钢块和铁片，火花与血雨纷纷砸在了我们的头上，我晕了过去……

"不知道过了多长时间，我醒了过来。烈风与火星把我们的衣服变成了碎布条，我们变成了一个赤裸的男人和一个赤裸的女人。巴根压在我的身上，他浑身都是伤。但是我动不了，我两腿间都是水，我知道那是我的尿，我被吓坏了。一直到深夜，巴根才把我从井里驮了出来，我们已经精疲力竭。此时的沙漠黑暗无边，夜空璀璨。风把所有的云雾都吹走了，我就好像站在一颗巨大的、温柔的眼睛上，这里的星星要比我来的地方多得多，也明亮得多。在巴根背我回家的路上，我才看清了那些巨大蜗牛的真貌：那是被黑风暴吹到天空中的牛马猪羊，至极的恐惧让它们毫无例外地蜷曲成了一团。我想在井下的我，一定也是一头巨大的蜗牛。巴根一路上就顾安慰我了，可我能感觉到他的身体在颤抖，我根本听不进去他说的话。我伏在巴根的背上痛哭流涕，不是因为沿路的尸块与着火的废铁，不是因为我还身为处女却赤身裸体贴在一个男人背上的羞耻，我是为我捡回了一条命高兴啊……"

"巴根家就是一方破烂的窑洞，孤零零地立在沙漠深处。他可是真穷啊，连一件完整的衣服都没有。和沙漠一样能让这世界上任何一个女人绝望，我只好拿菜板挡着自己的身体为我们做一口热饭吃。谁让这个男人已经累瘫了，又是为了我这个女人呢？可就在我们喝上暖和的热汤时，我不得不拿起了刀子对准他。不知道是热汤让他恢复了精力，还是他是个天生的牲口，我看到他双腿间的那根柱子立了起来。巴根拼命地解释他不是有意为之，可那个家伙却和他说的话背道而驰。这可真是为了今天这个倒霉透顶的日子画上了完美的句号。我拿刀对着他一言不发，我决不跟他说话，绝不妥协。

"巴根卷起他的破铺盖离开了窑洞，进了旁边的羊圈。我透过窗子看见三只小羊依偎在了巴根身旁，赤身裸体的他像是在对谁示威般左拥右抱住了他那三个长毛的兄弟。三只羊，十一条腿，这就是巴根的全部财产。那只仅有三条腿的羊伸出粉红的舌头舔着巴根的脸，我多么希望它也能来舔舔我的脸，把我也带入梦乡……"

3

在毛乌素居住的几户人家得知巴根有了妻子，纷纷赶来祝福巴根终于组建了自己的家庭。这帮穷鬼纷纷赞叹我外婆比月亮还要皎洁的容貌，这让巴根非常得意。这些肮脏的人，这些贫穷的人，这些身上散发着酸臭的人，这些鼠目寸光的人围在阿茹娜身边，没人挪得动脚，迈得开步，没人舍得离开。最贫穷的人家，四口人轮流穿着同一条裤子来一睹新娘子的芳容。十岁的小男孩穿着那条裤子像是把自己装进了个口袋里一样蹦跳。他使劲地抽动着自己的鼻子，贪婪得像是要把阿茹娜身体里那不属于毛乌素的生命气息吸干。

没过几天，阿茹娜病倒了。她的身体比正午的沙漠还要滚烫，不断地说着胡话，一会儿是大鸟要把她接回草原了，一会儿是沙漠里长出来了回家的路。即使是这样，她也没有放下手中戒备巴根的刀子，没有和巴根说过一句话。

她的身体变得越来越差，无论是哪里的医生给她看过病后都让巴根准备后事，这个姑娘命不久矣。巴根大哭了一场，偷偷请来了一个叫"宏"的萨满法师。按照我们蒙古族的习俗，我们叫男萨满为"博"，宏萨满法师就是"宏博"。无论是在草原还是在沙漠，博都是能与长生天直接沟通的人，是阿茹娜与巴根都无条件信赖的人。宏博告诉巴根，那场黑风暴刮走了阿茹娜的灵魂。

宏博坐在阿茹娜的病床前，闭着眼轻声哼唱起了萨满教的《招魂歌》。歌声苍凉幽远，似一潭清冽的泉水。阿茹娜那在黑风暴中被惊恐与愤怒烧毁的生命记忆从中重新浮现，那哪里是宏博的歌声，那是已经模糊的母亲的声音在召唤着自己。

胡伊日，胡伊日（萨满咒语：huyirihuyiri）

阿茹娜，快回来吧

回到妈妈的身旁

妈妈的声音，在千里之外的你

能听到吗

妈妈的声音，在万里之外的你

能听到吗

阿茹娜，回家吧

糖果

就放在桌子上

阿茹娜，回家吧

糖果

就放在阳光里

宏博治好了阿茹娜的失魂症，又用同样的旋律为巴根那只仅有三条腿的山羊催出了羊奶。临别时巴根就用这羊奶酬谢了宏博。阿茹娜偷偷地问宏博，是否能让长生天告诉自己，应该如何从这片沙漠里逃出去。

宏博拿出了一块羊的肩胛骨，用石头敲碎，只捏住了一个小薄片，他将它放在阳光下，似乎那纹路就是阿茹娜的性命。他说："你来到毛乌素，是长生天的旨意。你离开毛乌素，自然也要等长生天的旨意。"宏博说完，就带着他的羊奶走了。

"这就是长生天的旨意？它就是要折磨我？"阿茹娜不敢相信这是真的。一到白天，巴根出去放羊，阿茹娜就往外奔逃。可四处都是刺眼的大明沙，阳光反射在沙面上，像无数把尖刀，捅入阿茹娜的脑海，捅碎她的自由梦。每一阵风，都把她吹回了巴根的窑洞，他早已守在那里，眼神里满是期待。夕阳染红了这三只山羊的十一条腿，它们"咩咩"地叫着，在阿茹娜听来那是世间最刺耳的嘲笑。

到了晚上，风声像是千军万马的铁蹄，从每一处缝隙攻击着阿茹娜，令她整夜整夜的失眠。这还不是最令阿茹娜心烦的，巴根在羊圈里逗累了山羊，就会冲着阿茹娜大声提问：

"阿茹娜啊，你为什么总要逃跑呢？我对你不好吗？

"阿茹娜啊，你见过最美的花，长什么样子啊？

"阿茹娜啊，河面解冻，那是什么样子？

"阿茹娜啊，你孤独的时候怎么办？

"阿茹娜啊，家人究竟意味着什么？"

这些问题像一个愚蠢而又调皮的男孩，让阿茹娜羞愤交加。自从宏博走后，巴根就成了阿茹娜在沙漠里唯一能见到的人。阿茹娜不知道自己都多久没说过话了，巴根的问题挠着她说话的欲望，她想说话，想大哭大笑，想赞美咒骂，想说出真理，想讲废话。可她什么都不能说。她想，无论她和巴根说什么，都意味着她失败了。

"阿茹娜啊，你为什么要这样狠心啊？

"阿茹娜啊，你打算一辈子都不说话吗？

"阿茹娜啊，我为你唱一首歌吧！你喜欢听歌吗？"

窑洞里，依然是冷漠的黑暗。巴根清了清嗓子，这个沙漠多了个女人，可为什么比自己之前孤身一人时要令人心寒？巴根唱起了一首欢快的歌：

当白马疾驰

我忘了勒紧缰绳

当和你相遇

我忘了该问的问题

当雄鹰翱翔

我忘了展开弓弩

当我说爱你

我忘了听你的回音

阿茹娜惊讶地发现，巴根的嗓子像家乡山泉里的泉水一样甜美。这让阿茹娜第一次认真地看待巴根。这歌声让阿茹娜明白了，巴根不仅仅是巴根被沙漠折磨的肉体,巴根的心里藏有莲花。巴根的歌在沙漠里回响,扩散在无边无际的黑暗里。他似乎在通过自己的音乐和星辰聊天,和自己的三只山羊聊天,和沙漠里每一颗还在跳动的心聊天,也和阿茹娜聊天。他的歌似乎在跟沙漠开着调皮的玩笑:你看吧!不管你再怎么厉害,我并不孤独。

阿茹娜心中暗自惊叹,这个男人究竟得多么孤独,才能拥有这么美的歌声?

沙漠也听懂了巴根的挑衅,风吹得更大了,可依然盖不住这歌声。这消灭了烈风的音乐让阿茹娜的心安静了下来,她终于睡着了。

从那天起,巴根每天晚上都会为我外婆唱歌到天亮。

4

"巴根的歌声让我能从睡眠中重获精神,可我的白天更加难熬。你越来越清醒地意识到你必须回家,可这明晃晃的沙子哟,它越让你的脑子搞不明白你究竟身在哪里,你究竟要回到何处。即使我像巴根一样用薄纱遮在脸上,可我不是巴根,没法像他一样一出去就是一天。我的皮肤抵挡不了太阳,我的骨头抵挡不了沙漠,我的眼珠抵挡不了烈风。我每天只能趁着清晨和黄昏这两个在沙漠的一天里最清凉平静的时候出去那么一小会儿,在窑洞周围的沙丘上放几块石头,沙沟里烧一堆篝火,作为我离开时的道路标记。可每到第二天,这些记号就神秘地消失了,像是从来没存在过一样。我以为这是巴根干的,下次做完这一切后就拽着巴根寸步不离,可那些记号还是不见了。在巴根的注视下,我觉得我就是个愚蠢的孩子。巴根很平静地对我说:'阿茹娜啊,你干的这一切我当年全都干过。'

"巴根看我这样折腾，实在是可怜我，后来出去都带着我。他带着我去找那些沙漠里巨大的沙梁，他告诉我在什么时间它们的影子会朝向哪个方向，会有多长多宽。沙梁脚下这些没有生命的影子在沙漠里就是人类可以依靠的方舟。他带我认识了他所知道的所有水源，这样无论我离家多远都不会渴死。还有无定河，毛乌素的活物们都依靠着它。若是在我的故乡，这仅是一条河。可是在这里，它流动的水面闪烁的光泽，它静止的两岸那些草簇与青苔都让我恨不得大哭一场。河岸边的动物看见我都警惕地支起了耳朵，瞪起了眼睛。似乎我稍有不轨，它们就咬死我，撞死我，踩死我，拍死我。是巴根轻轻的口哨声令这些动物放松了下来。无定河，它就是长生天赐给这里万物的奇迹，但万物里除了我。巴根就像是我的师傅，教我如何在这个地方能够自由行动。他明明知道我学这些东西是为了离开，他为什么要这样做？他不伤心吗？

"我把这个问题抛给了他，他带我到了一处巨大的石头前。爬上去，我才发现那不是石头，而是一个被风化侵蚀了的建筑。不，是建筑的一角，像是一个塔楼，我无法想象它埋在沙漠里的其他部位，就像我无法看清这个沙漠。巴根告诉我，这是统万城遗址。从我们站的地方到我们看不见的地方，沙漠埋了一座巨大的城池。那里最多的时候曾经居住了十万人。十万人，这沙漠里除了我和巴根竟然还有九万九千九百九十八个人，我想象不到那是个什么样子，我只能像个傻瓜一样欣赏着天堂一样的无定河。巴根一句话浇灭了他在我心中升起的希望，他指着两只喝饱了水钻入沙子里消失的沙狐说，阿茹娜啊！这片沙子，就是只虫子知道得都比他多……

"他说完这句话，轻蔑地笑了一笑。我知道那不是针对我，是在嘲笑他自己。这更让我觉得他是个混蛋。

"我不信这个邪，我获得了在沙漠中自由行动的权利后，更是发疯似的四处乱窜。有一天，我在沙漠里发现了一行脚印。我先是以为自己看错了，跑过去一看，它确实就躺在那里。我观察了整整一个上午，它不是我的脚印，不是巴根的靴印，不是那三只小羊的十一只蹄子中的某一只的蹄印。它是一双胶鞋的鞋印，很浅很松，很少很短。看得出来，它的主人在创造它的时候轻松愉快，可我哭了出来，我伏在沙子上使劲地闻着它，好像它就是草原，就是自由奔跑的鹿，就是整天知道摔跤的傻小子，就是蜜蜂翅膀上的一缕阳光，我甚至亲了亲它。当我从家里拿了一个脸盆赶回来的时候，脚印只剩下浅浅的一对了，我赶紧拿脸盆把它盖了起来，又找了几块石头压住了脸盆。一想到脚印只剩下一对了，我号啕大哭了一整夜，吓得那三只羊蜷成一团不敢露头。巴根着急地在门外转来转去，不敢问我怎么了，更不敢问家里唯一的那个脸盆去哪儿了。

"但我内心是高兴的。这是长生天在沙漠里送给我的脚印，它一定希望我离开。

"我每天都去找它，我不是疯子，我知道我问它从哪儿来到哪儿去它是不会回答的。它之所以在这里，是长生天想让我说说话。

"我叫阿茹娜，我出生在一片草原上，我是被父亲嫁到这片沙漠来的……

"我长这么大，就挨过一次打。后来我把一泡马尿倒进了他的酒袋里……

"其实我有个心上人，他也喜欢我，如果我不来这儿，我猜他很快就要表白了……

"我喜欢彩虹……

"我讨厌雾……

"我也想尝尝亲嘴是什么滋味……

"我觉得光着屁股的男人真可怕……

"我后悔临走的时候没跟母亲说说话……

"我跟它叙述我的童年、生命和秘密，没有任何障碍。像是一匹压抑许久的烈马被放出来了一样跟它讲话。我的灵魂在释放中慢慢地平静了下来，我的脸上开始有了笑意，巴根不知道我的秘密，但看我这么高兴他也很高兴。他以为我终于认命了吧。我那自从来到毛乌素以后一直不正常的月事倒是又好了。但我的心一直渴望着它向我展现下一个神迹。

"我把自己给它讲了一天又一天，天空都开始飘雪了，它一直都没有回应我，就像我对待巴根一样。有一天，我被一阵木头断裂的声音惊醒了，巴根刚把我从窑洞里拽出来，房梁就塌了。整个沙漠被大雪占领，看着这场雪，我就像看到了一个随时能把我杀了的男人被另一个陌生男人轻松杀死了一样打起了哆嗦。我想起了它，不要命似的向它存在的地方跑去。可它已经不在了，只有雪，雪的下面是沙子。巴根追上来问我怎么了，我甚至都没法证明它存在过。我疯了，我甩开了他拉着我的手。我向前跑，我一分一秒都不想在这个沙漠里活下去了。不知道跑了多久，我听到了巴根在后面呼唤着我的名字。我折了回去，我看到他在一片沙子里慢慢地下陷。他对我说：'阿茹娜啊，我太着急了，忘记这里有流沙了。你不要着急，把衣服撕成碎布条系一根绳子把我拉上来。'那三只羊在我周围着急地叫唤着，我刚准备脱下衣服撕碎，突然想到这是我唯一的衣服了。把他救上来，我就赤身裸体地和他、和这三只羊继续在这片沙漠里活着吗？我站起来转身就走，风很快淹没了他的叫声。

"黑暗中，我怀揣着对自我的恐惧看到一匹马向奔跑的我奔跑过来，这是长生天的奇迹吗？我喜出望外。接下来看到的事情让我从头皮麻到了脚底，两只狼正在撕咬着那匹马的主人，他的头颅掉在雪地里，看着这两个凶手掏空自己躯干的腹部。它们听到了我的尖叫，一只盯着我的眼睛，另一只从侧面向我身后缓缓地包抄了过来。我迈不开步，我快要死了。

"巴根救了我，他把马引到了狼的面前。一只狼扑上去咬断了那匹马的喉管，另一只狼没有上当，还是把我们当成了猎物。我完全吓傻了，任由巴根拉着我在沙漠里乱跑，然后一头栽倒在了雪地里。那只倔强的野狼向我扑来，巴根迎了上去，我从没有见过那么野蛮的厮杀，就像疼痛不曾在这两具躯体里存在一样。牙齿切进活体的声音无比锐利，狼把巴根的肩膀撕烂了，血流在雪地上，从冒着热气的鲜红到冰冷的死黑就一瞬间。可巴根似乎比狼还要兴奋，在那一刻他像个可怕的战神。他怪叫一声把狼的眼珠子抠下了一颗，然后把瞎眼了的它扔进了刚才他陷进去的流沙里。狼拼命挣扎着，身体剧烈地颤抖，瞬间就被沙漠吞噬了。

"在我们冻死之前，营救队救了我们。他们对巴根的勇敢和健壮敬佩不已，为了表达敬意，雪停之后他们帮我们修缮了窑洞。医生再三叮嘱我要好好照顾这个男人，可我不知道该怎么照顾他，我的见死不救等于谋杀。

"等一切都消停下来之后，那三只羊慢慢吞吞地不知道从哪里冒了出来。似乎这场雪跟它们没有关系。可巴根告诉我，我扔下他之后，他是拽着羊尾巴逃出流沙的。巴根还对我说：'阿茹娜啊！你想走就走吧！我已经跟那些营救队的人说了，让他们带你出沙漠。'

"第二天我没有跟营救队的人走，巴根离开我肯定活不过这个冬天。巴根也没有问我为什么还在，我想他知道我肯定要离开。我把巴根的铺盖从羊圈搬回了窑洞里，炕中间是我紧握着的刀。这就是人世间，有人期盼春天快点儿到来，有人祈祷冬天永不停歇。"

阿茹娜啊，为什么我从来没见过你的笑容？

你不要整天贴着墙走，像是一道蔓延在屋里的影子好吗？你不要那么厌恶我，都不想你的影子与我的影子交织在一起好吗？

我一动就疼的时候，你不要难过地咬嘴唇好吗？

阿茹娜啊，你睡觉的时候有时会露出笑容，就像个孩子一样，你知道吗？

其实我没有那么软弱啊！否则早就死在沙漠里了……我的伤很快就好了，后来的那些叫嚷，是想让你关心我装出来的，你知道吗？

阿茹娜啊，当你发现我是在装疼，你十多天看都不看我一眼，我的心是真疼了啊，你知道吗？

阿茹娜啊，我不恨你，知道吗？

我知道你是善良的人，否则你为什么要把在羊圈里瑟瑟发抖的那三个家伙抱进了窑洞，让它们睡在你身旁呢？

阿茹娜啊，为什么你说的梦话，都是长生天把你抛弃了呢？为什么你一发愣的时候就长吁短叹呢？为什么天空一下雪，你就开始流泪呢？

跟我说说话吧，阿茹娜！这场大雪一直下个不停，我怕你的眼睛会哭瞎掉的啊。

阿茹娜，你整天坐在窗户边，动都不动一下。你的脸色比肮脏的雪还灰白，你的嘴唇比冻结的河面还铁青。你不哭了，我故意撕裂了长好的伤口你也不生气了，我疼得整夜瞎哼哼你也不在乎了。你像是圆寂了的喇嘛一样，我感觉不到你的生机，我真害怕啊！

阿茹娜啊，我想长生天是不会抛弃这里的，我不就是个很好的例子吗？

我和你在这里相遇，不就是另一个很好的例子吗？

我要证明给你看。

阿茹娜啊，雪可真大，我的脚在雪地里每踏一步，刚刚愈合的伤口就撕扯着我脑门上的皮，让我出一身冷汗，风再把它冻成冰，可我的爱是一团烈火。

阿茹娜啊，我爱你呀。我在雪漠里跟自己说着话，跟长生天说着话，其实还是在跟你说话。我不怕冻死，我只是怕你不知道我为什么冻死。

你一定会爱上我，我一定要让你做我的妻子，哪怕抢也要把你抢回家，我就是这么想的。

长生天真的在这里吗？我走出去究竟有多远了啊？到处都白茫茫一片，连太阳都无法在这里留下足迹。

我想我要冻死了，直到遇到了长生天赐给我们的神迹。

阿茹娜啊，当我把我的发现告诉你的时候，你已蓬头垢面地找了我一天。可你的眼神中的那道光，那道热乎乎的激情，还是超越了你疲惫不堪、土黄浮肿的身体。

当你看到那棵大树的时候，你和我一起流下了热泪。这段日子以来除了逃命，这是第一次我们做同一件事情。雪，终于停了。这棵树就像个巨人一样屹立在雪天沙地间，向大漠所有的极限伸展着它的躯干。太阳出来了，每一道还未绽开的嫩芽在雪地上投下了鲜绿的光芒。那光斑在你和我的脸上慢慢游动，整个毛乌素都能听到它成长的声音，那是生命亲吻我和你的声音。

你走到了它的脚下，无比虔诚地跪下磕头，站起来抱住了它。你对我说："这是尚喜神。"

这是你第一次跟我说话，我咧着嘴放开声音哭了起来。那感觉太舒服了，阿茹娜。我看见你抱着它，就像抱着自己的母亲。那一刻我知道了，再没有比在寂寞的沙漠里，献给姑娘一棵大树更值得男人骄傲的事情了。

6

"传说长生天不会直接落到这污秽不堪的人间，它会选择一棵苗壮的大树，一棵周围几乎不会有生命的大树做落脚点。它栖息在每一片叶子上，向人们显露它的神迹。这样的大树，是人们的福分，在萨满教里，这样的树被称作'尚喜'。

"小时候，母亲把这些告诉我的时候我想不明白，怎么会有地方只生长一棵树呢？一定是长生天不喜欢这个地方。

"当这棵树真的像神一样出现在我和巴根眼前时，我才明白那时的自己是多么的幼稚。只有在无垠的沙漠里，你才能意识到长生天是多么的热爱生命，你才会看见生命是一种多么美的奇迹……

"我和巴根每天都会去看看树神。我总是害怕它枯死了，冻死了，或是被风刮跑了。我和巴根为它修剪枝叶，施肥松土。每次树枝颤抖落下来的雪掉在我们身上，就像是它在表达谢意。巴根笨手笨脚的，我没少骂他。我知道他是装的，他就想逗我和他说话。可我还是想骂他，看到这个混蛋我就气不打一处来。我怎么就那么轻率地跟他说话了呢？他带给我的喜悦让我在那一刻相信了他。这种对陌生男人的信任感使开口说话后的我觉得自己很轻浮。可我对他的每一句呵斥，都意味着我对自己的再一次背叛。

"我对他说，巴根我要不找把刀子把你的爪子削削再给神树松土，你太笨手笨脚了。他笑嘻嘻的，动作更轻柔了。

"我对他说，巴根你的眼睛是用来喘气的吗？你把神树弄得比你自己都难看。他还是笑嘻嘻的，弹弹树枝，积雪落我一脸。

"其实我知道，这沙漠里出现一棵树，他远比我要感谢长生天。他经常呆呆地看着它，能从清晨坐到黄昏。每一条枝丫，每一道树纹都能让他像个孩子一样惊叹。你见过第一次在大海里游弋的鱼吗？或者第一次飞入云朵的鸽子？一个大男人看到一棵树，脸上是那种神情，可真令人难过。

"有一天，巴根的一个朋友得知他受伤了，专门从很远的地方赶来看他。那人穿着琥珀色的袍子，踏着牛皮靴子。巴根一看见他，高兴得都跳了起来，他竟然给那个人跪了下去。巴根非常严肃地对我说，阿茹娜啊！快来给我们的王爷行礼！我从没见过他那么严肃，好像我拒绝跪下，他就要杀了我一样。琥珀袍子（王爷）摆手制止了他，他说现在不时兴这一套了，他在旗里做工作，和我们是平等的，我们都在为人民服务！他们共同认识的熟人可真多，那些婚丧嫁娶，还有生老病死，像无定河的河水一样在他们之间流淌着。当王爷说起自己的父亲——一位老王爷去世了的消息时，巴根的泪水也溢出了眼眶，琥珀袍子陪着他难过地说不出话来。我想，这个人最起码和巴根一起经历了童年和少年，那个死去的老王爷，一定是个对巴根很重要的人。

"这个人说是探望，可要求却很奇怪：他希望巴根跟他摔跤。无论他怎么哀求，巴根就是不同意。他的身体很壮硕，向我问好的时候声音震得我脑袋都疼。巴根要是答应了他非得让摔成肉饼不可。那人见巴根死活不肯，只得作罢。

"我觉得这个人似乎要对巴根不利，心里很烦。琥珀袍子总叫我嫂子，我没好气地说我不是他的嫂子。我到了春天的时候就要离开毛乌素啊！琥珀袍子诧异地看着巴根，巴根倒是很开心。他告诉他，今天我跟他说了二十九句话。

"那都是些什么话？无非是我对他的苛求、斥责与刁难啊。他把我的懊恼当成了甜蜜的情话，这更让我像一个决斗请求被胜利方拒绝的俘虏一样恼火。给他们做饭的时候,我故意在汤里少放了一勺盐,肉也煮干了。可他们似乎毫不在意,只顾欢笑、畅谈与痛饮。这帮男人,都是丝毫不懂得生命是有烦恼的牲口。

"琥珀袍子比巴根要魁梧,要神气。可他看着巴根的眼神就像小狗看到了阔别已久的主人。他们始终在谈论摔跤,我听不懂,但我看得懂。无论巴根说什么,指手画脚,他都只知道屏息静气,点头说是。巴根在这个和他一样大的男人眼里就像神一样。

"巴根喝醉了,看着他傻乎乎找马头琴的样子,我突然觉得他不那么可憎了。琴声像一道彩虹般从巴根指尖的琴弦上荡漾开来,他唱起了一首关于相聚的歌:

　　　喝呀喝呀喝不够

　　　这比我血赤红的酒

　　　四海相聚不分手

　　　一个故乡的好朋友

　　　喝呀喝呀喝不够

　　　这往昔一样深情的酒

　　　永远纯真不分手

　　　共度童年的好朋友

　　　喝呀喝呀喝不够

　　　这青春远逝才喝的酒

　　　欢聚痛饮不容易

　　　生命一样的好朋友

"巴根就这么一首一首地唱到了晨光微曦,那些快乐的短歌让我忧伤,我想起了我的青春。那些悲伤的长调又让我快乐,它让我想起了大漠里的那棵神树。当所有的酒都已喝完,我以为欢聚就要结束的时候,和巴根聊了一晚上摔跤的琥珀袍子突然问起巴根是怎么受的伤,巴根说是为了找回逃跑的我。琥珀袍子半天没有说话,突然哭了起来,他指着我痛骂:'你这个刁蛮无礼的女人,巴根有着全天下最优美的歌喉,最勇猛的武艺!他是个从没失败过的跤王!可你呢?你给他的客人端上来不放盐的汤,煮干了的肉!为了巴根的尊严,我都忍了,可你差点害死他!你根本配不上巴根……'

"我的眼泪还没流出眼眶,巴根怒吼了一声就扑倒了琥珀袍子。两个刚才还在把酒言欢的朋友刹那间就变成了以命搏杀的仇敌。他们从屋里摔到了沙丘上,巴根又变成了那个赤手空拳抠掉了狼眼珠的男人。那个男人下手也像是魔鬼一样凶猛狠毒。那场架打得哟,我脚下的沙漠都在颤抖。他们用力地绊,使劲地抱,没命地摔。沙漠被他们的鲜血溅起了滚滚沙尘,似乎它都不忍再将这场终会导致谋杀的斗殴再看下去。我起先吓得瘫倒在了沙地上,哭都哭不出来。可一次次看着他们摔倒,站起来,摔倒,再站起来。没有人咒骂,也没有人呻吟。要么摔倒别人,要么被别人摔倒,这似乎是他们的生命一样朴素的事情。我没有力量分开他们,只能坐在地上咧着嘴傻哭。在看了千百遍同样的动作之后,我麻木了,我竟然睡着了……

"再醒来,竟又到了黄昏。沙漠里静悄悄的,像是埋葬过那十万人的城池一样埋葬了今天这两个男人的斗殴。我隐约地听到了一些声音,细细一听,竟是巴根打起了呼噜!循着这呼噜我在尚喜神树下找到了这两个满身是伤的混蛋。巴根睡着了,琥珀袍子在欣赏着神树的英姿。看到我来了，琥珀袍子站起来冲我微笑着走来，无论我怎么叫巴根，他都睡得像一头死猪。我害怕极了，我不知道这些男人的心里究竟是怎么想的。

"我甚至都不知道这些男人究竟长没长心。

"琥珀袍子对我说：'嫂子对不起。我冲你发火不是真心的，只是为了逼迫巴根指导我摔跤技艺才想出来这么个损办法，希望你不要见怪。谁让你是巴根心里最重要的人呢？'

"一个凶神恶煞的人向你特别真诚地道歉，这是一件让人不知道如何是好的事情。好在巴根醒了过来，他像头蛮牛一样挡在了我俩中间，让琥珀袍子不服再战。看着巴根发狠的样子，琥珀袍子开怀大笑。巴根问他笑什么，琥珀袍子说有生之年能看到王府最宝贵的跤王巴根有了弱点，这是最让人开心的事情。

"他走了之后，我每天继续给树松土，给巴根疗伤。日子好像没有变化。可我知道，我内心有些东西变了。和我相处的巴根只知道傻笑和说怪话，可我见过另一个巴根，那个巴根为了我能去和野狼拼命，和兄弟厮杀。我一想起来那个巴根,想起来那天晚上看见的他那腰下狰狞的阳具，浑身就变得滚烫。有一次在给尚喜神树扫落枝的时候，我问巴根他说的是不是真的，你从来没有败过。巴根点点头，好像不愿意再谈论这个话题。我不甘心，追问他那天我睡着了之后谁输谁赢，巴根生气地说他就从没有输过。他用一只胳膊都能打败他们。我又问他那你为什么不好好摔跤，跑到毛乌素这个鸟不拉屎的地方。他说这里是他的家，摔跤摔怕了自然要回来。我很奇怪一个没有对手的跤王怎么会害怕摔跤。巴根说一个人越没遇到对手，他就会明白他终究会遇到的对手越强大，就像他摔跤再厉害，终究也不是脚下这片沙漠的对手。

"我问巴根，琥珀袍子说我是你的弱点，是不是真的。一直跟我油嘴滑舌的巴根这时候舌头倒打卷了，说不出一句话，就知道点头。我突然一下子觉得自己燃烧了起来，我告诉巴根，咱们打不过这片沙子，但我有个办法能气死它。你想不想听？还没等巴根反应过来，我按住了巴根的脑袋，把自己的双唇摁在了他的嘴唇上，那是我的初吻……

"傻瓜巴根在神树的脚下一边脱光我的衣服，一边跟我说沙子是最洁净的被褥，神圣的阳光会杀死一切邪煞恶毒。我示意他闭嘴。这个跤王太笨了，长生天把一个赤裸的姑娘派到他身边，可不是让他用语言解释沙子有多干净的……

"我说得没错。我和巴根在树神下第一次尽情折腾的时候，一直鬼哭狼嚎的毛乌素寂静无声，微风中我看见树梢在轻轻地摆动。沙漠，像是被肆无忌惮的我们吓傻了一样。这一切都像是长生天早就安排好的一样，让在巴根胯下拼命舞动的我感到了无限的欢愉。"

7

再往下，我就不能跟你聊得太详细了。虽然我外婆这个人一生讲话肆无忌惮，但我要有样学样，总觉得跟乱伦似的。反正就这样，巴根变成了我外公。这两个家伙整天都在乱搞，愉快地度过了一个冬天。

春天到来的时候，阿茹娜怀孕了。

当宏博告诉他俩这个消息之后，巴根第一反应是问宏博是男是女。宏博非常严肃地批评了巴根的封建思想，生男生女一个样嘛！反正从此之后你巴根再也不是没根的蒲公英了，你有后了！

宏博要举行一次拜祭尚喜神、祈祷丰收的仪式。巴根和阿茹娜不明白沙漠里有什么东西可以丰收的，沙子吗？宏博故作神秘地说，一切长生天都自有安排，再说到时毛乌素的所有人都会从四面八方赶过来，当看见巴根有了老婆、还要生孩子的时候，谁不会为你们祝贺一下？

等给宏博打了两罐羊奶，把心满意足的他送出三座沙丘之后，巴根几乎是打着滚回到家的。他激动地一把搂住了阿茹娜，巴根的压迫让阿茹娜的确感觉到了自己的腹中有一个幼小的生命在运动。巴根对阿茹娜说，阿茹娜啊，谢谢你，你让我过上了人过的日子！

阿茹娜的心里慌乱极了。她才体验了和一个跤王爱情的甜蜜，情欲的快乐，她以为这是长生天给予自己在沙漠里受苦的补偿，她以为只要冬天一过，自己就可以带着一个铭记一生的浪漫故事回家了。可这不是礼物，现在她要为自己的欲望承担责任。

阿茹娜想象着这个孩子在沙漠里将会遭遇的悲惨一生，以及能让他或者她随时丧命的每一个灾难，她腹部疼得一阵一阵喘不上气来。巴根每天兴奋地忙来忙去，为孩子的到来做着准备。累了，他就贴在阿茹娜的肚子上侧耳倾听他想象中这新生命对他说的话，傻子一样地笑着。阿茹娜也只能用笑来回应他。

拜祭尚喜神的日子到了，一大早，巴根就不见了踪影。人们纷纷骑着骆驼和马从远方赶来，风尘仆仆地相互打着招呼。阿茹娜腹中阵阵轻微的运动，令她慌乱的脑子渐渐只剩下了一个念头：就是现在，逃出毛乌素。

阿茹娜偷了一匹骆驼，拼命地鞭笞着它。没过多久，尚喜神、窑洞、人群和巴根统统不见了，白茫茫的沙漠里，阿茹娜不知道自己走出去了多远，也不知道自己还要走多远。

在无定河边，阿茹娜决定让自己和骆驼都喝些水。这时她看见了河面上巴根的倒影，像是夕阳一样忧伤。这个人就在河对岸安静地看着她，他手中拎着两个大大的行囊。她一下子就明白了，巴根早就猜到了自己一定会离开，他所做的一切，只是想让她轻松应对这一刻的到来。

她悲伤地看着巴根走到了自己身边，把行囊放在了自己的骆驼身上。

他说："阿茹娜啊！这是大家得知你怀孕了之后送的礼物，你带走吧！"

阿茹娜不知道自己该跟他说什么，只是接过了行囊，骑上骆驼，逃一样地离开了无定河。直到翻越了几座大沙梁之后，她才鼓起勇气回头望了一望，巴根竟然还在她身后远远地跟着，像是一只被人遗弃的野狗，不敢上前，也不愿离开。阿茹娜冲他喊："你回去吧！"她的骆驼加快了速度，可她的影子却向后倒去，在尘土上留下一道漫长似伤口的烙印。

巴根的追随让阿茹娜心慌意乱，她真想跑到巴根面前，质问他为什么不把自己抢回去，或者干脆让他把自己给杀了。今天毛乌素的风里有一股炙热的香气，阿茹娜开始流汗了。这汗水让她熟悉，又让她感到陌生。几滴汗水流到了她嘴里，她才猛然醒悟，这是她一个人的汗水。这汗水的味道陪伴了她十多年，就像孤独一样。和巴根的每一次做爱，让她流下的每一滴汗水里都掺杂了巴根的味道，混杂了两个人味道的汗水像甜津津的蜂蜜，像香烘烘的肉块，像一把滚烫的刀子，能把人的身体刺开，让阳光洒进阴暗的内部。可现在，她和她的汗水，冷酷地把这阳光从自我的灵魂里推了出去。

这些日子以来，阿茹娜一直害怕的事情发生了，和巴根的往昔一幕幕地浮现上了她的心头，而身下的骆驼转弯了，走上了回去的路。她走回了统万城、无定河，走回了窑洞。三只小羊在悠闲地打着瞌睡。她走回了偷那只骆驼的地方，跳下了骆驼。不远处的尚喜神树下，人群围着宏博虔诚而又焦急地等待着仪式开始。巴根追到了阿茹娜身边，剧烈起伏的胸膛如同催促战士冲锋的鼓声。

阿茹娜说："巴根你要是不想让我走，你要帮我做成一件事。"巴根问她是什么事。阿茹娜指着眼前的一切说："我们要把沙漠从毛乌素赶出去，我决不让我的孩子再这样过一辈子。"

神树在人群间轻轻地摇晃着它的枝头，挂在上面的那一缕一缕蓝色与白色的哈达如同经幡，把影子中的秘密洒在每一个望着它虔诚微笑的男人们的脸上，女人们的肩头上，孩子们的屁股上。

然后，巴根点点说："阿茹娜我答应你。"

宏博看到了他们，使劲地挥手示意他们过去。鞭炮声响起，人群发出了欢呼声。阿茹娜小声地对巴根说："等你打败了沙漠，你就是真正的跤王。"巴根没有说话，只是冲阿茹娜点了点头。阿茹娜突然确信了自己应该回来，她为自己的聪明感到骄傲。然后一丝忐忑涌上了心头，接下来怎么办啊？

祭尚喜神的仪式开始了，人们纷纷将自己带来的贡品放在了树神下，盘腿坐在了地上。巴根与阿茹娜将一只羊牵进了人群中，所有人屏息静气，紧张地看着他们走到了树下的宏博身旁。人群一下子变得寂静无声，连顽皮的孩子们都嗓子干渴地咽起了唾沫。在树叶"沙沙"声中，宏博声音洪亮地念完向长生天祈祷丰收的咒语后，最紧张的时刻到了。

阿茹娜将一盆水轻轻洒在了山羊的背上，羊"咩咩"地叫了两声后，愤怒地甩落背上的水珠。这意味着来年将会获得一次大大的丰收，人们兴奋地大笑了起来。

山羊背上滑落的水珠一层又一层在阳光中幻化出五色的彩虹，水的雾气落在了阿茹娜的脸上，她感觉有股力量从沙漠的深处涌进了她的身体，恐惧消失了，她浑身有着使不完的劲儿。

"谢谢你，长生天。"阿茹娜望望天空，天空蔚蓝，不可捉摸。

兴奋的阿茹娜向来参加仪式的每一个人传递着长生天的旨意，每个人听完之后都像打量一个疯子一样看着她。有的人说："我不认为是这样，我觉得山羊甩背代表着我的爱情丰收。"还有的人说："我不认为是这样，我觉得山羊甩背代表着我的事业丰收。"宏博听完阿茹娜的想法后说："是吗？你是这样认为的？也许山羊甩背代表着你这逐渐隆起来的肚子会'丰收’呢？”

天黑了，人们都走光了，阿茹娜的生命里又只剩下了巴根、一棵神树和三只羊。好像一切都没有变过，可阿茹娜觉得自己变了，变得比有理想之前更孤独了。

8

“几天后，我和巴根牵着羊进了县城，把它们卖给了一家工厂的食堂。管这事的那个科长去取钱的时候，我和巴根看着报栏里那些宣传画。上面讲的都是全国各地的奇迹，能坐十多个大小伙子的西瓜，能让两个小姑娘当船划的茄子。外面一阵喧闹，那些工人已经开始宰羊了。我和巴根眼睁睁地看着人们把羊一只一只地压在身下，用刀子划开了它们的喉咙。他们兴高采烈地用铁桶接着流出来的汩汩鲜血，热气就像雾一样。

“科长给的钱巴根点了一遍，说少了。我去找科长理论，科长说少给一条羊腿的钱，三只羊只有十一条腿。我气急了，我告诉他，我们是种树才要钱，否则我们不卖羊，这三只羊救过我丈夫的命。科长生气了，说那他也不能任凭我们占国家一条羊腿的便宜。我还想再理论，巴根拦住了我。我知道他的意思，谁让我们的羊的确少了一条腿啊！我们只能眼睁睁地看着科长急匆匆地离开去监督他们炖羊肉，伙房的一个师傅看我们可怜，偷偷塞给了我们一袋羊下水。

“我俩有钱买树苗了，可心里一点儿都不开心。我和巴根说，咱们的三只羊不会白白流血的。别人能种出比牛还大的玉米，咱们也能种下一棵树苗长出一片森林。话是这么说，可晚上我做的羊杂汤我们怎么都吃不进去。最后是一想到未来的几天我们需要营养，我硬逼着自己和巴根吃了的。

"刚开始的时候，我只知道要种树，可究竟怎么种，我根本不清楚。第一批树苗早上种下去，到黄昏就全被风刮倒了，太阳把它们全晒死了。看着烧焦卷曲的幼小根茎，我心里想到了那些巨大的水果和蔬菜，真是难过极了。

"我从那天起就一直睡不着觉，巴根实在心疼得不行，劝我说人和树不一样，人得休息。这句话提醒了我，在沙漠里，树和人是一样的。

"巴根曾经怕我逃跑时渴死，告诉我沙漠里有一些沙梁脚，背光背风，藏有水分，是沙漠里最适合人歇脚的地方。我和巴根挑了两处地方，连吃了几个月的沙芥菜，把剩下的树苗全种了下去。等种下最后一棵树苗，我才发现我的肚子已经完全鼓了起来，可我和巴根的脸上，双手双脚都是晒伤与裂口，我们的胃里消化不了的沙芥菜像是一团火一样刮着我们的心、我们的意识。我很奇怪我是怎么熬过来的，我每铲开一锹沙子，每种下一棵树，都像一个母亲感觉到自己孕育的生命又长大了一点般喜悦。这种喜悦甚至让我忽略了我作为一个母亲肉体上的变化。

"人啊，真是一种奇怪的动物。他们所有的快乐，都来自逆水行舟。

"我们的实验成功了，在尚喜存活的那道沙梁脚下，有六十七棵树苗活了。巴根一直念叨着活下来的太少了，太少了。可我太高兴了，这六十七棵树的意义不在于数字。我对巴根说，今年毛乌素能活六十棵树，明年可能就是六百棵，后年也许就是六千棵，六万棵！

"我是在春天的一场大雨里分娩的。我羊水破的时候落下了雨点，那雨点都和马蹄子一样大。我心里暗想糟糕，我逼着巴根把我带到神树下，那六十七棵刚刚抽出嫩芽的树苗全被雨打死了，浇死了，淹死了，横七竖八地躺了一地。我也躺在地上打起了滚儿，我顾不上绝望，我身体里的热血顺着腿流到了泥水里，渗入了这沙漠里。它没有战胜我，我怀着剧痛一样的喜悦，看到我的孩子钻出了我的身体。她是一个漂亮的女孩。

是的，它没有战胜我，我把一个崭新的生命带到了毛乌素。

"洪水一样的暴雨停了，毒日头刚一露面，就蒸发掉了所有的泥水与血水。巴根想脱下衣服为孩子遮住阳光，她幼嫩的皮肤在烈日下瞬间就变得通红了。我紧紧地抱住孩子，拦住了巴根，我把她放在了枯死的树枝上，任由烈日晒烤。她哭得太凄凉了，我的心在疼啊！可我像用摇篮曲一样轻柔的声音告诉她，我们宁可治沙累死，也不能让沙子给欺负死。她的哭声慢慢小了，我看她拍打着双手握住了沙子，握成了两个小小的拳头。这才是我的女儿！

"巴根给女儿起了个很好听的名字：其其格。他希望女儿能让沙漠里开遍花朵。

"我捧起了这朵沙漠之花，掸了掸我粘着沙粒的乳头，小心翼翼地将它塞进了我女儿的嘴里，她大口大口地吃起了奶。"

第二章　亲人

1

"其其格十岁的时候，毛乌素迎来了一场大旱，可我跌入了深不见底的冰窟。

"在大旱之前，我人生顺利得就像'噌噌'生长的沙蒿。她出生的第二年，我和巴根在树神附近种活了六十七棵沙蒿，那里很快就变成了一片小树林。这个消息像闪电一样传遍了毛乌素的每个角落。起初人们遇到我，跟我聊天的时候，只是把它当作了一件邻居家的趣事，或者天边的新闻。

"可当他们的脚迈出沙蒿林，再次踏进沙子里的时候，沙蒿的样子就好像心里的一个声音，由远及近地传来。叶子与树皮的味道似乎沁入了他们的心脾，一种好像被封存在他们血脉里的远古欲望被唤醒了。得到解放的它如同一股激流般在他们的血液里沸腾，在他们的梦想里燃烧，在他们的食物里闪烁，在他们的语言里流动，在他们的性爱里爆炸。人们都说，巴根家女人种下的这片小林子，让毛乌素的心脏'怦怦'地跳了起来。

"许多人效仿我，开始在自己家附近的沙地里种沙蒿。当家附近的沙地都变绿了之后，我和巴根决定去更远更辽阔的沙漠里种树。人们都积极响应着我，我就像是他们的先知。我让巴根在家里的炕上扎了根木桩，用根绳子拴在其其格的腰上，另一头拴在炕上。每天在沙漠里种树的时候，风一吹，我就更拼命地干活。那风里有我女儿的哭声，有我女儿的香味，我宁愿把身体里的水变成汗珠掉落到沙漠里，也不能让沙漠看到我哭。

"当其其格长到六岁的时候，我生下了我和巴根的第二个女儿。巴根给她起名叫依云娜。'这个新生儿长得好丑哦！她怎么能叫依云娜呢？'我听到接生婆和特意来为她祝福的宏博议论着。'管好你的嘴巴，你这个糟老婆子！'宏博怒斥她，'背后说一个孩子的坏话，小心风割掉你的舌头！'

"可在我这个母亲看来，我的依云娜也的确长得不好看呀！她浑身皱皱巴巴的，和个老鼠一样大。我想这和我天天在外面种树有关系，她在我的身体里吃不好，睡不好，担惊受怕。太阳晒、沙子烤。'阿茹娜啊，你不要难过。'巴根安慰我，'她在我的心里是最美的仙女，她就是依云娜。'

"我解开了其其格腰间的绳子，告诉她我要去种树了，你可要照顾好自己和妹妹啊！弱小的其其格都不知道我在说什么。可失去绳子羁绊后的自由和粉嘟嘟的妹妹让她兴高采烈，她答应了我。巴根不知道从哪里捡来了一个望远镜，送给了其其格。其其格每天把它挂在胸前，和妹妹每天靠望远镜里的天地打发时光。

"有次琥珀袍子来看我们，现在巴根不再叫他王爷，而是跟着所有人叫他旗长。旗长见到一棵棵随风摇摆的沙蒿流下了眼泪。他握着我的手说我是个了不起的女人，是个英雄。我完成了他和他的祖先们都不敢想象的事情。旗长走之后，我上了报纸，出了名，还当了劳动模范。他为我们解决了许多实际困难，帮了许多忙。各种中国大人物和外国大人物在旗长的陪同下来看我，看这里的树，他们都惊叹地说这是奇迹。如果生命是在爬山，那些年的我在别人眼里已经踏上了峰顶。一切就像梦一样。

　　"然后，大旱来了。刚开始的时候，我就发现沙漠里的沙鼠和蜥蜴在夜晚成群结队地迁移，无定河的水面也在一天天降低。没过多久，我们就没有了水，也没有了树苗，我去城里面找那些给过我们帮助的领导，每一条街道上的每一面墙壁上都贴着大大的白纸，我就像身处在一个污秽的白色迷宫里。那些乌黑的字和血红的叉让我的心怦怦乱跳，那些画看上去都杀气腾腾，一双双巨手把人捏碎，掰断，砸成了一摊摊血。人们都铁青着脸，眼神里都是戒备。街上和我擦肩而过的那些人，老子和儿子，汉子和老婆，他们看着对方，又像自己是猎手、对方是猎物，又像自己是猎物、对方是猎手。

　　"我在旗政府找到了旗长，他的头发缭乱，脸色蜡黄。不论我跟他说什么，他血红的眼睛都只是呆滞地盯着地板，似乎上面斑驳的痕迹里埋藏着他命运的答案。我从来没见过他这么狼狈，他简直就像座刚被狂风席卷过的滩涂。

　　"我小心翼翼地问他，旗长这可怎么办啊？树都快枯死了。旗长像以往一样帮我写了个条子，盖好了公章。递给我时他说这可能是他给我批的最后一批树苗了。我问他为什么，他没有回答我。他说，不要再管树了，照顾好自己吧！

　　"我拿条子去领树苗，突然街上的喇叭响了起来。声音大得像是打仗一样，我头痛欲裂。从街道那头过来了一群年轻的孩子，他们推开了我，说这些修正主义的树苗不能种在社会主义的沙漠里。

"就是这些年轻的孩子，往那一垛垛树苗上浇着汽油，刺鼻的味道把我的血液烧了起来。我拼命地拦着他们，他们推倒了我。有人叫我走狗，还有人拿皮带抽我。我顾不上疼痛爬起来去拦那个点火柴的人，这时我听到了一声怒吼，我看到了我的丈夫巴根像只发怒的公熊般冲进了这些疯子的队伍里，把那个要点火的人举过头顶远远地摔到一边。我看到巴根保护着我，我们一起拦在了仓库门口。我看到那人爬起来拎起一把园丁用的大剪刀走过来，当着我的面把它直直地捅进了巴根的腰间。

"巴根倒在了地上，我扶着他坐在地上，泪水划过我的脸颊可没有声音。我不敢出声，他们的眼神就像是我出一点声音他们就把我俩都杀了一样。那根燃烧的火柴从空中掉落的时候，我一生再没有一刻像那一刻般渴望大风吹过。可火柴落在了离它最近的树苗上，几万棵树苗一瞬间变成了熊熊大火。巴根的血，我的泪，都不足以浇灭它。"

2

我们在毛乌素待了有一个礼拜，可始终找不到一块大明沙。到处都是森林与草地，一片生机盎然的景象。看着这一切，有时候我很怀疑阿木尔讲的那些关于他外婆的故事，究竟是真还是假。所有过去的时光就像肥皂泡泡一样梦幻，还掺杂了太多的幻想、修饰、掩盖与歪曲。我谈过的那些恋爱，踩过的那些狗屎让我深深明白这个道理。

一天一天过去，适合他外婆葬身于斯的沙漠还是不见踪影，这让阿木尔和我变得焦躁不安。北京，像是前世的记忆一样越来越模糊了。他开始疯狂地和我做爱，我也疯狂地和他做爱。在医院厕所里，在家属休息室里，在树林里，只要我们两个人单独在一起，我们就不闲着。每次他都狠狠地抱住我，扼住我的喉咙。我的身体变成了一颗丰硕的桃子，

第二章 亲人

沉默的情欲是取之不尽、用之不竭的汁水。我的嗓子喊哑了，四肢都是软的，可还是不够，不过瘾。我们试遍了各种我们舒服的姿势，努力地发明着新的姿势，似乎只有这样才能在无边无际的绿洲里测量出两个人之间的关系。

那天我们驱车路过一片森林，图雅和阿木尔小声地说着什么，结果阿木尔大发脾气。我问听得懂蒙古语的麦克他们在吵什么。麦克说，他们家的一位亲人在这里去世，图雅想去拜祭，阿木尔觉得浪费时间。

车里出现了尴尬的沉默，我劝阿木尔去拜祭他的亲人，也许这样他们所说的"长生天"就会指引给我们一片沙漠。阿木尔为这个说法动心了，专门跑到公路边的超市买了东西。图雅很高兴，对我说谢谢。

车开进了树林里，阿木尔拿出他买来的白酒和水果，图雅拿出了自己早就准备好的哈达，虔诚地摆在了空地上。阿木尔双手合十念念有词，图雅听了一会儿听不下去了，问他："你除了求死去的人帮你找沙漠就不会说点别的了吗？"这对姐弟又吵了起来，图雅气得扭头跑进了森林，麦克心疼地去追她。森林里只剩下了我们两个，风"沙沙"地吹拂在我的脸上。左等右等，图雅和麦克迟迟不归。阿木尔继续向我讲述阿茹娜的故事……

3

我外婆背着快要死了的巴根，感觉他的身体越来越轻，她不知道是他的血已经流完了，还是他即将失去的这颗灵魂也拥有重量。她去了旗里的医院，可那里乱糟糟的，几个穿白大褂的医生正在挨打。打人的人一边打人一边说革命群众接管了黑医院之后就能给你们做手术了。我外婆看到医生们纷纷跪在了地上，一个年轻人拿着手术刀走向他们，我外婆转身逃离了那里。在公路边，两个开着卡车路过的年轻人把他们载回了窑洞。"那是一辆屠宰场的卡车。"后来她对我说，"其中一个小伙子是个阉猪匠，他拿草灰和烫红的小刀给你外公止住了血，他还给了我一些给猪用的麻醉药和消炎药，我把这些东西全抹在了你外公的伤口上。"

没过几天，几辆吉普车开到了窑洞门口。几个人把阿茹娜架到了车上，把她带到了一个挤满了人的大广场上。给她戴上了一顶很高很大的白色帽子，给她挂上了一副好几十斤的铁牌子。帽子上，牌子上写满了她之前获得的那些荣誉称号，只不过前面都加了个"黑"字。阿茹娜被两个小伙子摁着头押上了主席台，那上面站满了一排神态如行尸走肉的人，她用余光看到了行列尽头的旗长。这些人都是曾经德高望重的人，可现在他们戴着白帽子，挂着铁牌子，像是一条条巨大的蛆。阿茹娜鼻子一酸，然后在山呼海啸的怒骂声中后脑一阵剧痛昏死了过去。

整个夏天，阿茹娜的白天都在批斗中的咒骂与折磨中度过。她几乎走遍了这里每一个可以组织大型集会的场所。在这漫长的旅行中，她无数次地回想起了第一眼见到的毛乌素沙漠。她由衷地感觉到了有时挤满了生命的风景要比她的毛乌素还荒芜。

整个夏天，阿茹娜的夜晚都沉浸在巴根昏迷时的呻吟声中，清醒时的号叫声中，伤口变质了的腐臭味中。可巴根的生命力简直是个奇迹，他一次次地被死神摔倒，又从无边的黑暗中爬了上来。阿茹娜只得鼓励自己，巴根都没死，我也不能死。

整个夏天，毛乌素没有落下一滴雨。阿茹娜眼睁睁地看着自己种下的最后一棵树枯死之后，毛乌素沙漠里充斥着死亡的味道。随处可见的一根根树干，沙漠变成了一个万尸坑。阿茹娜的泪水滴落在沙子上，轻微地"刺"了一声，就什么都没有了。

只有神树还活着，它的叶子更肥大了，枝条更壮硕了。似乎所有这些枯死的生命都聚集在了它的躯干上，每一片叶子都摇曳着翠绿色的光，那树荫仿佛无数灵魂翻滚在一起形成的云。

一次开批斗会的时候，那些人像以往那样把阿茹娜和旗长这些人打了个半死。正在阿茹娜元神出窍、想象自己是在种树的时候，他们把其其格和依云娜带了进来。两姐妹相互搂抱着，瑟瑟发抖。

依云娜咧嘴大哭，一个年轻的女孩走过来问其其格，台上站着的那个女人是谁。

其其格战战兢兢地说，额吉。女孩狠狠地给了其其格一个耳光，说你们的额吉是反动分子安插在沙漠里的特务奸细，那些黑沙蒿、黑野草就是她们的反动集团和外国帝国主义势力联络的信号。你们要不和阿茹娜划清界限，要不就上台跟她一起接受批斗！

"阿茹娜不投降！就让她灭亡！"台下一双双年轻的胳膊，像是春天的树林。

"造孽啊！"阿茹娜似乎听到了旁边昏死过去的旗长用仅存的生气慢慢呼出来了这句话。包围自己两个女儿的年轻人越来越多，他们眼神里的兴奋像是随时都可以把这两头可怜的猎物撕成碎片一样。她看到其其格举起了拳头，也拽起了依云娜的胳膊。那是两条多么瘦弱的胳膊啊，像是根部被剥掉了树皮的小苗。

然后，这两棵树苗狠狠地插进了阿茹娜的心肺——

"打倒黑特务阿茹娜！"其其格稚嫩的声音尖厉地回响在了半空中。"现场安静了一刹那"，我外婆说，"人群中发出的那种巨大的咆哮让我感觉我真的像他们所说的，被打倒了。踏上一只脚一万年不得翻身的那种打倒，我听不到任何声音了。"

4

"回到家我把其其格狠狠地打了一顿。可她不哭不闹，也不求饶辩解，只是呆呆地望着自己脚踩的地面。

"从那天起，我无法再像个母亲一样跟我的女儿们谈话。依云娜被吓坏了，只要我一靠近她她就浑身哆嗦。其其格变成了她的监护人，无论是吃饭睡觉，她总带着依云娜和我保持距离，她变成了我与她们之间不可逾越的界限。

"有次我实在憋得慌，我冲到她们面前想把她们搂在怀里，告诉她们我原谅这件事了，也希望她们原谅我。可面对着我的怀抱，其其格从怀里抽出来了一把刀。刀尖对着我，她特别冷静地对我说：'离我和我妹妹远一点儿。'那正是我当初用来对付巴根的短刀，它寒光闪闪，我五内俱焚。

"我们不再说话，每次眼神交汇后那种尴尬的沉默都能让人窒息。到后来除了吃饭的时候，我和其其格甚至无法共处一室。要么她带着依云娜去沙漠里玩，我睡着了之后她们再回来。要么我去外面，等两个女孩睡着之后才敢进家。

"心里面实在苦楚得不行，我就跟树神说说话。它没有向我展现过任何能教导我的神迹，就像我对我的丈夫，对我的女儿都无能为力一样。

"到了秋天的时候，巴根大限到了。他先是不分昼夜地打着哆嗦，接着开始发烧。身子有时像火炭一样烫手，有时比冰还凉。我揭开他伤口上的布，上面密密麻麻地爬满了白蛆。窗外下起了雨，雨落在沙地上发出'扑扑'的声音，没一会儿雨迹就干了。

"我跑到了神树底下向长生天祈祷，我说求求你啊快把巴根带走吧！我实在看不下去他这样痛苦了！这样苦熬还不如死掉算了……

　　"我为巴根找来了驼毛，那天晚上我鼓起勇气把其其格和依云娜叫到了一起，我们三个守着巴根，待他呼出最后一口气，我就把驼毛放在他的口鼻上，收留他凄楚的灵魂。这时我听到了敲门声，我战战兢兢地走过去打开了门，宏博披着一头的星光与沙尘冲了进来。

　　"大旱一开始，宏博就成了目标。在这些野兽眼里，宏博这个沙漠头号大神棍就像一块流着甜蜜汁水的肥肉一般，只有把他抓住打死，撕碎了，才能缓解他们的饥渴。有的人说他一开始就被抓住秘密处决了；还有的人说小将们去了毛乌素每一户人家，搜查了每一个人的口袋，扳开了每一只牲口的嘴巴，就是找不到宏博；更有的人说宏博在一个小酒馆里施展了定身法，给一个追杀他最起劲的小头目脑门上题了一行字，就在众目睽睽之下消失了。

　　"'我在沙漠里的每一粒沙子里，沙漠里的每一粒沙子里都有我。'据说，这就是宏博写在脑门上的字。

　　"你是人，还是已经变成了鬼。我问宏博，他看着我手中的驼毛轻蔑地笑了。'我是什么不重要，要是光聊这些闲事，巴根就死定了。'

　　"在宏博的指挥下，我和两个女儿把巴根抬到了树神的脚下。在途中我小声警告过其其格，她要是敢把这件事说出去我就是死了也不会原谅她，其其格答应了我。我看到她的眼眶泛起了委屈的泪光，但愿她能原谅我。宏博念起了咒语，落叶飘了下来，我潮湿的眼眶感觉到了飒爽的秋风。他收集起了落叶，捣成了汁液，均匀地涂抹在了巴根腐烂的伤口上，我看到巴根的眉头立刻舒展了开来——

　　"可宏博的眉头却锁紧了，他说自己还是来晚了，巴根已经去了另一个地方。他对我说，他只有一个办法救巴根了，但必须用另一个生灵的性命来换回巴根的性命。宏博说完戴上了自己的萨满面具，闭上了眼睛，盘腿坐在了地上。我对宏博说我愿意做这件事情，他睁眼看了看我，闷声闷气地说,你决定了?我点了点头。那狰狞的面具上没有任何生命迹象,他语气平淡地让我躺在了巴根的身边。

"我按照他的话做了,我能感到巴根那微弱的呼吸,这对我已足够。宏博围着我和巴根慢慢地转圈,打起了他的鼓。脚步声越来越急促,鼓声越来越迅猛。我偷偷地睁眼看了看他,他的身体僵硬,仿佛一个失去了自由意志的木偶。他胸前佩戴的镜子反射着月光,节杖上雕刻的马头变得无比鲜活,似乎一找到身体就会飞跃进天空。宏博大声地唱起了歌,我惊讶地发现,宏博的嗓音变成了另外一个我不认识的人的声音,那歌声在黑暗中就像烈酒聚成的雨,一阵阵地击打在了我看不见的世界上。

"宏博用那人的歌声告诉我,或者那人借助宏博的身体告诉我,他骑着他镜子中的坐骑,一匹全身上下没一个杂毛的白马去往巴根存在的地方。群山使他迷路,沼泽将他深陷。为了我的巴根,他拖着流血的身体穿过浓雾弥漫的森林,水流湍急的怒河,战胜了魔鬼与虎豹,终于来到了一个无数影子聚集的峡谷里——

"宏博的歌声变得疲惫而又温柔。他问我巴根左腿上有伤吗?我说没有。他问我巴根的脖子上有胎记吗?我说没有。不知道过了多久,他问了我无数个别人亡灵的身体记号之后,突然问我他的脖子上是不是有个牙印?宏博这次的提问令我兴奋了起来,我突然想起巴根夺去我贞操的那一瞬间,我为了让他知道我的疼痛,让他永远记住这个时刻,狠狠地咬了他的脖子。我连连点头,告诉他是的,巴根的脖子上有个牙印。

"歌声与鼓声都停止了,宏博直挺挺地摔倒在了地上。我听见了巴根呻吟的声音,我急忙扑到了巴根的身边。'阿茹娜啊!我做了一个可怕的噩梦。'巴根的气息还很微弱,可我在他的眼睛中看到了一点生气,像是清晨远方地平线上第一缕阳光一样。

"宏博对巴根活了可我没死感到很诧异,就像那些医生给病人做手术时把手术刀忘在病人肚子里时一样意外。'这是长生天给我的奇迹！'我兴奋地对宏博说。'也许吧！'宏博龇牙咧嘴地挠了挠自己被汗水浸湿的头发说，'但你最好小心点。'

"我紧紧地搂住了巴根和我的两个女儿，他们也紧紧地拥抱住了我。再没有比穿越了死亡与背叛后的亲人团聚更令人高兴的事了。等我依依不舍地松开怀抱，想请宏博回窑洞喝口热汤的时候，他却消失不见了。我到今天都不敢问他那晚如何来的，又是如何消失的。要不是巴根肚子上那道伤口愈合后依然狰狞，在日后无数次从深夜中把我惊醒，我真的会以为我所经历的这件事只是一个悲伤的噩梦。"

5

风越来越大，走在大地上，每一颗吹到头发里的沙子都像一个男人那么重。可阿茹娜盼望风刮得再大些，再久些。这样的大风里，来抓她去批斗的人明显少了。

巴根的伤势一天天好起来，阿茹娜和其其格的话也明显多了。有一天，依云娜在岩石的缝隙里发现了一朵粉色的小野花，两姐妹兴奋地跑回家告诉了阿茹娜。等阿茹娜带着脸盆和小水壶跑过去的时候那朵花已经被风吹死了。两个女儿扑到阿茹娜怀里痛哭的时候,阿茹娜的心里暖烘烘的。

阿茹娜没有把那天批斗会上的情况告诉巴根，可他最终还是从别人嘴里听到了这件事。他铁青着脸回到家，等两个姑娘都不在了，他偷偷问起阿茹娜这件事的真假。"这件事过去了，不要再提了。"阿茹娜说。巴根气得在沙漠里乱窜，使劲地踹着沙子，抛着沙子，撕咬着沙子，就像是一只瞎了眼睛的老狼。

"阿茹娜啊！我得把身上的力气都用完！"巴根说，"我太生气了！

我想把那天逼你们的人都杀了。"

"你变成鬼，他们就赢了。他们害怕人。"阿茹娜说。

有天晚上，狂风像海啸般摇晃着沙漠，那哭号一样的风声像刀子划过玻璃沿般刺耳，让阿茹娜恶心得想吐。这片黑暗变得越来越沉重，像一座神的雕像压在了阿茹娜的身上，又压上了一座城门，又压上了一座城墙，又压上了所有的衙门，还有所有的商铺，以及所有的厕所和下水道。又压上了一座金库，又压上了一个巨大的卧室及与其匹配的后宫和一个人们集会的广场。当那一夜的风把整个统万城压在阿茹娜紧闭着的双眼里时，阿茹娜推醒了巴根和两个女儿。无边无尽的黑暗里，他们听到了墙体细细裂开的声音，感觉到了风和沙子从那些琐细的漏洞里吹了进来。阿茹娜把门打开了一道缝，沙子像一记重拳般拥了进来。

"快逃！"阿茹娜听到自己恐惧的喊叫声。

当阿茹娜和巴根流完了身体里的每一滴水分，每根骨头都像是粉碎了的时候，他们终于抱着两个女儿逃了出来。风像是开了个玩笑一般瞬间停歇了，他们看到自己的家被风暴所吹来的沙子掩埋，变成了一座沙包。"嘎吱"一声，房梁塌了，他们失去了窑洞和所有的财产，就像从来没拥有过它一样。

毛乌素在那一夜损失了几十条人命，不计其数的房屋被吹垮，牲口被沙尘掩埋。这许久未见的大风暴让人们心生恐惧，无论是革命者还是老百姓，在这玻璃表面般平滑耀眼的沙漠里，都怀念起了阿茹娜当年种下的那一处处沙蒿林。

几天后，阿茹娜那从远方赶来的父亲在旗里一处安置点找到了女儿一家。要不是血缘使然，我曾外祖父很难相信眼前这一堆哆哆嗦嗦站起来的土块、垃圾与布条就是那个骗自己喝过马尿的女儿。他难过地哭了起来，他想当初不把马丢了，这一切就不会发生。

"帮我们再造一个家吧！"我外婆说，"建在高处，我不能再让我的女儿们被活埋了。"

我曾外祖父用最短的时间找到了地方，建好了窑洞。这座新窑洞有一股泥土和青草混杂的清香味道，阿茹娜在里面像一只小羊倒在青草堆里一样温暖舒适。这个地方宽敞安静，一走出去，阳光就洒遍了全身。我曾外祖父把自己的生命力全浇铸在了这座窑洞上，他像一个塑料瓶从楼顶落下般衰老了下去。

"跟我回家吧！阿茹娜！"我曾外祖父的手被阿茹娜放在了自己的脸上，那粗糙手指的摩挲在更粗糙的脸颊上，令我曾外祖父的心在刺痛，"带着你的丈夫和孩子，我们回草原。在那里你不会再受罪了。"

阿茹娜看着父亲充满忧愁的脸，那含泪的眼眶和红红的脸蛋让她怀疑。多愁善感的表情在沙漠里是找不到的，这里只有抗争，抗争，继续抗争，永远抗争。生命在这里怎么能忧愁呢？一忧愁，沙漠就会让生命死无葬身之地啊！阿茹娜隐约地感觉到沙子打在皮肤上的刺激，那种痛苦才是生命的真相。

搬进新家的第一个晚上，我外婆做了一个梦。她梦到自己和所有的亲人穿着白色的袍子，赤着双脚，手拉手在草原上奔跑，金色的阳光下无忧无虑的就像是一群天使。这时风来了，巨大的沙尘像无边无际的浪潮一样推倒了山峰，填平了河流，摧毁了森林与村庄。任凭亲人们拼尽全力，她的身体还是被吹到了空中。地上的亲人、花草、溪流越来越模糊，越来越模糊，整个世界变成了灰蒙蒙的沙雾……

阿茹娜在呵斥声中醒了过来，窑洞里站满了人。他们调侃地问她，你个反革命分子、死不足惜的特务还想住新窑洞？他们拳打脚踢着将阿茹娜一家人捆起来塞进了吉普车。在恐惧与哭号中，他们被押到了一处批斗会的主席台上，旗长这些"牛鬼蛇神"早已各就各位，台下的那千万道目光像子弹一样打在"牛鬼蛇神"们的身体上，锋利得像刀子一样切割着空气里逃窜的这些不人不鬼之灵魂。

阿茹娜和巴根刚被押上台，势头足以改造灵魂的口号声就从人们的嘴中排山倒海一样地砸了过来，一起砸在阿茹娜他们头上的还有皮带扣和铁棍。血把阿茹娜眼前的一切都染成了红色，就连她听到的声音都变成了血红。第一次被批斗的巴根发出了血红的嘶喊："我揭发！"他跳着脚跑到了旗长面前，"我检举这个人当年做王爷的时候，是如何骑在我这个受苦受难的贫苦人身上作威作福的！"

"他头发缭乱，又蹦又跳，嗓子还因为兴奋劈了。"许多年后，我外婆给蹲监狱的我回忆起我外公当时的样子时说，"就活像动画片里演的唐老鸭一样。我想，生命要是个噩梦的话，我终于梦到最可怕的地方了。"

6

阿茹娜啊！你不要这样看着我，太疼了，比拿一把剪刀插进我的身体还痛苦，比我的伤口腐烂生蛆还痛苦，比我的灵魂被人从幽冥之地生生拽了回来还痛苦。阿茹娜啊！我知道这么看着我的你，内心一定比我还痛苦。

阿茹娜啊！那个我短暂停留过的地方，天空蔚蓝，大地寂静。我们不会饿，也不会渴，想念别人了，就去清澈的泉水里洗个澡，出来什么都忘了。真好啊……

可你们还在这里，王爷也还在这里，我也还在这里。批斗，生不如死。我一边痛斥着王爷当年是如何残害我和其他的人，一边走到他身边把他狠狠地摔到了地上。那身体折裂的声音和飞溅的血花让在场的人都倒抽了一口凉气。

　　从那天起，你把我赶出了家门。可革命群众收留了我，他们发现我这个王爷府的跤王，才是被他们父子俩欺负了一辈子的苦命人啊！每次批斗王爷的时候，我就一马当先地冲上台去，那些磨难、那些酷刑，就像是在记忆里真实地存在过一样，我说得越来越好，甚至比我歌喉都好。有一次，一个人听完我的故事都气得晕了过去。讲完故事，我就在众人的呐喊声中把王爷的衣服扒光，给他换上白纸扎的昭达格和希力布格，把他的脸涂成花花绿绿的小丑样子，然后把他一拽，一拉，一扯，一举——用尽全力把他摔在地上，用我魁梧的身体压住他，直到台下的看客们都感受到我的滔天怒火与似海深仇，把我从他的身上拉开为止。

　　我成了他们的王牌，再没有比一个王爷，被他昔日苦心栽培的跤王摔成一颗烂苹果更让亲者亲、让敌人胆寒更精彩的戏码了。他们精心栽培我，我也没有辜负他们的信任，我使劲背着各种革命术语组成的句子，把它们配上长调短歌，去各个场合演唱。这比我与王爷的表演还要受欢迎，毕竟音乐比暴力和鲜血更富有变化，不会让大多数人产生厌烦。我越来越红，领导们一开批斗会就要叫着我，哪怕不批斗王爷我也要去，他们说我不在，这会开得就没意思。为了让我踏实搞革命，他们对你和两个女儿睁一只眼闭一只眼，这样的变化，我不相信你没有感觉到。

　　阿茹娜啊，当你提出来跟我离婚的时候，你知道我有多痛苦吗？战友们都说，这是考验我的机会，我是主动和你这个女特务划清界限，还是被你诱惑做个骑墙派，人民的眼睛在雪亮地看着。我害怕那些雪亮的眼睛，我签了字，被你赶出了家门。一辆吉普车把我接到了我经常去、你也经常去的大礼堂，我喜笑颜开地走上台去，向台下的大家敬礼问好，然后演唱了两首歌曲。在同志们热情的鼓励掌声中王爷被两个年轻人押了上来。我正准备走过去，司令拦住了我。他说从外地来了革命同志搞串联，今天他们要批斗王爷。司令看着我，眼珠子就像吐着舌头的蜥蜴一样冰冷。那些外地人手持铁棍走上了台，不到一分钟王爷就变成了一摊烂泥。他再也经不起任何打击了，轻轻在他的额头上弹一下，都会成为致命的一击。一个少年高高地举起了手中的铁棍，这时我听到王爷的哭声，他小声嘟囔着："我是特务，我揭发，我检举。"现场一下子安静了下来，王爷说，"女特务阿茹娜，她有一棵黑神树和美国中央情报局联系……"

人群沸腾了起来，我跳上台走到了他面前，他的眼珠赤红仿佛暴晒沙漠的烈日，他看着他眼中的我把他举了起来，摔在了地上，那双眼珠里的风景在疯狂旋转着，我压在他的身上，听到了他眼睛闭上的声音。阿茹娜啊！这痛苦撕扯着我的内心。

7

我的 iPhone 和 iPad 都没电了，还不到十二点，我就钻进了被窝呼呼大睡了起来。正睡得香，阿木尔这个杂种轻轻敲门，我打开门，他把我扑在了床上，使劲地动作了起来。我被他弄得越来越起劲儿，努力迎合着他，就好像他不干死我我也得干死他一样。因为我也很压抑。我想象着当年毛乌素的那些沙蒿，是不是也像现在的我们一样。

完事之后，他说："走！我带你去个好玩的地方！见个好玩的人！"

夜风好凉，疾驰的出租车把我们带到了一个到处都是镜子与金粉的酒店。电梯在顶楼停了下来，当服务员打开一间包厢的大门后，我在刹那间以为自己身处海底。四周的窗户外都是蔚蓝的海水，各种奇形怪状、色彩鲜艳的鱼群在我的四周摆尾游弋。房间中央坐着一个肚子很显气派的老头，他大概二百岁了，许多衣着光鲜的男女围在他身边，脸上的兴奋和假笑简直让人恶心得想吐。对围绕着他的各种男女或真情、或假意的慰问毫不在意，就像一只活了千万年的海龟在闭目养神。我听到人们都叫他宏博。要不是透过海水，我隐约能看到玻璃外城市夜空的星星灯火，真会觉得自己此刻是在做梦。

阿木尔拉着我坐在了沙发上，小声地对我说："宏博在当年逃亡的时候，经常一个人在沙漠里一待一百来天，除了自己再没第二个喘气的，实在是待怕了。知道这儿的总统套房是特制的，干脆就把这儿包了下来颐养天年。"

男男女女们都走完了，阿木尔拉着我走到了宏博的面前，此时我才发现他双膝包着的毯子下空空如也，这个在阿木尔的叙述中神通广大的宏博竟然变成了一个残废，我不由得瞪大了双眼。宏博对我的无礼不以为然，他用力地拍了两下阿木尔的屁股，我看阿木尔疼得龇牙咧嘴差点儿尿出来的样子，心里有那么一丝骄傲。这个神话一样的老人，他很喜欢我的心上人。

宏博问我："小姑娘，你是阿木尔的对象吗？"我点点头。宏博哈哈大笑地又问阿木尔："小混蛋阿木尔长大啦！你带着对象来找我干吗？是想要爷爷的祝福吗？"

阿木尔人模狗样地把骗我那套说辞又跟宏博说了一遍，真是令人作呕。我看得出来，宏博也不信他的话。他和熊爪子一样巨大的手在阿木尔眼前一挥，打断了他的话："小混蛋，有话直说吧！你找我来干什么？"

阿木尔说出了他的目的，他想让神通广大的宏博在毛乌素帮他外婆找到一块合适下葬的沙漠。

宏博看着被这件事折磨得疲惫不堪的我俩，哈哈大笑地答应了"小阿木尔"的请求。他说："阿茹娜真是越老越糊涂，一个人能不能留在毛乌素跟沙漠、跟绿洲没半毛钱关系，到最后，还是长生天说了算嘛！"

在宏博闭上眼睛、敲起鼓唱歌时，宏博变得全身僵硬，和阿木尔所讲述的，让巴根起死回生时一样，宏博的声音变成了另一个人的声音，就像另一个人的灵魂附在了他的身体上一样。就这样，这个意外的鬼魂声音，带我们回到了那个到处都是沙漠的往昔——

8

睁开我的眼睛，是谁把我找来？

我身不由己地变成了一道光，离开了我温暖而又黑暗的家。不知飞了多久，我看见了毛乌素。我看见一座大厦，我飞了进去。在那个海市蜃楼般的房间里，我盘旋在屋顶，看见宏博和一对年轻男女的头顶在我的身下摇晃。宏博你老了，背佝偻了，头发也掉光了。那两个孩子真年轻啊，像是我这个死去之人悲伤的旧事。

什么？你们要在这里找到一片沙漠？你们这些活人总是在遇到麻烦时，才会想到我这个灵魂。沙漠啊沙漠！这是一个多么遥远的词，我现在住的地方山清水秀，我不会饿也不会渴，想到什么难过的事情就跳进山泉，一下子什么都忘光了。死去又复活的巴根去过那里，难道他没告诉你们吗？

沙漠啊沙漠，这可不是什么愉快的记忆……

我看到一辆吉普车载着一群疯狂的年轻人，在沙漠里疾驰。我看到阿茹娜正在哄她的其其格和依云娜睡觉，由远及近的吉普车的轰鸣声让她们三个浑身打起了哆嗦。我看到门被一脚踹了开来，冲进来的人们把阿茹娜和两个小女孩拽出了屋子。她们的哭声太凄惨了呀，我看到连远方的饿狼听到这哭声都把耳朵埋进了沙子里。

"反动分子阿茹娜！"我听到为首的一个年轻男人冲阿茹娜怒斥，"今天我们找不到你那棵黑神树，就把你和这两个狗崽子活埋在沙漠里！"

我看到这个凶狠的年轻人脖子上有一颗枣核般的胎记，我看到他在此之前生活的那二十年里的一点一滴。我看到他们何以成为他们，而我又何以成为我。我看到枣核和他的伙伴们把阿茹娜和她的女儿们绑起来，向黑暗的沙漠深处进发。

我看到了阿茹娜在沸腾的灵魂，那颗灵魂流着泪对我说："我不能出卖尚喜，那样做的话我等于背叛了长生天。我死也就死了，可其格和依云娜呢？她们就像还没学会飞的白鸽一样稚嫩啊！伟大的长生天，我该怎么办啊？伟大的长生天，显示你的神迹吧！给我些预兆，指引我！或者，解脱我……"

我看见时间在一分一秒地过去，地球的东方没多长时间就将再次与太阳碰面。在阿茹娜胡乱的指挥下，吉普车发出了两声梦呓般的呻吟，搁浅在了沙漠中。枣核狠狠地踢了两脚这辆没油的机器，揪住了阿茹娜的领子，用猎枪顶在了她的脑门上。我听见他对她说："阿茹娜，你不要耍花招，我要是死的话一定先把你毙了！"

在喝完了最后一滴水、用尽了最后一丝力气后，暴徒们的眼睛盲在了四处的黑暗中，耳朵聋在了周遭的风声里，他们无法判断自己究竟还有多长时间能找到目的地，枣核和他的兄弟姐妹们被沙子鞭笞着，智慧与经验消失殆尽。他们变成回到了子宫中的孩子，他们恨阿茹娜，他们怀疑阿茹娜就是想杀掉自己，可他们只能信赖阿茹娜，她是唯一在沙漠里活下来的生命。枣核崩溃了，我看见他像个女人一样摔在了沙漠里，从沙丘滚落下来，他大喊大叫着"我们完了，我要死了"。

我看到一只幼小的沙狐看到了狼狈的枣核，枣核也看到了它。我看到阿茹娜惊叫地扑到沙狐幼崽身前，肩膀上盛开了一朵灿烂温热的血之花，我看到沙子被鲜血染红。我看到枣核咬牙切齿地解下了背着的猎枪，瞄准沙狐幼崽开了这一枪。我看到远方呼啸着的风暴比子弹还快。这个沙漠变成了一只巨大怪物的嘴巴，风是它的喉咙，野蛮的石子就是它的牙齿。黑暗啊真黑暗，比黑社会还黑比光明还黑，我看到即使我这亡灵都看不见的黑暗。

我看到那些已经被吓破了胆的狂人们风还没吹过来就已经进入了口吐白沫、四肢抽搐、神志不清的濒死状态。我看到大限将至的阿茹娜把其其格和依云娜搂在了怀中，低声安慰着她们不要害怕。我看到阿茹娜看见了黑暗中的四盏犹如电灯般的光束，似乎在指引她方向一般叽叽喳喳地叫了起来。那是刚才没有死于枪弹的小沙狐和它身披妖艳火红皮毛的母亲，在这两只沙狐的指引下阿茹娜带着她的女儿们钻进了搁浅在沙丘上的吉普车。

我看到沙暴龙卷风来了，枣核瞬间被甩到了夜空中，即使他的叫声凄厉，风柱毫不怜惜地像拧一条毛巾般拧断了他的腰，拧碎了他全身的骨头和血管，最后拧断了他的脖子，把他摔死在了沙丘上，沙子在狂风的裹挟下一瞬间就埋葬了他。

我看到阿茹娜在依云娜的提醒下发现其其格不见了，其其格不忍心再看人枉死，冲出了吉普车。我看到依云娜哭号着要去把姐姐找回来，阿茹娜死死地把她抱在了怀中。我看到阿茹娜看见风柱在其其格四周疯狂地旋转，这玩笑残忍地把其其格吓呆了。我看到这家人救巴根那天，当宏博对阿茹娜说必须用一个生灵的性命换回巴根的性命时，其其格在心里向长生天祈祷，她希望长生天拿走自己的生命，去换回巴根的生命。她觉得只有这样，她才能向自己背叛过的阿茹娜忏悔。我看到长生天选择了其其格的牺牲而不是阿茹娜的牺牲，我看到沙漠此时冷酷地追讨着它的债务，风柱把其其格裹挟到了身体中，像是杀死枣核一样杀死了她。我看到其其格被狂沙淹没，她的灵魂从肉身中脱缰而出，从沙漠里飞了出来。我看到她向我扑来，也看到我向她扑来，我们融为了一体。

远古，未来，亿万颗星星上，所有的世界中，我们一直在一起啊！我就是其其格，其其格就是我，我就是阿茹娜葬身于沙漠连尸首都找不到的女儿，我就是阿木尔和图雅拜祭的亲人。这一切我都想起来了，那晚阿茹娜在吉普车里所流下的伤心的泪水，依云娜撕咬她胳膊所流下的痛苦鲜血，打湿了我这亡灵的眼睛……悲伤把我变成了和你们一样的生灵，我在这里只能看到森林与草地，我看不到沙漠，就像我看不到我自己一样。

第三章　恋曲

1

依云娜长大以后，干瘦的身体有了骄傲的曲线，枯黄的面容焕发了白皙的光泽。五官再也不像一窝老鼠般缩在一起，而是骄傲地绽放成了一朵艳丽的鲜花。人们纷纷议论依云娜变这么好看简直就是奇迹，是她死去的姐姐把自己的美丽献给了她。

知青点的那几个知青有事没事就来找阿茹娜，都美其名曰要跟着她一起种树，可我外婆知道这帮积蓄了十几年的精液都能从嗓子眼里倒灌出来的年轻公牲口对种树和革命都没兴趣，他们的目标是依云娜的笑容与注视，依云娜的乳房和屁股。沙漠突然变成了这样一个到处都是压抑不安的精子大仓库，阿茹娜头痛欲裂。她不得不拿出很大一部分精力盯着依云娜，以免惹出什么祸事。现在的毛乌素就像一个随时就会爆炸的火药桶，那根天气稍微热点儿都能自燃的引线就是依云娜。

"依云娜！"阿茹娜看到女儿正在用望远镜观察远方的知青点，没好气地夺过来了望远镜，"那里就是几个傻子，有什么好看的？"

依云娜生气了，从额吉手里抢回来望远镜，反驳道："他们不是傻子，他们知道的比我们知道的多得多。"阿茹娜："说这是沙漠，我们不需要知道那么多。我们知道怎么种树，怎么不被沙子要了命就足够了。"依云娜没有再争辩，母女俩都难过地低下了头，她们不约而同地想起了其其格。依云娜小声地说："你这样说话是会惹祸的，你要小心一些。"

这句话差点儿把我外婆那颗沉浸在悲伤之中的心脏给吓得蹦出来，她不敢再招惹她的女儿。依云娜拿着望远镜躲回了家，蹦蹦跳跳得像一只去找母亲的羚羊。"她还是个孩子！"阿茹娜在心里对自己说。

阿茹娜还记得那场风暴过后，她牵着吓傻了的依云娜回到家，那座父亲刚刚盖好没多久的窑洞又被沙暴冲塌了。我外婆和她的女儿坐在光秃秃的沙子上发呆，另一个女儿在冰冷沉重的沙丘下魂归黄泉，任凭得知消息后赶来的巴根怎么推她，摇她，掐她，她毫无反应。"阿茹娜啊！我当时好害怕！"巴根后来对她说，"你的样子就像是其其格把你的灵魂一起带走了。"

两天后，依云娜才从惊吓的昏迷中苏醒。她睁开眼睛的第一句话就是额吉在哪儿。这呼唤让阿茹娜的心智半梦半醒地回到了她的躯壳里，那一刻阿茹娜打定了带着依云娜跟父亲回草原的主意。她眼含热泪地想象着回去之后的平静生活，没有爱情，没有生死，没有理想，没有沙漠……她走到了依云娜面前，紧紧地抱住这个自己侥幸逃生的女儿，令她和所有人都没想到的是，这个和她在沙漠里患难与共的战友一看见她就如同一只饿狼般扑上去狠狠地咬住了我外婆的胳膊。"泥贫始末部瓢窝周季节！"依云娜一边用牙齿把我外婆的胳膊咬出来汩汩鲜血，一边用她的喉咙含糊不清地嚷嚷着。"她在喊什么！她是不是疯了！"我外婆哭着问四周的人。

"阿茹娜啊！依云娜在问你，为什么你不让她救她姐姐。"巴根说。

枣核和那几个干革命的人死在了沙暴里，这件事情让阿茹娜坐立不安，她本已准备好了更多干革命的人把自己抓走，甚至把自己打死，可一直没有干革命的人来。倒是旗长匆匆地来看望了她一趟。她握着旗长的手难过得说不出话，只知道让眼泪使劲地流在旗长的手上。旗长偷偷地告诉她有一个大领导专门发了话，治理沙漠的人要区别对待，自己今天才能和我外婆活着握上手。

我外婆问那个人是谁，旗长说出了一个恕我不能直说，说了你们也一定认为我是在吹牛逼的名字。我外婆这才恍然大悟，知道为什么革命群众不来为革命群众报仇了。她激动得热泪盈眶，有些相信旗长所说的"黎明马上就要到来了"。

尽管巴根一直追在我外婆屁股后面，哀求她不要离开自己，离开沙漠。可我外婆还是收拾好了所有的行李，扔掉了所有她想要扔掉的东西。当父亲的车来接她们的时候，我外婆这才发现依云娜不见了。"阿茹娜啊！依云娜会不会在其其格死去的地方？"一直跟在她屁股后面的巴根，突然从嘴里蹦出来了这么一句话。

两个人赶到了当时的事发地点，依云娜果然在那里。阿茹娜这时才发觉从这里已经能望见神树摇曳的树枝了。依云娜正在一锹一锹地铲着沙子，不知道她从哪里弄来了一株沙蒿，她想把它栽好。

阿茹娜上去夺她的铁锹，说："依云娜，我们该走了。"

依云娜推开了阿茹娜的手，说："我哪儿都不去。我要留在这里种树。我决不再让一个孩子被沙漠里的风刮走。"

阿茹娜看着依云娜执拗的脸，这让她想起了当年发誓要把毛乌素染绿的自己。她的心里感觉到了一阵刺痛，她想把依云娜抱走，可依云娜挥舞着铁锹不让任何人靠近自己。巴根偷偷地走到她身后夺走了她的武器,阿茹娜一把抱起了她。两个人费了很大的力气才把依云娜抬上了卡车。

车开动了,阿茹娜看着气哼哼盯着自己的依云娜说:"没关系的,你不要害怕。草原是个很好玩的地方。"车驶过神树的时候,阿茹娜看着那郁郁葱葱的大树,似乎每片叶子都在和自己告别。依云娜趁她不注意,站起来跳下了卡车。

依云娜的脸被沙子划得都是血口子,一条左腿也骨折了。阿茹娜说:"你就这么想留下来?"依云娜看着阿茹娜,突然像一个女人问另一个女人般问阿茹娜:"你就这么想走?你对得起你的女儿吗?"

看着依云娜黝黑纽扣般明亮的眼珠,我外婆叹了口气。她扭头对赶来的巴根和我的曾外祖父说:"你们再帮我起一座窑洞吧!"

现在想起来这些事,我外婆唯一后悔的就是窑洞没有修在杳无人烟的沙漠深处。那样的话,她就再也不用担心某个草原上的小流氓,或者外地来的小流氓,用他花哨的雄性魅力引诱她的女儿了。

2

"有一天,依云娜不见了,我知道她在哪里,我找到了知青点。那是一个肮脏的马棚。我听到一阵歌声传来,顺着它我在臭烘烘的棚子尽头找到了依云娜。她正在给那几个男孩唱歌。其中我最害怕的是那个戴着眼镜的男孩。这个男孩个子很高,皮肤也很白,即使在我看来,也是个非常英俊的男子。他看着依云娜的眼神只有虔诚,似乎连呼吸都不敢,怕玷污了依云娜的歌声。这个情景更令我担心,那男孩手里拿着一个笔记本和一支笔,依云娜唱一句他特别认真地在本子上记一句。

高耸的山峰

敖包屹立

痴傻如孤儿的我们呀

它就是母亲

壮美的山巅

敖包突起

悲苦如孤儿的我们啊

它就是父亲

　　"依云娜继承了她父亲的美好歌喉。她总能把一首歌从自己的生命唱到别人的生命里。她的歌唱完我看见眼镜摘下眼镜抹了抹眼泪。他说：'依云娜，你唱得太好了！这首歌不由得让我想起了远方的家乡，和家里的老父亲老母亲。'依云娜说：'是不是让你伤心了？那我唱个快乐些的歌吧！'

骑着云一样飘逸的骏马

越过漫长山冈

正想念你

你出现眼前

北方森林茂密

沉香只有一棵

少年虽然很多

初恋只你一个

骑着铁一样坚强的骏马

看见遥远山冈

正盼望你

你来到身旁

南方森林茂密

檀香只有一棵

亲人纵然再多

心里只你一个

"依云娜唱完这首歌，那男孩兴奋地鼓起了掌。依云娜不好意思地笑着低下了头。此时我重重地咳嗽了一声，他们才发觉我在这里。我说：'走，依云娜，跟我回家去。'依云娜恋恋不舍地看着眼镜，眼镜笑着对依云娜说：'既然家里有事，就先回去吧！'接着眼镜对我说：'大妈，我在记录蒙古族的民歌。依云娜的歌真美啊！'他叫我大妈，这差点让我气晕过去。我冷冷地瞪了他一眼，我对这个男孩子说：'现在是秋天，你穿得太少了。到冬天你会被冻死的。'他苦笑着说，家里实在是没有衣服再邮给他了。马棚里太冷，我不愿再跟那个小伙子说话，拉着依云娜走了。在路上，依云娜埋怨我不懂礼貌，太粗鲁，不该这么对待一个男生。我一言不发，心想这是人家英俊文雅，要是换一个黑矮子，你的态度比我还粗暴。我把她带回了家，锁上了门。她拼命地拍着门，可我的愤怒让我听不到任何声音。我肚子里揣着一团火，它焚烧着我的脑子。我现在这么担惊受怕全怨巴根，我想起来他都恨得牙痒。

"虽然我跟巴根离了婚，可他没少纠缠我。刚离婚的时候，他来找我，两手拎着各种罐头，有牛肉的、猪肉的、苹果的、桃子的，都是普通人搞不到的东西。这个卑鄙小人，他知道依云娜最爱吃罐头，他说：'阿茹娜啊，快给你和依云娜补补营养吧！一阵风吹来，都能把你们的腰打断。'可我的其其格也爱吃罐头，看见这些东西，我就想起了其其格，还有那些主席台上挨打的人们，他们一个个臃肿的脑袋，就像泡在汁液里的罐头。我强忍着嗓子眼里的痒痒，把那些罐头狠狠地砸在了门前的石头上。玻璃罐子在石头上被砸成了无数的琐碎晶片，糖水和油脂顺着商标流在了沙子上被蒸发到了天上。巴根被吓坏了，他指着商标上那些鲜红的最高指示，说：'阿茹娜啊！你疯了吧！'我心里害怕极了，我强撑着冲这个男人冷笑，我说：'你不是告发王爷了吗？那你可以再去告发我啊！'巴根什么都没有说，铁青着一张脸走了。那天晚上依云娜的小嘴亮晶晶的，我知道她偷偷吃了巴根拾走的罐头。

　　"后来他们对我说，你的问题我们搞清楚了！我到现在都不知道我有什么问题，可我又能种树了，这让我很开心。我到处都找不到树苗，着急得嘴上到处都是大泡。巴根不知道从哪里得知了这个消息，他又来了，带着几个人，都是他的所谓的'革命战友'。战友开着贴满革命大标语的卡车，卡车载着满满一车的树苗。我可以把巴根挡在门外，可我舍不得那些树苗呀！他们卸车的时候巴根问我树苗放哪儿，这个卑鄙小人。我们那些年种了几万棵树他不知道树苗放哪里吗？我没有理他，装作他们不存在，只是一心一意地为阿茹娜梳辫子。阿茹娜看到巴根进了家，我没有轰走他，她的那个高兴啊！她展开了歌喉，就像一只飞翔的黄鹂鸟。

善飞的黄鹂

楼阁顶啼鸣

两只小黄鹂

在一起喧闹

赛马要依靠

马桩和吊桩

我们要依靠

亲爱的爹娘

摔跤手依靠

坎肩和带子

孩子要依靠

阿爸和额吉

　　"我看到一个毛手毛脚的笨蛋把他手中的树苗磕伤了一块，我实在忍不住了，我站起来看着远方的沙漠小声说：'你们小心一些。'我听见巴根踹了那小伙子一脚，他龇牙咧嘴地说：'这是我们的命根子，你们给我小心些。'从此之后，每隔一段时间，他都会拉来一车树苗。我都会避开他，要不给他留个门，要不让依云娜在家等着他。我总在想，他在运送树苗的路上看到路边我栽种的这些小树，他会想些什么。我估摸着，他肯定也在想：'阿茹娜啊，你在沙漠里种下我送来的这些树苗时，心里在想着什么呀？'

　　"那些年我就这么胡思乱想着，用他送来的树苗种活了一片又一片树林。可一句话都没有跟他说过。"

3

　　知青点刚建好的时候来了七个大小伙子，在阿茹娜的强烈反对下，他们只好驻扎在了离窑洞很远的那处废弃马棚里。第二天早上，就有四个人不见了，剩下的三个人被风刮成了流着大鼻涕的烂蒜或者干脆就是烂蒜本身，他们再也没有见过那四个可耻的逃兵。

依云娜一开始很害怕这三个人，他们每天早上都在沙漠里排着队乱跑，一直跑到站不起来为止。到了晚上，他们就比赛背诵语录，一个比一个的声音大，用我外婆也就是她妈的话来讲，"简直比连着下暴雨打大雷还让人心烦"。他们还经常坐在马棚外面的沙地上整夜整夜地聊天，有次依云娜偷偷地凑过去偷听，觉得这些人太奇怪了。他们聊着聊着就开始批评对方，说的罪名大得都能吓死人。依云娜把这些告诉我外婆，我外婆说："你不要招惹他们，他们就是一群使劲骗自己骗别人的疯子。"过了一会儿，我外婆又说："唉，他们也是一群可怜人。"

有一天晚上，他们又打架了，其中的一个脑袋被打烂了。他们吵醒了我外婆和依云娜，我外婆根本不想给他们开门，大声呵斥他们赶紧离开。屋外疼痛的呻吟声打动了依云娜，她甩开我外婆拦阻她的手，把他们从门外的黑暗旷野中迎了进来，帮那个受伤的男孩包扎好了伤口。刚包扎好，我外婆就迫不及待地把这三个混蛋赶出了窑洞，可他们共处一室的时间足够阿茹娜把他们瞧了个仔细。自己包扎的这颗脑袋英俊白皙，五官有着画像里那些战士一样的黄金比例。支撑着的身体瘦削而又高挑，还分泌着一种水果的香味。因为这个水果一样的男孩脑袋上面架了个眼镜，依云娜给他起了个名字叫"眼镜"。

打烂眼镜脑袋的男孩子有着粗壮的手臂和健硕的身体，说话总是满不在乎，于是依云娜给他取的外号是"粗胳膊"。这两个人都对那个比他俩看起来稍显成熟的黝黑男孩叫"领导"，依云娜在心里也叫他"领导"。

他们再次相遇的时候，眼镜对依云娜连声说谢谢，依云娜想对他笑一下，阿茹娜铁青的那张脸让依云娜什么兴趣都没有了。晚上的时候，马棚那边想起了合唱的声音，依云娜推开门去看，只见马棚前的沙地上那三个年轻人用篝火组成了大大的一行字：依云娜，谢谢你。他们冲依云娜使劲挥舞着双手，仿佛三个在地平线上舞蹈的黑暗小精灵。依云娜兴奋极了，她冲出门去大声地唱起了歌，那歌声变成了人类的青春之河，流进了毛乌素的每一粒沙子结构繁密的核心。

> 天上飘荡的风啊
>
> 你何时才能停下
>
> 实在是愚笨的我们呀
>
> 幸福你究竟在哪里
>
>
> 穿越穹庐的风啊
>
> 拽你的绳子在哪里
>
> 奔波世间的我们啊
>
> 幸福你究竟在哪里
>
>
> 一棵树与另一棵树
>
> 根把它们连成了密林
>
> 一个人与另一个人
>
> 情意把骨肉连在了一起

阿茹娜阻止不了依云娜的歌声，她愤怒地扑到了那个马棚，把篝火踢灭，怒斥这些不知道天高地厚的少年。三个家伙躲避着阿茹娜，胸腔里发出了爽朗的笑声。无忧无虑的笑声像酒一样令依云娜胸腔起伏，每一颗星星和每一粒沙子都在她眼中旋转了起来。

后来巴根给阿茹娜弄来了树苗，她又重新开始种树，无暇再顾及依云娜。渐渐地，依云娜和马棚里的那三个少年熟络了起来，这三个人总是会在各种地方和依云娜巧遇，就像三粒无孔不入的灰尘。依云娜喜欢听他们聊天，他们会聊到故乡的体育场、大高楼和节日时候的庆典，那些体育比赛，篮球和乒乓球。依云娜虽然觉得一帮男人为了个球争得脸红脖子粗是件很傻的事，但她隐约觉得那一定也非常有趣。那些糖果，那些河流，在少年们叙述时运动的舌头上香甜，闪闪发光。还有烟火，它和可怕的闪电究竟有什么不同。为什么听起来那么美，那么与众不同？还有国庆广场上腾空而起的气球，它不是鸟，没有翅膀，为什么能飞到天上去？几万只气球一起涌向天空，那是一个什么样的景象啊！这一切对依云娜来说都不可思议。最不可思议的，是这三个男孩子的生命力。他们是这个沙漠里最幼稚软弱与愚蠢的生物，这样的生命在沙漠的生物链里是自己都不好意思再活下去的，可在他们比被风化的动物遗体还疲惫不堪的眼珠里，总是会有生机一闪。是什么支撑他们继续活着的呢？

依云娜没有想到，这个问题的答案就是自己。他们都喜欢依云娜。这个少女有着他们在家乡女孩身上没见到过的东西。在一次卧谈会上，三个人谈起这个话题，粗胳膊觉得依云娜的美就是纯真、健康与朴素的集合体；领导将这总结为一个词——"自然"；眼镜将这个词升华到为了让另外两个同伴觉得眼镜不愧是眼镜的另一个词——"生命力"。三个人回想起了第一次见到依云娜的时候，他们都被她的美貌震慑了。她让这片荒芜的不毛之地在一刹那变成了一个深邃神秘的礼盒。"依云娜！"他们说起这个名字的时候，都会觉得从下腹到喉头间涌出一阵甜蜜。

4

"有一阵子，巴根不来了。我一打听，才知道林彪事件之后，他们的司令部被另一派打败了，巴根一下子从红人变成了人人厌恶的过街老鼠。人们都说他对旗长的那些殴打令人发指，那可是对他有救命之恩和知遇之恩的人呀！看着他们义愤填膺的表情，想起来巴根威风的时候他们比面条还软的双腿，我心里却是在一阵阵发凉的苦笑。我很担忧巴根，想去看看他。可我的双腿对我说，你为什么要去？你不是恨那个卑鄙小人吗？我不知道该怎么反驳它们，只得作罢。后来我发现依云娜隔一阵子嘴里就会哼唱一首新歌，我就明白了，她一定偷偷地和巴根见面。

"后来我见过巴根一次，他正在帮别人盖房子，浑身全是泥水和白灰，隔着远远的我都能看见他血红的眼睛。他站在梯子上在尽量地伸展着身体，可我感觉他就像一块被放在热锅里的羊油，那些胳膊上腿上的汗水让他饱受煎熬，他的命变得越来越小越来越小。此时几个人走过来一脚踹倒了梯子，他摔在了地上，那些人捡起砖头和土块就朝他砸过去。曾经的跤王巴根身体蜷曲成了一团，尽量地把自己的头和腰护住。那些人砸了一阵子，嘻嘻哈哈地走了。人们都在看，可没一个人去帮巴根，我也没有。回家的路上我的心怦怦狂跳，一直到第二天都没平静下来。我跑到神树下，像宏博给人治病时做的那样，从地上捡拾起了一片片落叶，把它们捣成了汁液。我装作无所谓似的把存放药汁的罐子放在了桌子上。没过多久我发现少了半罐，我知道，依云娜又去看她的父亲了。

"依云娜是红肿着眼睛回来的。一回来她就哭，我没有问她为什么要哭，我明明知道她为什么哭又何必再问呢？我想哭一哭对心也是好的，要不身体太悲伤了。我是不能哭，否则我也会痛痛快快地大哭一场。依云娜开始对我百般挑剔，我知道她是在故意挑衅我，想激怒我。可我太累了，懒得理她。见我不搭理她，依云娜哭得更伤心了。她伤心地哼唱起了一首我从来没听她唱过的歌——

> 绣着叶子的丝绸
> 一生不要抛弃
> 秋天的三个月里
> 请不要把我忘记

> 绣着云彩的丝绸
> 永远不要抛弃
> 冬天的三个月里
> 不要把恋人忘记

> 我送给你的丝绸
> 别和你的身体分离
> 春天的三个月里
> 别把心意忘记

> 浸染着我爱的丝绸
> 求你不要脱去
> 夏天的三个月里
> 不要把我忘记

"我知道这首歌是巴根教给依云娜唱给我听的。我心里有些甜滋滋的，当年追我一程又一程的巴根，特别傻，又特别无赖。他怎么让人打成那样还唱这种坏歌？早知道我就不管他了。那晚依云娜傻乎乎地把这歌唱了一宿，我也不知道是该哭还是该笑。

"巴根再次出现在我眼前的时候，我和依云娜正准备睡下，突然我听到了敲门声，一打开，竟然是这个人。可这人那具干瘪的身体，那双空洞的眼睛都不像是他，倒像是他的影子，他在亲人噩梦里的样子，他的鬼魂。我问他：'你来干吗？'我不敢大声地问，生怕声音一大他全身的骨头都碎了。他示意我走出来，我在门外看到他背起了一捆比他身体庞大沉重多了的树苗向我走来，这捆树苗放在地上的时候我的脚都觉得疼痛。巴根说：'阿茹娜啊！这是我帮人盖房子赚来的，我从没要过钱，我就和他们讨树苗。'我问他：'那你吃什么喝什么？'他只是对我微笑，可他的笑容一下子让我难受了起来。他说：'我要走了！'等他走了之后，我越想越不对劲。我跑到了他住的地方，他看见是我很意外，我看着他觉得他比刚才在我家时更黑了，更小了，更瘦了。此刻他更像是他影子的影子，他刚张开嘴，我就说：'我还需要更多的树苗！以后你去给我找树苗，我给你做饭吃！'说完我看都不看他就跑了出去，沙漠里的夜风隔着衣服和皮肉就能把人血吹成冰渣子，可我的心在怦怦乱跳，脸烫的我自己都脸红。我骂我自己是个没廉耻的女人，怎么一见这个男人脑子就乱了，因为看着那个影子一样的巴根，我脑子里全是第一天来毛乌素遇到的那个光着屁股、腰底下一根铁棍子直指着我的巴根。"

5

渐渐地，依云娜发现三个人同时出现在自己面前的时刻少了。她经常会单独地发现其中的一个，就像是山鬼一样不知道从哪片黑暗的角落里蹦出来，吓人一跳。每个人都用尽自己全身的力气，向依云娜证明着自己的男性魅力。沙漠是一个铁桶，革命是罩在铁桶上面的另一个铁桶，这些短暂的故作巧遇的心计，这些永恒且特别刻意的单纯，像是一道缝隙，这几个年轻人从里面望到了之前他们不会注意到的事情——男人的肌肉与胡须，女人的乳房与秀发。这些美好的风景仿佛太阳与月亮一样，在他们的梦乡里旋转着，闪烁着，发出梦呓与呻吟，展现幻想和它可以摧毁一切成就一切的力量。对爱的渴望，对性的渴望，成为依云娜和三个青年在这座沙漠里唯一有意义的事情。

有天早上，我外婆狐疑地问依云娜，晚上做什么梦了，怎么乱哼哼？依云娜故作镇定地说自己发烧了，做了噩梦，梦到了姐姐其其格。我外婆冷笑了一阵，盯了她好几天，要不是巴根又带着我外婆去旗里盖房子了，依云娜真怕她会盯自己一辈子。

这件事让依云娜变得心烦意乱，她感觉自己变成了一个他们所说的"篮球"。每一个人都在抢夺着自己，想要"投篮"。她不知道自己该如何是好。母亲，是她早就恨着的人。那些男孩为讨她欢心所做的一切，也不再像她没做过春梦的时候那样璀璨动人了。那些被描述的美丽幻象只能让依云娜感到在天上飞时的快乐，可当人们无话可说的时候，她感觉到了空虚中的忐忑，似乎陷入了流沙之中，她渴望土地的踏实。就像父亲的歌声一样，渗入她的血液，就是死掉，也会深埋其中的彼岸。

晴朗的天空

没有云大地才能明亮

人的心

不被煎熬才能幸福

红色的太阳

没雾霾大地才能明亮

我的灵魂

没有苦闷才有幸福

大河回旋流淌

激流永不中断

你的心灵

我无法彻底明白

大江波浪翻滚

不能从中截断

你的心灵

我无法进去查看

　　这首歌，依云娜分别唱给了三个男孩听。他们都问依云娜歌词的含义，她破天荒地没有翻译给他们听，而是反问了他们三个同一个问题：你觉得沙漠像什么？

　　粗胳膊说："沙漠是一片大有作为的广阔天地。"依云娜说："我不想听这个，你跟我说实话。"粗胳膊想了想，五官瞬时像一个人的衰老一般垮塌了下来，他说："我觉得这座沙漠就是一口棺材。"依云娜又问："那我呢？"粗胳膊说："遇到你我就不怕死了。""那有一天你离开沙漠的时候呢？"粗胳膊没有说话，依云娜也没有再说话，两个人沉默了良久，依云娜转身就走，粗胳膊在她后面喊："依云娜！你不会喜欢我的，对吗？"依云娜不知道该怎么说，风吹过来，她就跟着风那么走了，好像风声不会让这个世界的沉默太难堪。

　　依云娜问到领导的时候，领导没有直接回答，而是告诉依云娜，那天晚上他们戴着眼镜去依云娜家包扎，是一个局。是他们急于想认识依云娜，眼镜想出来的损招。依云娜很奇怪领导为什么要把这件事告诉自己，领导说他很清楚依云娜问自己的问题，想要的真实答案究竟是什么。可他一定要离开沙漠，他不能给依云娜承诺。被砸烂脑袋的那晚，眼镜声称为了依云娜能"肝脑涂地"。依云娜可以去问问眼镜，沙漠对他而言究竟意味着什么。依云娜看着极力克制自己情绪说出这些话的领导，他眼神里对自由的渴望比暗夜里的烈风还要狂野。依云娜轻轻地握了握他的手，为他唱了一首她认为属于他的歌：

　　　　人生苍茫

　　　　逃不了四海

　　　　青春有为的你

　　　　举止不要胡来

　　　　骄阳似火

　　　　越不过四海

　　　　无知年少的你

　　　　举止不要胡来

　　　　阳光照耀草原

　　　　没有雾霾的生命多么畅快

　　　　美好的少年时光

　　　　明白命运不出意外

当眼镜知道了依云娜从领导那里知道了事情的真相后，眼镜的眼镜上映照出来的沙漠镜像升腾起了一股白雾，那是身体过热后蒸发出来的水分。看着眼镜瘦削的脸上那两坨红晕，依云娜一下子变得特别开心，她觉得眼镜特别可爱。

依云娜就像小猫发现主人在注视自己时一样在阳光下冲着眼镜呈现出自己面孔与身体曲线相结合后最美好的姿态。她微笑着问他："那么，你告诉我沙漠对你来说意味着什么？"

眼镜这个家伙突然变得沉默了，依云娜的心一下子揪了起来。她发现自己从没有思考过一个问题：希望全部落空了之后怎么办。她对自己太有自信了，像是一颗熟透了的水蜜桃。而眼镜此时的踱步与沉默摧毁了她饱满又脆弱的自信，她害怕伤心的汁液会烫伤自己的内心。眼镜此时看着她，用一种特别神秘的语调说："依云娜，你知道什么是小说吗？"依云娜愣了，她问眼镜，什么是小说。眼镜说就是很长很长的一个故事。依云娜来了兴趣，会讲很长很长故事的眼镜让她想起了会唱很多很多歌曲的父亲。每一首歌都有名字，依云娜问眼镜那个长长的故事叫什么名字。眼镜扶了一下他的眼镜，说名字叫《悲惨世界》。

眼镜对依云娜说，在万恶的旧社会，有一个姓冉的老实人，因为实在是太穷了，偷了两个包子被关进了监狱。刑期满了之后，他因为坐过牢处处受到歧视。一个大雪天，这个老实人走投无路，昏死在了郊外一座古庙前。醒来以后，他发现一个慈眉善目的老和尚在看着自己，那和尚身后香案上的三尊金佛栩栩如生，闪闪发光……

这部被眼镜移植到了古中国的法国小说，随着眼镜的智慧与沉着，像所有男孩跟女孩吹过的牛皮一样越来越大，越来越真切。眼镜被雨果和少年时热爱阅读的自己同时灵魂附体了，细节如同溪流汇聚成的江河，构成了一个个充满力量、悬念与质感的重击。眼镜踏实地感觉到了这个故事无法被推翻的牢固结构。这令眼镜自己都感到惊讶，怎么这个故事放在旧社会这么感人呢？他一边给依云娜胡诌，一边在构思这故事要是放到现在应该怎么讲。这分裂让他的灵魂不寒而栗，后来我翻了翻雨果这个老家伙写的原版《悲惨世界》，光是作者的那篇序就让我感觉到他是个大牛人，他完美地解释了眼镜的疑惑，他是这么说的：

> 只要因法律和习俗所造成的社会压迫还存在一天，在文明鼎盛时期人为地把人间变成地狱并使人类与生俱来的幸运遭受不可避免的灾祸；只要本世纪的三个问题——贫穷使男子潦倒，饥饿使妇女堕落，黑暗使儿童羸弱——还得不到解决；只要在某些地区还可能发生社会的毒害，换句话说，同时也是从更广的意义来说，只要这世界上还有愚昧和困苦，那么，和本书同一性质的作品都不会是无益的。

"冉姓老实人偷了三尊金佛，逃亡路上被捕快抓住拘回寺庙。怎料老和尚说这三尊金佛乃是老衲送给冉施主的礼物，捕快无奈地放了姓冉的。姓冉的此时瞥见寺庙大殿内我佛庄严宝相深受震撼，领悟佛法无边决定一心向善……"

眼镜掏出了火柴，点燃一根引着了自己放在嘴里的香烟。当时已近黄昏，依云娜看着眼镜在夕阳下忧郁的面容，被风吹动的头发，觉得他就是自己的神。

"你问我沙漠是什么样子，它就是悲惨世界。我就是那个姓冉的，依云娜，你就是我看到的金佛。"眼镜说。

依云娜开心极了："我是你的长生天？"

眼镜愣了一下，说：“对，你就是我的长生天。”

依云娜被眼镜的回答吓坏了，眼镜自己似乎也被吓坏了，两个人不知道下一步该怎么办。依云娜从沙地上站起身来，拍拍身上的灰尘，唱起了一首她前几天跟父亲学的歌：

山岭中岚云一团团弥漫
象征着天气开始变暖

沙地里水雾一层层循转
预示着春天要降临人间

家门外岚气在我们身边弥漫
我们的家园再次迎来温暖

唱完这首歌，两个年轻人就各自散去了。

6

“从那天起，巴根又回家吃饭了。我们之间的关系特别简单，他出去给人造房子，给我赚回来树苗。我想尽办法让他吃饱，把他照顾好，不让他生病。依云娜吃饭的时候能看到巴根，变得活泼开朗了，跟我说的话也多了。巴根也从一个飘飘忽忽的影子又变成了个实实在在的人。依云娜学会了做饭以后，为了多捡些树苗，我会跟随他一起去给旗里的人建房子。人们对我俩议论纷纷，说我俩是一对疯子。可我不在乎。有一次，依云娜不在家，巴根趁我不注意的时候把我紧紧压在炕沿上就要脱我的裤子，我从衣服里抽出了没结婚前防备他的那把刀子。巴根的脸变了颜色，他问我什么时候藏的刀子，我说从他重新回来我就备好了。巴根没有说话，出去的时候一拳砸在了墙上，墙上一个血印子，我觉得窑洞就要塌了。那是我第一次见他对我生气。

"我们的女儿越来越大，越长越漂亮。他教给她的歌却让我越来越听不进去。那都是些什么啊？不是大小伙子爱上一个姑娘，就是一个姑娘想念她远方的情郎。我只想种树，他们的歌声越来越让我心慌意乱。那些知青像蝗虫一样这两个那三个地降落在我们的沙漠里之后，每一天的天都在摇晃，地都在颤抖，每天喊着要人定胜天，可我没少看到沙漠要了这些笨蛋的命。那些活着的人还像傻子一样天天蛮干，他们越表现得为了他们的革命就是让他们去数清楚毛乌素有多少粒沙子他们都愿意去，我就越清楚他们内心有多恨这个地方多想离开。我有时候真是替他们的父母担心这些傻子，可我更担心依云娜。我发现人发情比牲口发情还要可怕，我估计毛主席就是发现了这些年轻人发情之后又没法把他们全阉了，就把他们全送到这里来了。我警告过巴根不止一次不要再教女儿唱歌了，把她看好。可巴根却冷笑着说，我们的女儿是个有血有肉的人，不像我们俩，就是两棵沙蒿。这话可真让我生气，早知道我就不让他重新进这个家了。"

> 有比太阳更炽烈的太阳吗
>
> 有比我更爱你的恋人吗
>
> 有比月亮更清澈的月亮吗
>
> 有比想念更伤神的想念吗
>
> 有比岩石更坚硬的岩石吗
>
> 有比相守更执着的爱情吗

骑上健壮的骆驼啊

在草原上摘一朵最美的公主花

牵上驼铃绳

带上我的公主出发

"那天我去旗里完成我的工作。远远地，我就听到了巴根的歌声，是他先看见了我，故意唱给我听的。我看见他假装在屋顶上忙活着。我走过去愤怒地对他说，巴根你这个混蛋！你再教依云娜唱这些不三不四的歌就不要回来了。她现在每天和知青点的那帮男孩子混在一起，这样迟早会出事的！

"然后，我看见他脸色一下子变得煞白，他怪叫了一声'阿茹娜啊'，像一根泡软的面条般晕倒在了屋顶上，要不是他的工友们及时抓住了他，巴根一定就滚落下来摔死了。带他回家的时候，我看着他的脸，全是冷汗。"

7

那段时间阿茹娜和巴根好不容易找到了用盖房子换树苗的诀窍，几乎整日待在旗里，累得半死，依云娜芳心有主这件事情简直比沙漠上突然出现太空飞碟还要明显，可阿茹娜的双眼已经快被汗水蜇瞎了。依云娜也没有告诉过她，每当她离开家以后，自己就会在尚喜树神下和眼镜见面，两个人一起吃眼镜的口粮，眼镜给她讲《悲惨世界》，她给眼镜唱歌，就这样可以一坐就是一天。

在眼镜的叙述里，依云娜经历着各种美好的与丑陋的人性。她陷入到了一种女人特有的疯狂之中，现实成了虚幻的背景，眼镜才是真实的存在。她为那个悲惨的世界着迷，更沉醉于爱情之中。眼镜讲到这老实人老冉当了县官，为了救一个被马车压住的农夫，不惜在沙捕头的眼皮下暴露了自己的囚徒身份时，人类那无私与正直的勇敢博爱令依云娜流下了热泪，沙捕头那阴沉的脸色又让她从脚心到每一根头发梢都惊悚得战栗。那是眼镜第一次深深地拥抱依云娜。当身患绝症的方小姐为了寄养在远方亲戚家的爱女，卖光头发，敲下自己牙齿的时候，依云娜被这残酷的命运几乎窒息在风沙中，是眼镜的双唇与舌头让她第一次确实感受到了生命的温度。依云娜的乳房第一次感受到男人的抚摸时，那乳尖似乎被电击了般的快感刺入她的内部，她从腰到胯变成了一堆被雨水浸湿了的散沙。而此时，冉县令正马不停蹄地赶往方婷幼女寄居的客栈。她对自己身体残酷地体验到了快意感到非常愧疚，她狠狠地咬了眼镜的手一口逃回了家，好几天不敢再和他见面。他也像是在赌气似的一直没有联系她，这让依云娜感到十分的委屈。

　　熬了几天后，沙漠迅速地降温了，无定河似乎在一瞬间结成了个巨大的冰坨。依云娜收拾了一包御寒的衣物，去马棚里找眼镜。可当她一只脚跨进马棚，那刺骨的寒冷从她身体的每一个毛孔蚀入骨髓的时候，依云娜把自己之前的不快、希望与幻想统统忘记了。她看见衣裳单薄的眼镜躺在马棚的尽头，筛糠似的身体让面色铁青的他看起来像是一条在案板上使劲打挺的鲤鱼般可笑，依云娜不由得哭了起来。她拿出自己带来的衣物给眼镜披上，她的眼泪结成了冰，呼出的白气变成了霜。依云娜问眼镜，粗胳膊和领导都去哪儿了。眼镜说队部来了一个可以回城务工的指标，他们最近都在忙活着跑这件事。

　　当粗胳膊和领导回来后，依云娜气愤地质问他俩为什么不照顾自己的同伴。两个人沉默地看着依云娜，脸色铁青。领导怪里怪气地说："他愿意为你肝脑涂地，他有你就足够了，我们帮不上忙。"粗胳膊说："没办法啊！我得回城啊！那里才能找到我自己的老婆。"领导不屑地瞥了眼粗胳膊，说："你连二元一次方程都不会解，怎么回去？"粗胳膊和他吵了起来。眼镜躺在黑暗里哆嗦得更厉害了，依云娜走过去躺在了他的身边，用自己的体温温暖着他。第二天，彻夜未眠的她从自己家的窑洞偷出来了几捆树苗，背到马棚烧着了为眼镜取暖。火光让两个年轻人的脸上重新焕发了红晕，眼镜问依云娜要是你母亲发现了你烧树苗取暖怎么办，依云娜的脸更红了。

后来依云娜每天都要取一捆或者几捆树苗烧给眼镜取暖，粗胳膊和领导享受到了这福利但不领情，两人整天吵架，不是粗胳膊的钢笔神奇地不出水了，就是领导的鞋子莫名其妙丢了一只。那些高声的诅咒与叫骂堵塞了眼镜继续改编《悲惨世界》的灵感，也扼住了依云娜的歌喉。一对情侣在寒风里也哪里都去不了。两个人整天龟缩在大好生命焚烧的火堆前，你看看我我看看你，知道自己心里在想着对方，就足够了。

有一天，粗胳膊把所有的东西都堆在了一起，抱到了眼镜的面前。他说："哥们儿要走了，这堆东西就留给你了。保重吧！"眼镜愕然，问他要去哪儿。他把那张信纸平静地摊开，竟是允许粗胳膊回城的通知。眼镜看着他，喉结动动，就是说不出话来。粗胳膊转身就走，走出了马棚，走进了白皑皑的沙漠。

过了两天，领导还是没有回来，眼镜担心他出事情，和依云娜两个人四处去找他，找到了队部，他们告诉他们，领导自杀了。

他们说，领导对这个回城名额充满信心，没想到最后招走的却是粗胳膊。他大吵大闹，说粗胳膊的父母送礼了，粗胳膊的姐姐陪人睡觉了。队部管事的当然得派人把他打一顿，赶出了队部。

领导气不过，有哥儿们姐儿们给他出主意喝农药把胃喝坏了可以办病退，他喝了足足两杯农药，死在了知青办。

看见眼镜，队部的人一拍大腿，欢天喜地。他们带眼镜和依云娜去太平间里领了领导的尸体，把掩埋的任务交给了眼镜。看着领导那张不再鲜活的脸，依云娜不由得紧握住了眼镜的手，他的手上都是汗，却没有一点点力量。

眼镜在依云娜的帮助下找了块沙地埋了领导，从那天起他就一直发烧，全身上下打哆嗦。依云娜想尽了所有的办法，可他就是不退烧。依云娜只得扛来一捆又一捆的树苗，在他的四周都燃起了火堆，他开始流汗了，肌肉不再痉挛了，依云娜躺在了他身边，紧紧地抱住了他。不知道过了多久，依云娜迷迷糊糊地听到了我外婆的哭声、脚步声，这些声音由远及近地涌进她的耳朵，她挣扎着可就是坐不起来。我外婆一脚踹开了门，她看到依云娜和眼镜搂抱在一起，树苗都被烧成了乌黑色的死尸和银白色的灰烬，她走到了慌忙站起来的依云娜面前，说："你父亲在旗里盖房子的时候昏死了过去。"然后她捡起来一根烧焦的木头劈头盖脸地抽打依云娜，眼镜上前阻拦，我外婆拿出刀子架在了自己的脖子上，说："你再靠近我和我女儿我现在就死在你面前。"

依云娜啜泣着和我外婆回到了家。尽管巴根一个劲儿地说自己没事，可他那一脸黄豆大小的冷汗和抽搐的嘴角还是出卖了他的身体，此时此刻有多么的疼痛。两个女人帮巴根换好了衣服，做了饭给他吃。我外婆决定让巴根住在家里照看一阵子。安顿好一切后，我外婆对依云娜说，除非自己和巴根都死了，否则她再也别想和那个会允许她焚烧树苗的男人见面。

我外婆气愤地走出了门，那个巴根用血汗堆满了树苗的角落现在已经空空荡荡，黑乎乎的，像是一张张去了所有牙齿的嘴巴。呼啸的狂风穿越着我外婆的身体，也穿越了这座沙漠里所有的伤痛与身体，漫无目的，永不停歇。

8

"你看阿木尔睡得多香！"我悄声对正在开车的图雅说。图雅似乎笑了一下，她并没有回头看看她弟弟在后座上香甜的睡姿——蜷曲成一团，像是一只刚出生的小猫。

"他以前特别爱睡觉，一困了，就缩在我怀里睡着了。"图雅小声地说，"我现在一看见他那个毛茸茸的大脑袋，都觉得自己的大腿酥麻。"我们俩都笑了。

"你没见过他的睡相吗？"图雅这句话说出来之后才发觉失礼，连忙向我道歉，"对不起，我还以为你们俩已经……"

我红着脸摆手说："没关系。他跟我在一起的时候，整夜整夜地睡不着觉。他总觉得外面有人在说话，走路；或者说有什么东西在挠门，有时睡着了还会惊醒，大叫着后面有火光在追他……"

从后视镜里，我发现图雅的表情暗淡了下来。窗外的树木列队成排，林荫间的阳光洒进车窗像是在我们的皮肤上面铺了一层钻石的粉末。什么时候，我们来到了一片大森林的深处？墨绿的世界里，似乎我的惊叹是仅存的声音。成群的牛羊停止了吃草，好奇地看着车里的我，似乎我才是那个无法破解的谜。一座座白色的巨大工厂矗立在草地之上，好像是在看管一切生灵的牧人。现实变得越来越奇怪了。前段日子，阿木尔还把我带到了一个高尔夫球场，教我打球。他告诉我，我们脚下的草地就在十年前，还是一片荒芜的沙漠……

在毛乌素，现实变成了童话、谜语、时光和生死构成的集合体。我在其中飘浮，看不到归途，也望不到来路。

我终于问了图雅那个我一直想问，但一直没敢问的问题："为什么阿木尔和你们相处得那么糟糕，把自己的名字都给换了？"

图雅没有回答，她反问了我另外一个问题："这片森林，是怎么从我弟弟跟你说的沙漠里生长出来的？"

接下来的旅途，我们保持沉默。麦克在音响里放了张CD，只刻了一首歌。我们就来回听着这首歌，在森林里，我就像是融化在了无限往复的春光中。

无论我裹着多少衣裳

也掩藏不住我的惊慌

无论你笑得多么温柔

也压抑不住你的悲伤

可你说前面多少荆棘

也阻挡不住你的勇气

无论我变得多么脆弱

也摧毁不了你的执着

爱会超越

一切藩篱

可我竟怀疑

爱会治愈

一切伤害

我却轻易放弃

爱就是奇迹

你就是希冀

我却没有勇气

9

"自从那次晕倒后，巴根又晕倒过好几回。我害怕了，要陪他去看大夫。他就是不去，他心疼钱。最后，他看到依云娜被我关在家里，像只猫一样四处乱窜，可怜她，才带着她去旗里医疗站的。可到了晚上，回来的只有巴根一个人。他苦笑着说，还没等走到医疗站依云娜就把他甩掉一个人偷偷地溜了。我的害怕超过了愤怒，幸亏在马棚里找到依云娜的时候她和那小子身上的衣服都穿得好好的，我才松了一口气。依云娜说，她是要听故事才去找他的，我可不管这些。要不是巴根去医院一切平安，我非得再找一根木条把她抽一顿。从那天起我把依云娜管得更严了，不再给她单独行动的机会。

"有一天中午，好久没来的吉普车停在了我的窑洞门口。我吓得双腿止不住地哆嗦，每次来吉普车，我都会被打得几天站不起来。我看到旗长满面红光地走了进来，握住了我的手。我说：'旗长，我是在做梦吗？是你被打死了托梦给我对吗？'旗长大笑，拍拍我的手，对我说：'老姐妹！你不要害怕！我虽然是梦，但我没被打死！我来是告诉你，好时代就要来了！好生活就要来了……'

"然后我从睡梦中醒了过来，我看见一辆吉普车和我在梦里看到的一样停在了我的窑洞门口。我吓得腿止不住地哆嗦，甚至比在梦里面哆嗦得还要严重，因为梦都是反的。

"从车上下来的人让我跟他们走一趟，我问他们去哪儿，他们嘻嘻哈哈地说到地方我就知道了。我们一家子分别时都哭成了泪人。车离窑洞越来越远，我只求迎面吹来的风能大些，这样我的告别也许能更长久些。那些人在路上看到我在沙漠里养活的一片片森林，看到那棵巨大的神树时，都惊讶地瞪大了眼睛。他们问我这些树是怎么活的，我突然不知道从哪里来的一股勇气，也许是我觉得这是我在这个世界的最后一段时光了吧？我给他们看我手上腿上的那些晒伤、割伤、勒伤，我疯了似的要脱光衣服让他们好好看看我身上的那些疤痕，他们像是碰到了火似的摁住了我。我大口大口地呼吸，我对他们说，这些树是我和我男人用血浇灌活下来的。

"他们都不说话了。我猛然醒悟，我从来没问过自己，在沙漠里种树究竟有没有罪。我想问问自己，可自己又把自己拦住了。那样我太对不住自己，也太对不住和我一起种树的人了。

"他们把我带到了一个大礼堂，台下黑压压的都是人。可台上没有血，也没有那些曾经和我一起挨批斗的人。主持人在台前讲了些什么我都忘了，我只记得那个开车把我带来的人将我从幕布里推到前台的时候，客客气气地跟我说：'您在路上讲得真好，您就那么讲就行了！'

"可我看着台下密密麻麻的人，吓得什么话都说不出来了。当一个人喊叫着问我怎么能让一棵小树苗在毛乌素沙漠里存活的时候，我差点儿一屁股坐在台上尿出来。我紧闭住了双眼，捂住脑袋蹲在了地上，以防从台下飞来的杂物把我打瞎。可没有杂物，什么都没有，我只听到了台下有小声地议论和窃笑。我偷偷地把眼睛睁开了一条细缝，人们都和善地看着我。那个男人再次上台把我搀了起来，向台下解释我不习惯，太紧张了，让大家用热烈的掌声欢迎我。在如雷般的掌声里，那个男人贴在我耳朵边小声地向我解释，上面鼓励在荒漠地区大力植树了，我那些模范典型与代表称号之前的'黑'字取消了。这个会就是让我这个模范典型和大家分享治沙经验的。他让我好好把握机会，不要丢人啊！

"这句话让我更害怕了。那个男人下去了，会场寂静一片。把握机会把握机会，把握住这个让我将来能平平安安活下去的机会，我对自己说。我清了清嗓子说，我是从一片大草原嫁到毛乌素里来的，一来，就遇到了大沙暴……

"我的叙述引人入胜，精彩纷呈。因为那是很久很久以前，我还不黑的时候领导们专门找人根据我的经历写成的演讲稿。我那时不知道讲了多少遍，后来都能脱稿背诵了。这么久过去，我本以为我早把这些事情和在上面飞翔的词句都忘光了。没想到一个词接着一个词，一句话接着一句话，一件事接着一件事，好像黑暗中的烽火连台一样被我流畅如在冬天无定河冰面上滑翔的野兽似的记忆一座又一座地点亮了。燃成一片，燃成一个世界。当他们写的稿子我背诵完之后，我和所有人才尴尬地意识到，最近这十年的日子在我的演讲里空缺了，我不知道该怎么讲我明明活过，可他们没有写下来的这段时光。正在为难之际，那个男人走了上来，他泪眼婆娑地鼓着掌，举臂高呼：向阿茹娜同志学习！向阿茹娜同志致敬！

"向阿茹娜同志学习！向阿茹娜同志致敬！人们站起来，拼命地鼓掌。我在众人的簇拥下走出了大礼堂，刺眼的阳光下人群渐渐都散了。那几个接我来的男人和那辆吉普车不见了。我等了一会儿，走到了街上，希望能拦住一辆顺路的车载我回去。可那天奇怪极了，大街上没有人注意到我的手势与叫喊，他们神色匆匆，每一辆车、每一阵风和每一片叶子落下时都比平时要快一些。我的脚步似乎也被带快了，我走过了一条又一条街，可就是没有车停下来。当我意识到我实在是走不动了的时候，我才发觉惯性把我带到了那个巴根差点被人一剪刀捅死在门口的仓库。那里光秃秃的，一片焦土。我还能闻到当时那股血腥与焦木混杂在一起的臭味，可我看到了成千上万棵的树苗一垛垛整齐地码放在污黑的废墟之上，我有那么一刻被吓得魂飞魄散，以为自己看到了当年被烧死的树苗的鬼魂。我跑过去摸了摸，树皮的粗糙和所有的生灵一样真实。这些树苗就这样暴露在烈日下，阳光把树根灼烤得发出了一阵阵'嘶嘶'的响声。这真是个梦，昨天是死去的今天，今天是活着的昨天。

"那些男人开着吉普车找到了我，我问他们这些树苗是怎么回事。开车的男人告诉我，它们都是鼓励植树的领导从上面拨下来的，可每个单位还有许多工作需要展开，许多工作需要进行，谁也不能保证这些树种在沙漠里就能活下去，植树不是大家最重要的事情，所以这些树苗只能待在这里。

"我告诉他们，对我和巴根来说，再没有比植树更重要的事情了。我想把这些树都领回去，统统地种到毛乌素的大沙漠里。那人说他做不了主，他开着吉普车一溜烟跑了。我守在树苗边等啊等啊，树根抽搐蜷曲的声音让我像浑身起了疹子般痛痒，一直等到深夜，太阳没有了，一切都寂静了。我躺在地上迷迷糊糊睡着了，后半夜有一双手把我推醒了，我一看是那个男人回来了。他高兴地告诉我，这五万棵树苗都归我了！可我们得自己运回去！

"这个人开着吉普车把我送回了窑洞，巴根和依云娜见我活着回来，高兴得不得了。当他们知道我不'黑'了之后，就变得更高兴了。可我顾不上高兴，我把树苗的事情告诉了巴根。我愁得就像脚上着了火，屁股上中了电，就像你们现在中了彩票，发愁钱怎么花一样。这么多的树，我可怎么种啊。巴根站了起来，拍拍我的肩说，不要想那么多，我们先把树苗运回来！

"那个晚上，巴根着急地出去借驮树苗的牲口和车。我本来想和他一起去，可他说我的样子会把人吓坏的，我看起来太累了。让他这么一说，我一步都走不动了，身子一沾上炕沿就睡着了。睡了没多久，天蒙蒙亮的时候，我被一阵蹄子踏在沙地上的声音吵醒了。我走出门外，看见了三头牛，还有牛车。巴根的眼睛和牛的眼睛一样温柔，这么多年来，这是我第一次没有感觉到对他的恨意。"

10

为了躲避越来越炙热的阳光和越来越大的狂风，让树苗尽量活下来，每天三更不到他们就带着牛车去旗里拉树苗，到了旗里已是凌晨。他们根本没有时间再做调整，就得返回沙漠，拿着钢钎子在沙地上扎眼，扎出来一个眼种一棵树苗，再打上防止沙害的草方格。这很简单。难的是谁也算不清楚这样一个生命之眼需要我外婆和巴根扎多少次钎子，举起来，放下，放下，再举起来。重复劳动是世界上最恐怖的事情，一钎子下去又一钎子，比投票的次数要多，比在工厂造手机要累。

我外婆说："等把这五万棵树苗都种下去以后，我们发现我们的钢钎子都被磨短了小小一截。也许别人看不出来，可我能感觉到。在沙漠里种树的人，工具就像我们身体里的器官一样。每一个细胞在沙漠的运动里变老，变坏，变得松松垮垮没有弹性，变得千疮百孔，变得干瘪，变得肥大，变得渺小，我们都会有反应。就好像这片森林是我们的汗水、血、骨头、骨髓、牙齿和头发落在沙地里变成的一样。沙漠变成了绿洲，我们变成了一块块的荒地。"

我外婆还说，在那些日子里，他们饿了，就坐在沙地里吃自己做的炒米。种树的季节狂风卷大漠，他们只能把嘴伸到塑料袋里去吃炒米。沙漠里的牲口们就是这样吃草料的，我外婆说要是不想吃一嘴沙子，就要学习牲口的智慧。渴了，他们就拿芦管伸到沙地里，去吸沙子里聚存的水分。与舌尖相连的沙漠底部，有千万条树根伸展，也在搜寻着每一滴珍贵的水滴。那种感觉让他们每喝一口水，都觉得自己像是在杀人一般有罪恶感。有一次，我外婆不小心喝到了被死蛇污染了的水，在沙漠里拉了两天的肚子，差点儿死掉。

大部分树苗还是死了。它们的树根在阳光下暴露的时间太久了，就像濒死老人的血管一样脆弱。看着一地的死树，阿茹娜恨不得自己钻在土里，用自己的身体挡住风，把自己的双脚变成树根，再把自己身体里的水输送到那些树干里。可死了就是死了，阿茹娜对这些死去的生命毫无办法。巴根对她说：阿茹娜啊，你不要难过了，我们没有时间难过啊！我们在沙漠里搭个棚子住下吧！把这些树苗都种下再回去！

阿茹娜看着眼前的这个男人，心里一下有了底气。在沙漠里，男人会变得更像男人，女人会变得更像女人。两个人几晚上不睡觉，搭出来了一个窝棚。阿茹娜怕女儿去找眼镜鬼混，给她准备了够吃好一阵的干粮，不顾她的哀求与咒骂，把她往家里一锁，找来了两条凶猛的恶狗往院子里一扔，就和巴根进了沙漠，日日夜夜都住在了那里。

疲惫与痛苦的折磨没有打垮他们，他们重新焕发了青春。尤其是巴根，他鼓起的肌肉在阳光下像火，在月光下像山。他滴在沙漠里的汗水就是钢钎砸在沙子上的火星。巴根每天不眠不休，像头狮子一样穿梭在这座沙漠里。似乎毛乌素所有的生灵都借出了一分力量给巴根，他的呼吸越来越轻盈，动作却越来越有力量。手中的钢钎落下，凛冽的风声像镰刀割过敌人脖子的弧线一样流畅。手中的钢钎扬起，沙漠的颤抖仿佛头颅被割下来后尸体的痉挛。他在沙漠里和沙漠厮杀，他的血和汗被太阳烤干，他身上粘着的灰尘和沙粒是沙漠的血。威武和血迹让巴根变得性感，让阿茹娜目眩神迷，每一阵风带来的巴根的气息都能让她心中落下闪电。在每天烈日的高温下，阿茹娜看着巴根，他不再是那个对自己亦步亦趋的丈夫，他是他自己，一个有着铁和石一样肌肉的男人，她跟随他，她仿效他，每一次地面的抖动都像是她在颤抖，每一粒沙子的挪动都像是她在运动，每一棵树都像是在她的身体上开始生长。她在无限的晕眩里无限地伸展，得到了无限的快慰。巴根的生命力像那沙地底部秘密流淌的地下溪流一样，流到了阿茹娜的心里。那些不快乐的事情，那些错误的事情，那些可怕的事情都不重要了，他为她和沙漠拼命的样子焚烧了她的理智和记忆，摧毁了她的埋怨与悔恨，她又重新爱上了他。

在她被爱情迷醉的同时，被她拘禁的女儿依云娜砸烂了家里所有能砸烂的东西，撕碎了家里所有能撕碎的东西。她对母亲的恨意达到了顶峰，欲望与爱恋比院子里狂吠的疯狗还要疯狂。这疯狂在她的血管里奔腾冲撞，无拘无束地吞噬着她的理智。她砸墙，她踹门，可这座窑洞对一个渴望爱人的少女来说就像一座监狱，一张面无表情仿佛黄铜般的脸。没有欲望，没有表情，没有超脱，没有爱，就像一座沙漠，就是一座沙漠。依云娜试尽了所有的方法，最后用火柴点燃了被褥。那火苗刚刚升腾起来，她听到了眼镜的声音从远方传来：

赞美人心，纵使只涉及一个人，只涉及人群中最微贱的一个，也得熔冶一切歌颂英雄的诗文于一炉，赋成一首优越成熟的英雄颂。人心是妄念、贪欲和阴谋的污池，梦想的舞台，丑恶意念的渊薮，诡诈的都会，欲望的战场。在某些时候你不妨从一个运用心思的人的阴沉面容深入到他的皮里去，探索他的心情，穷究他的思绪。在那种外表的寂静下就有《荷马史诗》中那种巨灵的搏斗，弥尔顿诗中那种龙蛇的混战，但丁诗中那种幻象的萦绕。人心是广漠寥廓的天地，人在面对良心、省察胸中抱负和日常行动时往往黯然神伤！

黄沙漫天，依云娜还是看到了爱人在远方的地平线处拿着一只洋铁皮做的扩音器，在声嘶力竭地叫嚷着。虽然她听不懂他在说什么，他为什么要这样喊。但这声音令她温暖，她想对他说他说得真好，真感人，都说进她的心里去了。可她不知道该怎么说，她的人心和雨果说的人心是两回事。此时此刻的少女依云娜，发现人在爱里比在沙漠里还能煎熬。她混乱得像是风，执着得像是沙漠，坚硬得像是那所她似乎永远都出不去了的家。

北方的大路再平坦

也会有崎岖不平的地方啊

即使是阿爸与儿子

性情也不能完全一样

南方的大道再宽阔

也会有坑坑洼洼的地方呀

家里的兄弟再多

心意也不能完全相通

烈马向前疾驰

谁能让它停下

人们议论纷纷

要有自己主张

骏马飞跃山河

第三章　恋曲

谁能将它拦下

不管周围诽谤

并肩共闯天下

依云娜用尽全力歌唱着,她的歌声从没有这么响亮过,都穿破了天空。一曲歌毕,依云娜眼含着热泪,希望那心上人听懂了她的心意,向自己跑过来,砸碎这个家,带自己逃离这里。随便他把我带到哪里去,哪怕是个猪圈里过一辈子,只要能和他在一起就好。可远方那个人影迟迟地不过来,那两条狗叫得更厉害了。一会儿,扬声器的声响又传了过来:

一个行善的恶人,一名苦役犯,却有同情心。既和蔼,又乐于助人,心肠宽厚,以德报怨,以恕道化仇恨,重怜悯轻报复,宁愿断送自己,也不毁掉敌人,救助打击过他的人,跪在美德的高高神坛上,超越凡尘,接近天使。沙威不得不承认,这个怪物确实存在!

依云娜有些失望,这和她想象的一点都不一样。她不想听什么善和恶,仇恨与宽恕。她只求一个拥抱,可有这声音也是好的,她自己安慰自己。最起码现在她的心安静了下来,就像刚刚点燃的那堆火自我熄灭了一样。

第一阵季风到来时,毛乌素沙漠有一半的沙子飞到了天上,另一半沙子像是无定河的河水一样在阿茹娜和巴根的脚下流动。风暴是暴虐的,毁灭一切的屠杀。而此时的风又表现出了大自然冷酷的另一面:一种幽默感十足的缓慢。这风像一个巨大的罩子落了下来,被盖住的一切速度都慢了,河水的流动,日月星辰的变化,时间的流逝,沙丘的运动。在你不知不觉中,沙子像光线一样,爬到虚空中的每一处,又在你不知不觉中，覆盖了所有的物质。

> 辽阔的草原啊
>
> 也会有泥泞一样的湖泊
>
> 再相爱的恋人
>
> 也会有你猜不到的心思

> 宽广的草原啊
>
> 也会有静止不动的湖泊
>
> 再亲爱的爱人
>
> 也会有你感觉不到的心情

> 这雾气弥漫的山冈
>
> 我不知道怎样才能翻越
>
> 真挚的情意啊
>
> 我又怎么能够忘却

> 这青蓝色雾气笼罩的草原
>
> 我不知该怎样才能过去
>
> 炽热的情怀啊
>
> 我又怎么能够放弃

季风时节，一天大多数的时候，种树的阿茹娜和巴根根本看不到对方，为了确定对方活着，告知对方自己活着，两个人只能拼命地唱歌。越是艰难困苦，巴根越爱唱那种到处都是风景与情思的骚歌。这些歌比风还大，比沙粒还小，强劲地吹进了阿茹娜身体的每一处孔洞每一条缝隙里，唱得她心脏狂跳，唱得她身体越来越起劲。可阿茹娜不想让巴根看出自己的心思，她总唱一些沮丧的歌来回应巴根，这也是场战争，其历史的悠长不亚于人与沙漠之间的生死之战。没有人愿意看到自己的对手得意。

> 骑在没了尾巴的枣红马上
>
> 你就别再那么得意啦
>
> 在人群里我虽然贫穷
>
> 可也不会看上你

> 骑在歪了嘴的枣红马上
>
> 你就别再那么得意啦
>
> 在人世间我再怎么狼狈
>
> 可也不会看上你

阿茹娜的歌声再怎么调侃，歌词再怎么刻毒，巴根还是高兴地咧嘴大笑，似乎季风传输到他耳朵里的是另一首歌，一首充满了甜言蜜语的歌。是啊，不论阿茹娜唱了什么，有回应，知道对方还活着，还认真地听了寄托你心情的歌声，那就是烈风沙暴里最幸福的事情。

> 在金色的大地上
>
> 无定河汹涌翻滚
>
> 我这颗忠诚的心
>
> 只为一个人勇敢

在金色的大地上

无定河静静流淌

我这颗躁动的心

只为一个人安静

在金色的大地上

无定河奔腾不息

我这颗诚挚的心

只为一个人战栗

有一天，风刮得特别猛烈。这风仿佛是沙漠对她进行的还击。每爬上一座沙丘，都像搬走一座沙丘般吃力。阿茹娜像粘在了树脂里的昆虫一样行走困难。她花了很长时间刚爬到丘顶，肆虐的风"呼"的一下就把她和她扛着的树苗捆吹倒了，她和那捆树苗像两张废纸一样被风在沙漠里拨来拨去。当她终于能自己站起来的时候，被吹出去了有多远她不知道，那捆树苗被吹到了哪里，她也不知道。此时她站起来环顾四周，发现自己离家不远了。这时她听到了眼镜的朗诵声，像个疯子一样。阿茹娜愤怒了，她向窑洞跑了过去。

11

"我在窑洞附近四处搜寻着眼镜的身影，可风太大了，我找不到他。只有他的声音在我的耳朵里飘浮，我想这声音也飘到了依云娜的耳朵里。声音太清晰了，我都能听到眼镜牙齿摩擦，吞咽口水，这让我觉得他是在嘲笑我。"

　　唉！那种凌乱杂沓、横遭踩躏的生灵算什么呢？他们的归宿在哪里？为什么会那样？

　　能够回答这些问题的，他就会看透人间的黑暗。

　　他是唯一的。他叫作上帝。

　　"我打开了家门，我女儿站在窗前，对我回来了毫无知觉。她拿着她姐姐离世前送她的那个望远镜，也在风沙中焦急地搜寻着眼镜的身影。她优美的身体曲线在阳光中战栗，她的呼吸沉重而又急促，情欲折磨着她，让她变成了一个傻瓜。

　　"我看着家里狼藉的一切，这不像是一个拥有女孩的家，倒像是闯进了虎豹豺狼。我怒火万丈，这时我听到了依云娜的歌声。那声音就像一只百灵，在寻找另一只百灵一样。

　　　　奔跑吧用尽全力地奔跑

　　　　无边无际啊这起伏的山冈

　　　　就像你珍贵的情意

　　　　我永远不能忘记

　　　　跳跃啊使劲地跳跃吧

　　　　即使无法缩短我和你之间这山冈的距离

　　　　就像想起来就会难过的

　　　　是你对我真挚的情意

　　　　狂野地跑吧用尽全力地奔跑

　　　　那宽广的大地永远跑不到尽头

我无休无止地思念着

是你心对我心的眷恋

……

　　"她歌声还未停下，我悄悄走到她后面，重重地咳嗽了一下。她哆嗦了一下，我看着她，她看着我。我不知道该跟她说什么，沙漠里还有几万棵树苗，再不种下就枯死了。我用力把她脖子上挂的望远镜拽了下来，摔在地上裂成了两半。她吃惊地望着我，嘴唇哆嗦着，她想跟我说话可就是发不出声音来，似乎是我夺走了她的声音。我走出了家门，眼镜的声音还在沙漠里悬浮着，就像一阵刺耳的嘲笑。"

　　那叫作父亲和母亲。那些亲人，长者，慈祥的老公公，慈祥的老婆婆，他们老叫苦，老想看看我们，叫我们做浪子，盼望我们回去，并且要为我们宰牛宰羊。我们现在服从他们。因为我们是有品德的人。

　　"我担心再这样闹下去，依云娜和眼镜会弄出大事来。我去了旗里，想找个能管一管眼镜的人。可知青办里的每个工作人员都被一群知青围着。这些年轻人拿着手中的表格挥舞着，叫喊着，哭着。他们说他们要回家，再也不在这个鬼地方待下去了。我拉住了一个孩子问怎么回事，那孩子抽泣着说中央下文件，允许知青回家了。我就知道这一天早晚会来，我为我的女儿没有把自己交代给眼镜感到庆幸。我把这件事情跟一个工作人员讲了，他说他一定会严肃地调查处理。他坚定的手势让我安下了心来，我着急回去种树。在大门口，我看到更多的人向这里涌来，就像大雨之前从地下钻出来垒窝的蚁群。

"后来我偷偷地回了几趟家，依云娜踏踏实实地待在家里，只是呆呆地坐在窗前唱着歌。我没有再见过眼镜，我估计他没准回城去了。一切都是命。给依云娜找个婆家，在我心里成了种完树以后最大的事情。

"漫长的风季终于结束了。我们把最后一棵树苗种到了沙地里，我和巴根愣了半天。低头看着那树看了半天，一阵微风吹来，我们听到了头顶传来一阵'沙沙'的声音，它由远及近，又由近及远地消失了。巴根看着我笑了，我当时一定丢人极了，我自己都能感觉到我的身体在兴奋地哆嗦。他拽起了我的手跑到了树神扎根的山丘上，从那里我们看到了沙漠，那是多么美的景象啊！每一棵树都像知青点那些哭闹的孩子一样年轻。可这树不会老，不会离开。它们会成长为大树，陪着我的世代子孙。它们就是我，我就是它们，树永远年轻。

"我兴奋地把巴根抱住了，我的唇紧紧地贴在了他的唇上。巴根这个笨蛋一开始被我的狂野吓傻了，可没用多久，我在他身上游走的手把他点燃了。我觉得他变得比正值青春年华的树还硬时，他压倒我，打开我，进入我。我兴奋极了，我变得越来越湿润越来越顺滑，我大声地喊着，我从没有那样快乐过。这叫声让巴根一边在我里面用力地折腾，一边想用手捂住我的嘴，可我打开了他的手。我在他的冲刺与摩擦下瞪大了我的眼睛，使尽全身力气迎合着他，巴根好像也不要命了一样，我们似乎被汗水熔铸成了一座身体。我们两个人都想死在那一刻，永远地记住那一刻。我躺在沙地上，看着眼前这蔚蓝的天空，像山一样巨大的云朵缓慢地游弋着，没有任何迹象，没有任何意义。天空就像一个苍老的巨人之眼，只是看着我们。我不知道它的意思，我也不想知道。我说实话那一刻我不想要任何祝福，我只想大声地冲我身下广袤的大地喊叫，我胜利了！巴根发出了呻吟，他在我身上冲刺了起来，太阳一下子变得特别刺眼，炙热的空气点燃了我们，浇透了我们。快感让我像爆炸一样，抱着巴根，大腿紧紧地缠着他，许久不愿松开。

"'我们复婚吧！'我对巴根说。我对我们的未来、沙漠的未来充满了想象和希望。我期待地望着巴根，他沉默着，脸上浮现出了一丝尴尬的怪笑，这让我的心从天堂坠入了地狱。我坐了起来，看着他，用衣服遮挡着自己。我说：'巴根，你这是什么意思？'巴根说：'阿茹娜啊！我暂时不想结婚……'

"我被气疯了，我使劲地用胳膊抽打巴根。我问他：'你不想复婚为什么要帮我种树？'巴根委屈地说：'种树不一定就意味着我们要复婚啊！'我又问他：'你不想跟我复婚刚才为什么要和我干那事？'巴根更委屈了，他说：'阿茹娜啊，是你先勾引我的……'我觉得我现在脑袋都很闷……

"我一脚把这个骗子踹下了沙丘，回家的路上，我放声大哭，刚才叫得有多大声，现在哭得就有多大声。刚才有多开心，现在就有多难过。这些年来我挨了无数次打，可本来应该是最高兴的现在变成了我最痛苦的时刻，我真傻，竟然被一个骗子给侮辱了。放眼望去，远方一座座的树林在随风摇曳，那叶子的低吟在哭泣的我听起来，也不再那么好听了。我把巴根的行囊从家里又全给扔了出去，一切又回到了从前。他来找了我好几趟，都被我拿刀给轰了出去。连依云娜，我也禁止她再去见他了。"

12

长生天在每一滴雨中，它给了我自由。我一直都在，我从未离开，感谢伟大的长生天。

我母亲没有想到，在她享受到我父亲给她的欢愉两天之前，眼镜跟一个擅长偷鸡的哥儿们学习了业务，用两块沾了农药的腐肉弄死了那两条狗，又用一根铁丝和几滴机油打开了她用了十年，风一吹自己都能开了的锁，把我妹妹带到了同样的地方，做了同样的事情。那是依云娜第一次做爱，眼镜在带她来找神树的路上，不发一言全身僵硬，眼睛里原始的阳刚之光像太阳一样神圣。那段路程把自己青春的爱侣折磨得仿佛一根熟透的、肿胀的茄子。这让我妹妹把他的心思猜出来了个八九分，她不害怕，这是她一直期待的事情。她愿意献身于眼前这英俊潇洒而又慌张愚蠢的爱人。可当眼镜将她压在树荫下，把她变成了一摊水之后，他并没有征服我妹妹。我悬在树枝上，就像一阵风吹过神树，看着他爬上去捅进去匆匆地动作了几下，就变成了一摊堆在依云娜身上的泥巴。我妹妹除了一阵疼痛之外，只觉得自己光着屁股被一个男人压在母亲和大家一直敬重的神树脚下是件特别滑稽的事。本来很勇敢无畏的事情怎么会变成这样？我妹妹越想越委屈，可眼镜只是爬起来愣愣地坐在了沙地上，一直到她不想再哭了都没拥抱她，安慰她。我妹妹穿上了裤子，她看见自己刚才躺着的地上有几滴血迹。一阵风吹过，什么都没有了，只剩下金黄的沙粒。

回去的路上，我妹妹想知道《悲惨世界》后面的故事，我一瞬间飞到了巴黎，一瞬间学会了法语，一瞬间看完了结局，又用一瞬间飞了回来。我冲她使劲地叫嚷着，可一个人怎么能听到魂灵的声音呢？我妹妹使劲地问着眼镜，冉县令找到方小姐的女儿了吗？冉县令会不会去衙门里为那个替自己蒙受不白之冤的倒霉鬼道出真相？她追赶着眼镜的脚步，似乎踏住他的影子就能拉住他的手，就能牵住他的衣服。可眼镜一句话不说，走得飞快。两个人走到了窑洞口，我妹妹可怜兮兮地问眼镜："什么时候能把剩下的故事讲完？"眼镜反问她："这个故事好不好？"我妹妹点了点头。眼镜又问她："你觉得是《悲惨世界》悲惨，还是我们悲惨？"我妹妹害怕了，她怯怯地看着眼镜，他抚摸了几下我妹妹的肩头和秀发，说：

"明天，明天我把这个故事给你讲完。"

第二天，眼镜没有来。第三天，在我妹妹心急如焚的等待中眼镜还是没有来，我母亲倒是回来了。她一进家就大哭了一场，告诉我妹妹从明天起跟她一起进沙漠养护树木。我妹妹心里一万个不情愿，面对暴躁的母亲也不敢表现出来。她在炎热的沙漠里待着的那些天，心比冰还要冷，她安慰自己，就算是眼镜去窑洞了，也不会找得到自己。回家之后，她找遍了四周也没有发现眼镜来过的蛛丝马迹。风又变大了，也许是这大风把眼镜留下的记号吹跑了。她装病，坚决不再跟母亲进沙漠。等到母亲一走，她就跳了起来，推开门，跑到了马棚。

我妹妹看到眼镜躺在马棚的角落里，眼睛直勾勾地看着天花板，好似一个入定的僧人。我妹妹呼唤他的名字，抚摸他的胳膊，他干脆烦躁地闭上了眼睛。我对我妹妹说："你走吧！我已经看到他会说出很过分的话语，让你伤心欲绝。听我的话，你快走吧……"

我妹妹哭了起来，眼镜睁开了眼睛，坐起来推倒了她。我妹妹愣住了，她问他："自己做错了什么，惹得他如此不高兴？"我用力地击打着眼镜的头部，撕咬着他的皮肤，踢打他的阴部，想阻止他说出下面的话，可我对于他们来说，还不如一阵风实在。我听到眼镜对她喊道："你快滚吧！你那个疯子一样的妈跑到知青办，把我们的事情都告诉了他们。他们告诉我，我再也回不了家了。他们要用尽一切手段把我留下来，让我和你上报纸，把我和你也树成标兵、模范。他们想让我和你像你妈一样，种一辈子的树。"

我妹妹愣住了，她说："难道不该是这样吗？"我妹妹看到眼镜"噌"的一下扑到了她的面前，他的牙齿是白色的，他的鼻孔是黑色的，他的口腔是粉红色的，他那粗重的呼吸让这些颜色慢慢融化，黏合在了一起，这就像一幅抽象画让我妹妹感到晕眩，那一刻她突然觉得《悲惨世界》

不再重要了。她害怕接下来会发生什么，可在我飞行的世界里一切都发生过了。眼镜会对她说："依云娜，我告诉你，我就是回城和一头没有乳头的母猪过一辈子，也不愿在这里再多待一秒钟。"

果然，他跟她这么说了。我妹妹"哇"的一声哭了出来，她不知道一秒钟有多长，可她知道自己的心在被一把刀子往下割。我妹妹问他："那你为什么要害我啊？"眼镜说："这叫报复。你明白吗？《悲惨世界》里都有。一个人不让另一个人幸福，这个人就会想尽办法也不让那个人幸福。"

我妹妹不知道自己是怎么回到家的，可我知道。这让我羡慕我妹妹，活人极度痛苦时，可以昏迷，甚至可以死去。可死人呢？只能永远地面对那些苦难，死去的不会再死去。那一夜，她哭了一整夜，我安慰了她一整夜，可她一句话都听不见。在她的生命里，那场青春的雨永远过去了，或者永远不会来。

三个月后，她发现自己怀孕了。

在这三个月里，我母亲没有想到，"文化大革命"结束了，不但结束，还不再伟大了。之前她心里觉得不正常可所有人都说很正常的事情现在终于被证明不正常了。之前她心里觉得正常可所有人都觉得不正常的事情现在终于被证明很正常了。这让我母亲觉得这一切都太不正常了。可她顾不上愤怒，这三个月里发生了一件比"文革"结束还惊天动地的大事——我的父亲失踪了。起先发现苗头的是那位旗长，平反之后他官复原职。第一件事就是去找我父亲，可我父亲就像雨水落在沙漠里一样，从人群里蒸发了。旗长到处找不到我父亲，就去找我母亲。我母亲得知旗长在找我父亲，担心地问："旗长啊，你找巴根干什么，'文革'结束了你是不是要报复他啊？"

旗长哭了，他说："老姐妹，我怎么会报复巴根呢？巴根就是我的救命恩人啊！"

我母亲蒙了，可我知道是怎么回事。虽然那是在我死之前发生的事情，可当你死了你就会知道，在鬼魂的眼里时间和空间已经不存在了。每一个生命的每一个点滴都聚合在一起，成为一个没有边际的平面。所有的事情都在同时发生，那就是真正的宇宙，一棵大到你无法想象的树。生命，只是成为这树上一片叶子之前的准备阶段。所谓无上的自由就是我既是这一片叶子，也是这一棵大树。

我告诉你们，旗长和我父亲的那片叶子是这样生长的：当年，我父亲对旗长所进行的一切拷打都是假的。那只是一场漫长而精湛的摔跤表演，从我父亲第一次把旗长高高举起时，同样富有摔跤经验的旗长就明白了这一点。所有的关节，所有的内脏在看似凶狠的摔打中都被我父亲巧妙地避开了致命的伤害。旗长竭力地配合着我父亲的把戏，龇牙咧嘴，痛哭流涕，呻吟不已，真的就像是一尊被砸碎了的泥塑。那些血与疤痕，都是真的，那是这个恶作剧必须付出的代价。它们和我父亲一起，保住了他们主人的命。

旗长不敢把这一切告诉任何人，哪怕是对我母亲和他最亲近的人，他也缝上了自己的嘴巴。他怕秘密泄露了，为巴根和自己带来杀身之祸。这些年来，他看着巴根被世人误解成打人凶手，心如刀绞。

"如果换成别人来批斗我，"旗长对我母亲说，"我早就死了啊！那次外地来人上台要批斗我，我实在怕死才出卖了你们。巴根，为了保护我，家破人亡啊！"旗长紧紧地拉住了我母亲的手，"老姐妹，我一定要找到巴根，他是天下最好的男人！你一定要和他复婚！"

"你知道吗，老姐妹？"旗长说，"我和巴根玩了这么多年把戏。私底下没有说过一句话。一个眼神全有了，话多了，就让人看出来了。"

我母亲带着旗长去巴根家的时候，奇怪着我父亲既然是个好人可为什么把自己睡了表现得像一个混蛋，好奇着前不久巴根来找过自己一次，什么都不说只是像母鹿看着幼鹿一样深情地看着自己。他想抚摸我母亲的肩头，我母亲心想你把我睡了一次不够又想来骗我睡第二次，她把我父亲推出了家门，对他大喊："我再不想看见你了！"

我母亲这样思绪万千地走在街上，欢庆改变的人们脸上洋溢着笑容，在充满朝气的新闻广播和昂扬音乐里和她擦肩而过。只有我知道这个女人在想什么，也只有我知道这个女人将会遭遇到什么。接下来，她不会在我父亲家找到他，她会返回自己的家，想起那天巴根临走时在窗台上放了一封信。她当时或者太生气了或者舍不得总之具体原因她给忘了，她没有撕碎那封信。她赶回家找到那封信打开了它，那是一封遗书。

我母亲成了她自己的诅咒者，她跟我父亲说的最后一句话成为现实。我父亲真的去死了，她再也没有见过我父亲。

这种种谬误，这些个秘密与悲伤的时刻，都让我这个鬼说了出来。想想这件事，庆幸自己不再有感情。否则，光是想想就难过了起来。

13

阿茹娜啊，我走了。我那天去医院检查，医生说我得了脑癌，到晚期了。我不想再治，花钱也治不好，就没告诉你。我就想活着的最后那段和你开开心心的。帮你种树，是我这辈子最快乐的事情。你要坚持下去，难过的时候就抱住一棵大树痛哭一场，那树里有我的灵魂。把你自己照顾好，把依云娜照顾好，不要找我，你是了解我的，我藏在沙漠里，没人能找到我。

阿茹娜，不要恨我，那天和你又好了，是我实在舍不得你啊。你就当作是我对你的告别吧。

阿茹娜啊！我会在天上看着你们，保佑你们。

我外婆把巴根的遗书合上，她害怕自己的泪水把上面的字迹打成模糊一片。她大口大口地嗅着信封留存着巴根的味道，那味道不像她刚拿到遗书时那么浓烈了。我外婆只知道自己要拼命地吸，把这股味道吸入自己的脑髓里，再不吸，这股味道就会永远地消散了。她用尽了全身的力量去吸这味道，有一只脚的脚心都抽筋了。我外婆的泪水模糊了她的记忆，她发现巴根的模样现在就有些模糊了。她拼命地回忆着两个人在一起时的点点滴滴，可最起码有三分之一的时光，她已记不住他的容貌，只剩下了他的背影。她明白，自己将会忘掉得越来越多，最后只会剩下一个模糊的身形在黑暗的隧道里渐行渐远。

　　我外婆后来对我说："巴根说得对，旗长发动了很多人进沙漠寻找巴根，花了很长时间。到最后我都不好意思耽误他们了，可我舍不得巴根啊！我们几乎把沙漠的每一处地方都翻遍了，可就是找不到他。旗长对我说老姐妹：'认了吧！我们在那片你们种的林子里给他建个纪念碑，巴根就永远活在我们心中了。'

　　"纪念碑建好那天，我坐在地上哭得死去活来。我看着我们种的大森林，问长生天，我阿茹娜的命怎么这么苦啊。沙漠都有绿洲了，我的丈夫和女儿怎么就没福气看一眼啊……"

　　就在我外婆为自己的命运悲伤的时候，依云娜发现自己已经两个月没来月经了。建好纪念碑的那天，也是她经期的第一天，还是没有来，三个月了。时间有时很慢，慢得就像一根细细的钢丝，在她的脑海里来回抽插。时间有时又很快，就像无定河的洪流，把所有的冰碴儿一股脑儿都倾斜在了她的子宫与卵巢里。就这么又过了半个月，被吓坏了的依云娜扔下还在悲哀中不能自拔的母亲，去找眼镜。她告诉他，她怀孕了。眼镜冷冷地看着她，说："依云娜你不要跟我耍无赖。你凭什么说孩子就是我的？"

眼镜还和依云娜见他第一面的时候一样英俊，挺拔，魁梧。所有形容男人好看的形容词，甚至所有最好的形容词都能用来形容他的此时此刻，可在依云娜的眼中，她看到的却是一个浑身喷射火焰的恶鬼，红毛蓝皮，青面獠牙。这个恶鬼转身走了，依云娜跑到了一个没有人能看到自己的地方，蹲在地上大哭了起来。

真正的鬼其其格在天空盘旋着，目睹了这一切，她愤怒地在妹妹的耳边"哇哇"大叫："妹妹啊！我不但能看见眼泪，还能看到你的心有多痛苦。你放心吧！妹妹啊！长生天是公平的，行善的必有好报，作恶的终会报应！

"妹妹啊，我看见你回到家里又不敢和母亲说，你还得安慰悲痛的母亲，照顾她的饮食起居。可你独自一人时，你比我还像个幽魂，还像个枯鬼。你几天后就不哭了，你使劲拿腰带勒自己的肚子，拿大石头压自己的肚子，从炕上跳下去摔自己的肚子，把自己的嘴唇都磕烂了，牙齿都磕掉了。可你的肚子还是微微地隆了起来。你绝望了，你把母亲用来防范父亲的那把匕首揣了起来……

"妹妹啊，我看见你怀揣利刃去找那个畜生，他走出马棚，你跟踪他。你想找个没人的地方把他杀掉，可你没有想过杀了他之后你会怎么办。妹妹啊，你会来到我现在待的地方，眼镜也会来到这个地方，这样太便宜他了啊！我看见你跟着眼镜走到了铁轨边，地上的小石子抖动了起来，远方那辆去往更远方的火车一瞬间就冲了过来，眼镜身子一抖，猛地冲了过去……

"我看见眼镜的腿在那一刻被铁轨压得皮开肉绽。雪白色的骨头和鲜嫩的红血让你头晕目眩，你吓得屁滚尿流，爬回了家。你大口大口地喝着凉水，可那浇熄不了这个噩梦一样的时刻带给你的惊悚。

"你给树浇水，你给树施肥，你给树松土。你干完这个干那个，你干完那个干这个，你不吃饭不喝水不睡觉，你白天干晚上干，你就这么干呀干，连那些蛮牛与公骆驼在吃草料的时候都在谈论你的拼命。母亲一开始有些欣慰，认为你是安慰她，你会和她和解，你会像父亲一样希望能帮她种树。可你的疯狂劲头让她害怕了，她去阻止你的那天毛乌素沙漠突然下起了大雨。白昼变成了暗夜，雨水搅成了泥泞，借着闪电的亮光她找到了你。你在半个小时前摔倒了，那个你一直想杀死的生命被你从你的身体里摔了出去。它那么小，还是一汪软软的肉渣与血水，它甚至都还没来得及有灵魂就被闪电打散了。母亲看看它，又看看你，她脱下了自己身上的袍子遮在你头上，想帮你挡着雨……

"你听到母亲的惊叫，你从冰冷的昏迷中用力睁开了眼，你看到了母亲所看到的，你发出了母亲所发出的惊叫——树神死了。所有叶子落到了地上，被雨水腐蚀的枝头惨白，生命力从树根离开后的树干死黑。这棵巨大的尸体望着你们，你对母亲说：'这一切都是因为你，我永远恨你。'

"过了几天后，我看见一辆卡车开来停在了窑洞门口。你和母亲走出去，几个男人抬着担架走了过来，眼镜面色苍白地看着你。其中一个抬担架的男人问你，这个男人和你是什么关系？你们之间发展到什么程度了。你想和他过日子，还是想让他回城。

"母亲想说话，你瞪着她说：'你要说一句话，我就死在你面前。'母亲害怕了，我们从你的眼神里能看出来，你是玩真的。你看看眼镜本该是腿的那截空荡荡的裤腿，问他：'我说你能回家，你就能回家了吗？'眼镜期待地点了点头。依云娜又问：'我说你不能回家，你就回不去了吗？'眼镜绝望地抽泣了起来。你对他们说：'赶紧把这个窝囊废带走吧！我怎么会和这样一个人好，跟他过日子？'

"卡车走了，载着眼镜离开毛乌素了。你和母亲目送着卡车渐行渐远，彼此无言。

　　"此时我父亲巴根终于在沙中安眠，他的灵魂升上了天空，一瞬间就来到了我们面前。他幻成了三股歌声，在眼镜的耳朵里，他变成了你的声音。

　　　　群山的阴影
　　　　沿着山间平川移动
　　　　我的灵魂
　　　　为什么会爱上别人的女儿

　　　　大雁的雏鸟
　　　　在天空中飞往四海
　　　　我的心啊
　　　　为什么还眷恋着异乡的女孩。

　　"在你的耳朵里，他用你幼年时的歌声为你歌唱。

　　　　湛蓝的天空
　　　　圣洁的白云飘浮
　　　　摔碎在草地上的
　　　　是亲密情侣的眼泪

　　　　密布的阴云
　　　　雪花在空中飞舞
　　　　串串滚落下来的

是真正爱侣的眼泪

"他看着母亲，他生前的家还在，可这个家庭坍塌了。他看见母亲对他的思念，就像是一道紧密纠缠的藤蔓。他用他自己的声音，在母亲的耳边萦绕。

把高大的白马
放在水草丰美的地方
和稚嫩的你相会啊
要趁晚上凉爽的时候

把小巧的白马
放到山谷草深的地方
和乖巧的你相会啊
要在晚风初动的时候

"你惊讶地听到母亲嘴里轻轻地哼唱起这首歌。你惊讶地看着她，母亲对你说，你听听这风，就好像你父亲在唱歌。"

第四章　诗

1

"我出生在四月，这个最残忍的季节中的一堆牛粪里。"

那辆小轿车里，阿木尔坐着，莉莉在他身旁愤怒地发抖，泪水像断了线的珍珠一样"噼里啪啦"地掉在她的膝盖上。坐在前面的图雅冲着开车的麦克吐吐舌头，这对情侣十分尴尬，生怕会发出声音，生怕那声音会招惹后面的情侣大打出手。

"我出生在一堆牛粪里。"

阿茹娜啊，我听到阿木尔这样和莉莉说："这里所有人都知道我出生在一堆牛粪里。从小，那些和我一样大的孩子们就叫我牛粪。我没法和人说话，再正常的交流，我都会觉得他们的眼神在躲闪，鼻翼在闭合。我总觉得我的指甲缝里，头发梢里那股牛粪的腥臊味像一支勇敢的军队从我身体的各个角落里喷涌而出，让人们对我充满了憎恶与嫌弃。"

其其格对我说："阿木尔太敏感了。"我没有答话，生命的美，不就在于它的敏感与脆弱吗？一棵永远不会死的树，和一块荒漠有什么区别？我拽起她的手，在时光里逆流而上，那些耀眼的碎片里，我们看到那辆承载着四个年轻人的轿车，还没有驶过阿木尔说自己出生在牛粪里的那段公路，它停在前一日医院的停车场里，阿木尔靠在冰冷的车门上一根一根地抽烟。他扔下了最后一截烟头，向你走来。

阿茹娜啊！我们两个鬼魂在光天化日下跟随着阿木尔，走进了你的房间。房间里都是人，围绕着你的各种机械发出"嘀嗒嘀嗒"的声音，那些医生与护士折腾着你。衰老的你在病床上像是一条被波浪从海里扔到岸边的大鱼。你已经说不出来话，那身体的颤抖是你与他们那个世界唯一的关系——痛苦，像阳光一样公正的、无孔不入的痛苦。

其其格对我说："父亲啊，我看到母亲的生命像一截快要倒下的树，无论是倒向我们，还是倒向他们，其结局都是成为我们。"

我对她说："不要担心你的母亲。她比我们两个人都要勇敢，当命运来临的时候，她会欣然接受。"

阿茹娜啊！我看到阿木尔握住了你的手，他说："外婆啊外婆！你能听到我的声音吗？你的心愿我为你完成了！我找到一片沙漠啦！大明沙，阳光洒上去，那沙漠亮得能把人的眼睛刺出泪来。你不要再苦苦地折磨自己了，想去的话，就安心去吧！"

你突然不颤抖了，你睁开眼睛看着阿木尔，长出了一口气，闭上了眼睛。你美丽的嘴角向上微微扬起，图雅惊讶地跟阿木尔说："你看！外婆笑了。"

你的心跳又恢复了正常。那些跳跃的图表，那些蜂鸣的喇叭停止了痉挛。医院的大夫对那些活人们说："尽快准备后事吧！老人经不起折腾了，也许下次就真的会去世了。"莉莉一把将阿木尔拉了出去。我听到莉莉问阿木尔："你找到的那片明沙在哪儿？"

阿木尔笑了，他说："可以啊！来了没多久，都学着他们叫明沙了。"阿木尔的语调像孔雀般有着华丽的尾巴，它轻蔑地搔着莉莉的脸颊，莉莉一个大耳光扇在了阿木尔的脸上。

其其格小声地说："打得好！"

图雅和麦克循声而出，莉莉对他们说："阿木尔在撒谎，他根本没有找到沙漠。"

"你为什么要这样干？"图雅的呼吸里充满了失望。

阿茹娜啊！我真不想让你听到阿木尔的回答。他说："苹果昨天出iPhone5s了，每次苹果出新产品，我都能大捞一笔。可现在呢？我困在这里和个傻子一样……

"撒个谎，她就能安息了。她解脱了，我们也解脱了。你们想种树就种树，我想回去卖iPhone5s就回去卖iPhone5s。这个世界回归了正常，多好！"

莉莉又给了阿木尔一个耳光。我看到阿木尔举起了手，咬咬牙又把手放了下来，他转身离开了。莉莉和图雅都哭了，莉莉一边哭一边问在旁边焦虑地又蹦又跳的麦克："你们男人的心怎么能这样狠？"

麦克无奈地耸耸肩，他用纯正的普通话说："这不算什么，我以前还抽过海洛因。在我的眼里，没有什么事情是人不可能做的，也没有什么事情是人不能自我原谅的。"

然后，我被一阵夜风吹走，我看到其其格在后面拼命地追赶着我。我们撞在了此时此刻四个年轻人坐着的那辆车上，车厢里一片沉默，莉莉的抽泣能让我这个鬼魂窒息。麦克咳嗽了一声，他打开了车载音响，刺耳的摇滚乐声像是受了惊的马群，从四面八方的空气中向我们这些死去的人、活着的人扑来。

她曾经穿过疯狂的河流

她曾经在街道上找不到出口

她曾经看见蓝色被淹没

然后她开始怀念

使用我在围墙的后面，她说

并且不要告诉擦肩而过的人

关于手拿着鲜花的女人

请你不要告诉他们

我已经忘记了所有的事情

我已经忘记了所有的事情

我活在没有真相的世界里

我已经忘记了所有的事情

我已经忘记了所有的事情

那些神奇的不会再神奇

那些死去的不会再死去

她曾经把自己藏在鲜花的后面

她曾经冷漠地拒绝

跟随着愤怒的人群被淹没

她终于被自己拒绝

我已经忘记了所有的事情

我已经忘记了所有的事情

那些神奇的不会再神奇

那些死去的不会再死去

音乐虽然震耳欲聋，可对我这个鬼魂毫无影响。我听到阿木尔想握莉莉的手时皮肤摩擦的声音，听到莉莉的指甲掐进阿木尔手掌的声音，听到阿木尔疼痛时倒吸凉气的声音，也听到了莉莉嘴角扬起的声音。我还听到莉莉问阿木尔："你怎么能对自己的家人撒这么恶毒的谎！"

"我出生在一堆牛粪里。"我听到阿木尔这样回答莉莉的问题，这寻找沙漠的旅程漫长得像我们鬼魂的生命。路边一排排绿树飞驰而过，阿木尔的语速却缓慢得像是逆水而行的孤舟，他继续向莉莉讲述着，我们一直埋藏在心里的家族隐秘——

2

我坐牢的时候，我外婆每个礼拜三都会来探望我，我们没什么可聊的。我恨她，她也知道我恨她。可她还是每个礼拜三来，我也从没拒绝过她的探望。

每次她进来，身上都披着层像一条毯子般的阳光，上面那股淡淡的芳香像一只瘦削如匕首的手，从我的鼻腔里伸进去撕扯着我的灵魂。那可能就是我无法拒绝我外婆探望我的原因，每个刚进监狱的囚犯可能都跟我一样，我们需要的不是亲情，而是自由的空气。

我外婆和我在每个探望日都坐在同一个桌子的两边，她坐的那一边永远都有阳光，属于外面自由世界的、新鲜的阳光。我坐的这一边永远都在阴面，没有光，好像连空气都和囚禁着我的时间一样停滞了。我身上的牛粪味道都发霉了，令我自己都厌恶我自己。每次我外婆来，都拎着一个红色的购物袋。那是一家房地产公司分发给路人的项目礼品，那个楼盘的名字在我看来简直就是对我赤裸裸的、无情的嘲笑——"诗乐园"。谁也不能想象我这个囚徒每次看到"诗乐园"这三个字时的心情。我曾经无数次地幻想我扑到桌子的那一边，把这个浪费着自由与阳光的老太太推倒在地，自己坐在那把阳光下的椅子上，大口大口地把阳光从自己的嘴巴里灌到身体里，一点儿都不让它流出来。可配枪的看守在盯着我，还不止一个。我一点都不怀疑，如果我真像我想的那么干了，我会被子弹打成一个筛子。

在监狱里，我终于明白了自由究竟是什么。自由——你可以肆无忌惮想象的权利。

说到想象力，我想起了毛乌素的那些神迹与神旨。当我外婆用鬼魂其其格的口吻，用巴根的心绪向我讲述往事的时候，我为她衰老到昏了头感到悲哀。可鬼魂与心声，又让我不能不害怕。我不知道自己该不该相信。有时我不信，我痛恨自己的命运，神真的存在，怎么会造出沙漠这样的地狱？当愤恨过去，无聊至极的时候我看着自己的身体，又不得不信造物主的神奇：我的每一根毛发，每一块骨头，每一个器官都比最瑰丽的建筑要瑰丽，比最精密的仪器要精密十倍、一百倍，乃至无数倍。除了神之外，世间不会再有一种力量可以造就我。我外婆的故事，和我的监狱生活交织在一起，我像是一个游魂般，迷失在了我外婆的毛乌素沙漠里。我变成了她的声音、她的语言，她的声音与语言又变成了我的眼睛，我的眼睛又变成了毛乌素沙漠里每一粒沙子和每一棵与之性命相搏的树木。每一棵树木里，都有一颗伟大的灵魂。每一粒沙子中，都蕴藏着一个伟大的理想。一切相互拥抱，彼此生长，在我见过与没见过，我听过与没听过的毛乌素沙漠里生生不息，生生不息……

后来，一个漂亮的大长腿姑娘在我的店里买了一台 iPad3。她给了我一个长长的名单，我殷勤地为之越狱，照着她的名单为她下载各种app 和电子书。我知道再怎么殷勤我也不可能只凭着这点儿雕虫小技把她给睡了，可我还是想这么干。我在性欲充沛的慌乱中无意点开了一本电子书，它的题记像是闪电一样把我劈成了两半。那时我已用我的假名活得栩栩如生了，可我无比想念我的外婆，和她在监狱里为我讲的那些事情：

> 用另一种囚禁生活来描绘某一种囚禁生活，用故事来讲述
> 真事，两者都可取。
>
> ——丹尼尔·笛福

3

我外婆在我坐牢的时候对我说："巴根死了以后，我和依云娜相依为命，继续在沙漠里种树。依云娜对我恨之入骨，她用沉默惩罚我，就像当年我刚来毛乌素惩罚巴根一样。我问她什么，她都不会回答。我实在撑不住，在家里在沙漠里哭的时候，她只是默默地看着我。那眼神在我的皮肤上变成了静止不动的蜥蜴，爪子锐利，鳞甲冰冷，长长的尾巴在我的脸上、眼珠上划出一道道火星。有时我晚上睡不着，会觉得这一切真是报应。可到了白天，我们还得打起精神，装作什么都没有发生过一样去种树。只要我们走过的地方，就会留下一棵棵树苗，像是一个人的脚印。人们都夸赞依云娜，有其母必有其女，每当她报以微笑的时候，

我都觉得这是个莫大的讽刺。我能看到她灿烂的表情里埋藏着的残忍，也能看到她星光般的眼眸中掩盖着的冷酷。可我又能说什么？只能在悄无声息的夜晚，人迹罕至的沙漠深处凄苦叹息。她深深地恨着我，她应该恨我。在我叹息的时候，我会想如果巴根没有死，如果她和眼镜成亲了，如果其其格没有死，如果她的孩子没有流产，生活会不会有什么不一样。我就这么漫无边际地想啊想啊，巴根总会在此时出现。他总会对我说同一段话，不管是见了鬼也好，做梦也罢，他都会像一个真正的男人般斩断我的忧愁。

"巴根对我说：'阿茹娜啊！不要再胡思乱想了，我活着时像你这么想，能一直想到如果毛乌素沙漠不存在该有多好啊！那样每天醒来，看着一片片走不出去的大明沙，我还怎么活……'"

"我一天一天的衰老，不说话的女儿和不说话的沙漠耗费我的生命。以前爬一座山丘就跟眨一下眼睛一样，现在我要弯着腰咳嗽好半天。我身体的每一个部分，那些伤口都拥有了灵性和记忆，每当我做一个之前做过了无数遍的动作，它们都会像约好了跳舞一样地裂开、摩擦。旧的疼痛激发新的疼痛，无穷无尽的疼痛在咧着嘴流着泪呻吟。它们叫喊着你休息休息吧！再这样下去你的腰会断的，再这样下去你的腿会瘸的。我就装作听不见它们的呼唤，比起身体的逐渐衰败，我更害怕戛然而止的死亡。

"我不担心我死了之后再没人种树，依云娜干这件事的劲头和我一样足。我担心的是依云娜她本人。

"随着我的渐渐衰老，她的青春也在一点一滴地流逝，可她对男人失去了兴趣，她把所有时间和精力都用在了种树这件事上面。我在毛乌素里种树，是为了让她和我的子子孙孙在这里能繁荣昌盛。可这些树在依云娜眼里就是男人，就是爱，我看她大有和这些大树小树过一辈子的劲头，一想起来这件事我就心烦意乱。

"可人们不这么想，他们被依云娜打动了，尤其是沙漠里有一帮和她一样大的野丫头野女人们。没男人的不想着去找一个心爱的男人，有男人的跟我当年一样不在家里待着给烧茶做饭，天天跟在我们母女的屁股后面，四处跑着找树苗，找大明沙。我看她们种活一片树苗的那股子疯癫，比让她们的男人抱着亲一口都高兴。我知道她们图的是什么，可她们想到要为此付出什么代价吗？有的时候，夜深人静，看着睡在篝火旁的这些傻女人们，我真想大声叫嚷，把她们统统赶回家，赶回自己男人的身旁。我是多么想念巴根啊！

"有一天深夜，我精疲力竭地回到家。推开门我看到那些女人围着依云娜，一个个神情肃穆像是要上战场的战士一样。屋子里热得像是蒸笼一样，可这群傻瓜没一个想到要开门，她们的脸色比我这个种了一天树的人都疲惫。我带进来的风犹如雨水滋润了树苗，这群蠢女人又活了过来。她们跳起来拉住我叽叽喳喳地说，阿茹娜大妈，我们要干一件特别了不起的事情。现在允许个人承包了！我们要承包沙地，把治沙种树真真正正当成一份事业来干！

"那个时候我还不明白她们说的'承包'这个词是什么意思。我只知道这个词肯定和我当年种树一样是件很新鲜的事情，是件大事。我看了看依云娜，她在她那些小姐妹的簇拥欢呼中眼神很平静地和我对视着。那一瞬间我知道了她是怎么想的，她和我想的一样。无论说出来多么奇怪的词，用什么样的方法，只要能发动更多的人在毛乌素种更多的树，就是一件好事情。她们激动的情绪感染了我，我的眼眶泛出了泪光，跟她们每个人都握手都拥抱，只有阿茹娜，她看我的眼神还是那么冰冷，我只好把自己的双手又缩了回去。

"在沙漠里种树的男人女人们多了起来。他们像猎手寻找猎物一样寻找大明沙，在沙地上打下一个又一个黑洞洞的空眼，种下一棵又一棵翠绿的树苗，用一个又一个扎得方方正正的草方格把树苗固定住。曾经我一个人干的事情，现在成千上万的人在一起干，这变化的一切，都从那一天开始。

"我顾不上这件事情，新鲜的词语像是风里的沙子一样在我们的耳边翻滚，女人们的衣服颜色一天比一天鲜艳，男人们从喇叭里学来的外地流行歌曲越来越欢快。我的依云娜还是没有成家，她很快就要过婚嫁年龄了，我不能眼睁睁地看着她变成一个永不出嫁的老姑娘毁了自己，虽然我很清楚为什么她对所有单身男人比冰还冷。

"我在沙漠里费心费力四处托人，想为依云娜寻找到一个合适的对象。有人给我介绍了一个小伙子，他身材魁梧，性格憨厚，家境也不错。我害怕依云娜知道我为她安排相亲而生气，让那个小伙子假装是一个到窑洞里讨口水喝的路人。可他一进门，看见依云娜就变成了闻到血腥味的豺狼，也不好好喝他的水了，也不敢看着依云娜，眼神就直勾勾地瞪着我讲他的羊群数量有多么的惊人，马群的身形有多么的健壮。这一切都归功于他是一个多么合格的牧人，不仅这样，他还是一个合格的男人。他不抽烟，不喝酒，他最恨的就是那些动不动打老婆的男人。他说得脸都红了，看着这个比怀孕的母羊还呆滞的年轻男人，我用鼓励的微笑面对着他，不管他说什么，我都用微微的点头来回应他。我是多么希望他能如愿，征服我的女儿啊！

"依云娜殷勤地跑了过来，问男人还需不需要加水。我的心狂跳了起来，我觉得比这个男人心跳得还要厉害。他看着我的依云娜，闷声闷气地点了点头。我看着依云娜保持着她那天使一般的微笑，高举起了水壶，把一壶水都浇到了他的头顶上。水柱在半空中形成的弧线像是一道银河般砸碎在男人乌黑的头顶上。男人叫起来，怒斥依云娜是不是疯了。依

云娜平静地说：'我炉子上坐着开水，你再不滚，我就用开水了。'

"我整整向那个男人和他的父母道歉了一个晚上，把嗓子都说哑了，才平息了他们一家的怒火。这件事情让我也很憋屈，可我不敢冲依云娜发火。有一次开会，我把这件事情告诉了正好坐在我旁边的旗长，他听完把胸脯拍得比大鼓还响，他说这件事情包在他的身上了。

"过了一段时间，旗长给我们带来了一个男青年，也戴着一副眼镜。旗长给依云娜介绍说这个男青年是本地人，是个大学毕业生。我看依云娜的眼睛泛起了一层亮光，也许是那人也戴着一副眼镜打动了她吧。

"我把旗长拽出了窑洞。可旗长的烟抽了还没半根，窑洞里面就传出了依云娜的哭声。我们赶紧冲了进去，只见依云娜用手捂着脸痛哭，那个大学生尴尬地站在那里手都不知道该放在哪儿。看见我们进来了，大学生才松了一口气，他对我说：'阿茹娜大妈，我真不知道这是怎么了呀！我什么都没说，我只说了这个叫毛乌素的地方太荒凉了，就是种满了树变成大森林又怎么样呢？还不是穷乡僻壤。不适合人类生存。我不应该待在这里，你依云娜更不应该待在这里……'

"从此以后，我再也没给依云娜介绍过对象。

"毛乌素越来越绿，依云娜也变得越来越有魅力。可作为她的母亲，我知道她的青春之火在一点点地熄灭。旗长像以前一样，带来了许多客人来参观。那些人经常说的一个词就是'理想'，这个理想那个理想，理想这个理想那个，理想的风吹过依云娜和人们的身体，我看到他们的眼神中火光被理想吹得又狂妄了起来。依云娜也开始逢人就说治沙是一个多么伟大的理想，荒原变成绿洲是一个多么伟大的理想。这令我厌倦，'理想'这个词让我想起了流行了十多年的阶级斗争，我不知道它能流行几年。我也不想知道，我只知道种树，光靠想是种不活的。

"可我不知道怎么跟依云娜说，我们已经好多年没有说过话了。我只能跑到尚喜树神脚下，祈祷死去的巴根和其其格能听到我的祈祷，能在长生天的指引下帮助他们的女儿、他们的姐妹能找到自己的真爱。我一遍又一遍地默念着自己的祈祷，和走失多年的宏博教给我的咒语。尚喜树神沉默不语，它已经枯死了多年。可死去的神也是神，要说理想，我的理想就是这个。我听到了几声鹰的鸣叫。我抬头向上看，蓝天中有两只展翅的黑鹰，在盘旋翱翔。"

4

　　这个世界在那些年每天都在剧变，人类社会每天有无数的信仰破灭，又建立了无数新的偶像。每天有无数的战争结束，又开始无数新的战争。她不知道这些，她只知道无论怎么样，在沙漠里多种一棵树、一株草都是好的。她每天都要在尚喜树神脚下祈祷一遍，可她的家庭没有一点儿变化，除了依云娜和她自己变得越来越老。夏天的时候，毛乌素又迎来了一场大风。风很大，我母亲和我妹妹在沙漠里的每一步如同坠着千斤的重担。可我帮不上他们的忙，用父亲的话来讲，每一刻每一地，都是神迹。他兴奋地看着地上那两个缓慢移动的小点，对我说今天是一个大日子啊！他紧拉住我的手，一个猛子我们扎入了沙漠的最底部，惊醒了无数潜伏在沙底、永远不会被世人发现的奇虫异兽。然后又在这些彩虹一般颜色的爬虫，长着腮和翅膀的野兽们注视下拽着我冲入了天空。那阵从世界最北方吹来的大风就像是被我们带来的一样，将她们的脚印从沙漠的表面吹至消逝。

　　"我们必须得返回去了。"我母亲担心地说，"脚印没了，我们会迷路的。"

　　我妹妹没有答话，她驻足观察着四周，给那些高大的沙丘和蜿蜒的沙梁起着名字，努力记忆它们彼此的方位。这就是她一直以来避免在沙漠里迷路的方法，是我活着的时候教给她的。两座沙丘之间，她选择了左面那一座有石头和阴影的沙丘翻越（"阿茹娜啊，我们的女儿能像你一样辨认神迹，她会在沙漠里活下来的！"我父亲小声地说）。依云娜继续向前走去，母亲只能在后面跟随着她。

翻过了那座沙丘，我妹妹听到了一声秃鹫的啸鸣（"快转头！阿茹娜啊！快让女儿转头！"），我妹妹没有看到那只秃鹫，低下头来突然觉得远方有一道微弱的光从沙尘中刺到了自己的眼睛里，她转头寻找那道可能是幻觉的亮光（"不是幻觉！阿茹娜啊，你们千万别把它当作幻觉！"）。那道光变成了一个巴掌大的光斑，在依云娜的唇上、眼镜中跳跃着。依云娜拽着我母亲，穿过了风扬起的迷雾，顺着这道璀璨的钻石线找到了它的源头。她们看到一处流沙，一个魁梧的男人腰部以下都陷在了流沙里面。他胡子拉碴、蓬头垢面，可阳光打在他挺拔的鼻子上依然为他证明着他是一个英俊魁梧的男人。（"阿茹娜啊！我终于等到这一刻了。"我父亲欣慰地感叹着。）

"我们马上救你！"依云娜冲这个男人喊着，然后她在这男人的注视下就脱了外衣和裤子，撕成布条。又一阵风吹过，流沙坑边那男人的军挎包被它吹跑了。"你们快把我的包捡回来！"

"你疯啦？"我母亲不敢相信自己的耳朵，"你为了那个包不活了？"

那男人的脸一下子就白了，说："那里面有我最后的理想！它不在了我活着也等于死了！"

他不要命地动弹了两下，让自己在流沙里沉陷的速度快了一点儿。依云娜抿了抿嘴唇，转身向那个被风越吹越远的包跑去（"对！你选对了！阿茹娜！我们的女儿选对了。"），等依云娜把那个包追回来时，那男人露在这世界表层的部位只剩下他的脑袋了，阿茹娜死死拽住布条扯成的绳子，自己都快陷进流沙里去了。她们母女俩用尽了全身的力气，一直从黄昏拽到夜晚，才把那个男人从流沙里拽了出来。母女俩坐在沙地上大口大口地喘息着，在漫天的星星下，男人早就昏迷了。他躺在地上，魁梧的身体像是一个正在接受臣民朝拜的国王。我母亲和我妹妹的狼狈，简直比刚刚经历了一场生育还要不堪，而眼前的这个男人，就是她们的沉默的新生儿。

依云娜打开了那个捡回来的包，里面有几本笔记，每一本都写满了字，密密麻麻的，像是在彼此用触觉交流密码的蚂蚁。我母亲不明白这些词语凑在一起是什么意思，她说像是歌词，可又比歌词复杂。依云娜想起了当年眼镜的《悲惨世界》里有许多的诗，和这些本子上的句子有许多类似的地方。她又认真地看了几眼，坚定了自己的想法。可她没有告诉母亲，她对自己说，这是诗。

"阿茹娜啊！她猜对了！"我父亲在我母亲、我妹妹的身边飞旋着，发出她们听不到的狂笑，他大叫着："这是诗！这是诗！"

5

"我们把那个男人搬回了家，把炕让给了他睡。那男人躺了两天，还是没有醒过来，只是偶尔会猛地坐起来大喊两句胡话。我听不懂他在说什么，可依云娜听得很入迷。她跟她那些前来围观的小姐妹们说，这个男人喊叫出来的东西是诗。一个昏迷的大男人躺在我们的家里，他念出来什么样的东西我都不关心，我恨不得把一块烧红的铁塞到他嘴巴里，如果这样能够让他醒过来。这是一个住着孤女寡母的家，不是一座能让人围观、指指点点的戏台子。说心里话，我觉得那个男人胡言乱语起来的语调很好听，样子也傻乎乎的像一只在大沙漠里抓老鼠的幼猫般可爱。

"依云娜给他剪了头发，刮了胡子，擦干净身子。他躺在我们的炕上比一位圆寂的喇嘛还要安详，看样子似乎要在这座窑洞里扎根一样。我搜遍了他的衣服和那几个本子，可没有发现一点儿关于他身世来历的信息。我只好去旗里找旗长商量对策。他带着我到了旗上的派出所报案，接待我的警官拿出了一本失踪人口名册，让我辨认里面的照片有没有一张是这个男人的。我一页又一页地翻过去，心里面害怕极了，我真没有想到还有这么多的人在沙漠里失踪了。这些人里有跟老婆吵架了离家出走的丈夫，有得到了压岁钱去买糖就再也没回来的小孩，有被爱人抛弃了的女子，还有很久之前我报案丈夫失踪时给派出所交来的巴根的照片，可就是没有这个男人。

"那个警官又拿出来一本花名册，上面的每一个名字，每一个肖像都属于警方怀疑死亡了的人。我从头翻到尾，还是没有看到这个男人。这两本又大又厚的花名册让我心里不痛快极了，旗长对我感叹道：'这个世界真是太奇怪了，我不明白为什么你们母女带着一帮人每天疯了一样在沙漠里种树，可有的人还要跑到这座沙漠里送命？'

"旗长用吉普车载着我，还有两个警官和一个医生回到了窑洞里。医生给那男人仔细地检查了一遍身体，得出的结论又长又玄奥，我不客气地打断了他的演讲，问他这个人大概什么时候能醒过来离开。医生对我说：'他死是死不了，可什么时候能醒，就没人知道了。也许明天，也许这辈子也醒不过来。如果你掏医疗费的话，我们可以把他接走。'我问警察医疗费是不是该公安局掏，警察一边给那个男人照相一边转身跟我们说，他们只负责找人，不负责照顾人。我看着旗长，还没等我说话，旗长拉住我在我耳边小声地说：'我看这个男人就躺在你们家挺好的，你看依云娜……'

"是啊是啊，我看到了。我的依云娜面对给这个男人照相的两个警官，躁动地在他们身边走来走去，呵斥警官不要用闪光灯以免把他的眼睛刺伤。她一个人小心翼翼地把他搬到了阳光底下，拿着报纸给他扇风，以至于一个警官怀疑地问道：'你确定跟他不认识？没有关系？'

"我骂旗长是个老狐狸。万一他一辈子醒不过来怎么办？万一他醒过来是个杀人犯怎么办？旗长笑着说，为女儿那什么不都得尝试一下。

"男人留了下来。依云娜很高兴，破天荒地不再把所有的时间都用到植树上，她每天要用很长的时间搜集一束野花野草放在那个男人枕头边上。这是眼镜走后这么多年来我见过她做过最女人的一件事。我万万没有想到，我求了无数次长生天给我女儿一段姻缘，打开依云娜心房的男人竟然是这么个都没力气睁开眼看她一眼的男人。可不管怎么样，我是开心的，依云娜不再神神叨叨地做那些不着边际的梦想，变成了一个和我一样爱男人的女人。

"依云娜整日坐在床边陪着这个昏睡的男人，闲得无聊了，就捡起一本笔记本翻两页。看着看着，她就会笑出声来。这让我想起了她小时候，在世的其其格给她讲那些自己胡编乱造的故事时那个快乐的依云娜。我不知道那个本子里究竟写了些什么，她笑得越开心，我越觉得好奇。有一天她去医院给男人拿药，我拿起本子翻开，依云娜在每一页上面都用自己粘着的小纸条做了注解。在这些煞费苦心的注解下，我想我终于读懂了这个男人写的天书。"

字与字的厮杀
一场战争
物种演变般漫长
战车的轰鸣和流动的火
不能阻止这一切

第四章

诗

我也曾呼号为王

也曾带领一行行的部下

屠杀路边不愿加入游戏的人

一夜之间

我失败了

告别爱情

和我的王旗

被流放于蜿蜒狭长的公路上

抵达黄金世界

死者和记忆陪伴着我

走过一个又一个城堡

没一个地方属于我

他们夺走了我的宝剑与盔甲

只剩下了活下去的忧愁……

　　"这首诗写得很长很长，他的几个笔记本其实都是这一首诗，足有几万行。要按依云娜的解释，这一段写了他是一个诗人，也思如泉涌过，后来遭遇了不知道什么严重的打击，再也写不出来诗了。他心里头很忧愁，就选择了流浪。他和那些派出所花名册上离家出走的失踪人口一样，被命运推到了我们的沙漠里来，可他又不知道怎么在沙漠里躲避太阳和野兽、毒虫与流沙，幸亏长生天一直眷顾着这个狼狈的家伙，他才没有被沙漠杀死。

　　"接下来的诗行，无非就是一个男人突然被抛到一个毫无人性的、疯狂的世界里，内心感到恐惧和迷茫。以及他是如何生存的。他喝自己的尿，用衣服做成的储水器收集天上的雨水，吃沙漠里动物骨架上的腐肉差点儿拉肚子死掉。他遇到过饿狼，要不是一条毒蛇毒死了饿狼，饿狼在临死前把这条毒蛇咬断成了两截，他不是被饿狼吃掉就是被毒蛇毒死。他在沙漠里拼命地奔跑过无数个夜晚，因为有一股巨大的龙卷风总在太阳落下的时候从沙地里升腾而起，像一个杀手射出的一支利箭般跟在他的身后追击着他。他跑啊跑啊一直跑到了统万城的遗址下，那股风柱悄然消失在了统万城的城墙里面。在这座古老的城市遗址间，他流连忘返，无意间闯到了一间密室里，在那里他发现了一本诗集。那里面写了风暴的来历：它是一群女子的冤魂，在统万城灭亡之前这些女子组成了庞大的逃亡队伍，不料一场黑风暴夺去了她们所有人的性命。她们渴望遇到一个路人，把迷失的自己带回家……那本诗集用浪漫的语言、庄严的声调叙述了统万城从诞生到灭亡的每一方面的每一个瞬间。人吃什么喝什么，人怎么相爱怎么离别，人的交往与决斗。每一个大厦中那些华丽的壁画，以及每一种颜料的色彩是多么的华丽，还有当这些画师完成作品被处死时每一种分离背后的疼痛。繁荣的贸易，肮脏的政治，一个像诗歌一样辉煌的城市，最后是如何被人们贪婪的欲望所激发的沙漠一点一点吞噬到奄奄一息的地步，被一场巨大的风暴摧毁掉的。

"男人诗集里描写的这本诗集让原本对诗歌已经绝望的男人欣喜若狂，他决定离开沙漠，回到家乡公布他的发现。可走出统万城他发现他迷失了方向，那些沙丘和星辰迷惑了他的记忆。漫长的饥饿和劳累使他的感官退化，四肢疲软，他觉得再也走不出这个沙漠了。他感到恐惧，恐惧使得他更加饥饿，可他已经吃光了所有能吃的东西。他不能吃的挎包里只剩下了写满他自己诗行的笔记本和统万城遗留的这本诗集。他的肠胃选择了羊皮编织的后者，当吃下第一页的时候，他泪流满面。过了几天，他吃了半本之后，他的心已经麻木。男人决定跟随阳光下自己影子的指示流浪，他一边走一边吃，不知道过了多长的时间。曾经的记忆，那些记忆里的疼痛和味道，他发誓永生不忘的烙印一点一点地模糊了，消逝了，像是前生一样。而今生，他也走到了路的尽头，他的羊皮卷吃光了，他一脚踏空，掉入了我们遇到他时的流沙……

"他的诗集到此处戛然而止。有一天，我听到依云娜的一个朋友问依云娜，万一他醒来之后，根本不会喜欢你可怎么办？依云娜没有说话，只是握着毛巾给他擦脸的手更温柔了。这让我感到紧张，我想只要这个男人提出要求，我的女儿敢把自己的血液都凝成风景，凝成诗，让他欣赏。"

6

一整个夏天燥热异常，依云娜又要忙着种树又要照顾男人，又没有分身之法，日渐消瘦了下来。我外婆非常担心，可每当她靠近依云娜，依云娜就会一脸冷漠地走开。有天依云娜迟迟不归，我外婆给这个男人洗了洗脸，不料依云娜回来了，她踢翻了地上的脸盆，这热水流到了地上让我外婆的心肝冰凉。从那天起，她再也不敢靠近这个男人。

那天是中午，我外婆和依云娜换了班，回到家里连饭都没吃就在桌子边睡着了。在梦里她看到两只老鹰在天空中盘旋，就是她去神树下祈祷时经常能在蓝天上看到的那两只鹰。它们鸣叫着，渐渐地变成了人的呼唤，把她惊醒。她坐起身来看到那个男人站在自己的面前，问她："我这是在什么地方？"一片阳光洒在这个男人的脸上、身子上，他的皮肤白得像是覆盖沙漠的大雪。我外婆发出了一声惊叫，她以为自己此时此刻才是在梦中。她跑出窑洞，在沙漠里跌跌撞撞地留下了一连串的脚印和一连串的尖叫。尽管女儿看着她的眼神还是像石头一样冰冷，像月光一样复杂，可我外婆连口气都顾不上喘，她生怕风太大了会淹没她声音里真挚的喜悦，那是她现在作为一个母亲对女儿唯一的特权。虽然那些树苗的枝叶在烈日下懒洋洋地耷拉着，可她用尽全身力气对依云娜喊："他醒过来了！他醒过来了！"

依云娜愣了一刻，一把推开在她面前傻乎乎咧着嘴的母亲向窑洞跑去。我外婆顾不上她坐在沙地上引发的疼痛，爬了起来就去追赶自己的女儿，天上终于洒落了几滴雨滴。

那个男人说他热爱诗歌，可社会变得越来越让他写不出来诗歌。于是他决定远行，他去过西藏、青海、云南、宁夏和新疆。自认为是个行者，没想到在毛乌素沙漠差点儿丢了性命。我外婆打断了他的叙述，告诉他这些我们都知道，我女儿认认真真地读过你写的每一行诗，她解读出了你诗句中的意思。在这里遇到了知音，这让诗人非常吃惊，他瞪着依云娜，把她的脸都给瞪红了。我外婆说我们想知道你叫什么，是干什么的。男人说自己叫巴音，不写诗的时候在一个杂志社做主编。巴音滔滔不绝地讲述着他一路过来的冒险历程，依云娜听得面红耳赤、腮若桃花。可他们两个人在我外婆的眼里就是两个傻蛋，一对呆瓜。巴音说漫长的饥饿和昏迷，让他已经不知道自己本子上写成诗的那些事情究竟是真还是假了。依云娜说那不重要。我外婆说对，那一点都不重要。重要的是，你离开家这么久，你的老婆和孩子，难道不会担心吗？巴音的脸也"噌"的一下红了，像嘴里含了一粒石子般，他语调混浊了起来，"我还没有结婚，更谈不上孩子。"巴音说，"我要把我的一生都奉献给诗歌。这是我的理想。"

当巴音说到"这是我的理想时"，我外婆心里"咯噔"一声，她扭头看了眼依云娜，这个女孩的目光更明亮了。"我当时真是气不打一处来。"我外婆后来坐在桌子那边的阳光里对我复述当时的景象时说，"我还真以为我的女儿变成了一个和树苗和沙漠一样不食人间烟火的神仙，没想到两个疯子碰到一块就都变成了俗人。"

第四章

诗

133

依云娜从那天起也顾不上植树了，每天精心照料巴音。她把眼镜没给自己讲完的那个故事讲给了巴音，希望他能为自己编出来后面的故事。巴音听完以后笑着说不用我编，这是原本就有的小说，是法国19世纪浪漫主义作家雨果的巨著《悲惨世界》。依云娜这才知道自己受了眼镜的愚弄，巴音又讲了什么，她完全听不进去了。依云娜假装着微笑，天空下起了小雨，她假意要去收衣裳，跑出去痛哭了一场。哭着哭着，不是在为对眼镜的恨而哭，而是在进行一场隆重的、私密的送别。送别的黑暗里，那个稚嫩的影子好像唱着歌，越走越远。

巴音每天吃饱喝足了，就给她讲《悲惨世界》下半部的故事，等他讲完了结局，得意地看着依云娜的时候，依云娜的直觉确定自己爱上了这个男人。

巴音的身体状况好了一些后，她把自己的工作全交给了我外婆。每天早上一醒来就拽着他跑到沙漠里，带他去认识每一块自己起过名字的沙丘和石头，那些有阴影的地方，那些可以躲避风暴的地方。给他讲其其格给自己讲过的，关于统万城的故事。带他去自己和其其格经常玩耍的地方，还有其其格死去的沙丘。她似乎想在最短的时间里让巴音认识自己，认识这个沙漠。每做完一件事，她都会眼巴巴地望着巴音，渴望他能说出一句能够打动自己、让她觉得终于有人了解自己的话。可依云娜自己都不知道那是一句什么样的话，巴音只会望着这一切，仿佛参悟了白茫茫的虚空，口中喃喃自语道："这可真像是一首诗……"

有一天，她终于忍不住了，她对巴音说："你为什么不把我告诉你的一切都写成一首诗啊？"

巴音说："依云娜，你知道吗？这是一个诗人自杀的年代。诗歌已经死了。"

依云娜反问他："可诗歌不是你的理想吗？"

巴音说："我写了十年诗，才发现自己一直在写的那首诗，名字叫作《理想死了》。"

依云娜感觉到了巴音话语中对"理想"这个词的调侃，这让她的心里产生了强烈的不快。她想不明白，人活着，理想怎么就会死呢？他写诗难道比她在大沙漠里种下一片又一片树林还要困难吗？依云娜越想这事越觉得矫情。巴音的脸色就暗淡了下来，她没法再继续追问这个话题，尽管他是这片沙漠里除了她之外唯一懂得什么叫作"理想"这个词的人，尽管她是这片沙漠里除了他唯一懂得什么叫作"诗"的人。两个人一路无话，回到了窑洞。

第二天，巴音就跑到旗里买了一张离开的火车票。依云娜傻眼了，偷偷地跑到一个没人的地方大哭了一场。我外婆虽然有苦说不出来，可还是给他杀了一只鸡，打了一瓶酒践行。塞外大漠，月朗星稀，巴音一边啃着鸡腿一边握着我外婆的手不住地感谢。我外婆说："你怎么这么着急走呢？不再好好逛逛毛乌素了？"巴音脑袋摇得像是被狂风捉弄的风车，他说："不了不了，我现在一看见沙子就从心底里害怕。"我外婆也是个死里逃生过的人，不好再说些什么。依云娜迟迟不归，我外婆和这男人又聊了一阵再也无话。

酒快喝干的时候，依云娜回来了。她化了淡妆，穿了新衣，表情庄重。这庄重的光芒不但照亮了两个女人的家，也照亮了整个沙漠。依云娜美得让巴音不敢直视，她对巴音说："你就要走了，让我为你唱首歌吧！"

在夏天
天空晴朗
太阳放射着温暖的光华
我那憨厚的哥哥啊

是噩梦耽误了他

太阳多么的鲜亮啊

尘雾却挡住了他

我那可爱的哥哥啊

是灾难耽误了他

太阳上升到了穹庐的顶端

烟雾却挡住了它

我那真诚的哥哥啊

是遗忘耽误了他

　　依云娜的歌声苍凉，巴音眼中都泛起了热泪，使劲地鼓掌。依云娜说，巴音要走了，也许这辈子能再见的机会就没有了。一直都知道巴音是个诗人，可从没有听他朗诵过诗歌，她希望在临别前能听一听诗人念诗。

　　巴音站了起来，说："谢谢你们的热情款待。你们知道我为什么会到毛乌素沙漠吗？"两个女人摇了摇头。巴音说："因为我在要踏上火车旅行的前一个晚上做了个梦，梦到了两只老鹰，一只落在了我的左肩膀上，一只落在了我的右腿上，它们用力地一扯一咬，把我的左肩和右腿给撕了下来，飞走了。我追啊追啊，顺着指示牌，追到了毛乌素沙漠。我经过的每一道沙丘，每一道沙梁，后来依云娜都带着我去认识了，我才知道它们都有着自己的名字，依云娜给它们起的名字。我顺着沙丘和沙梁来到了一棵巨大的孤独死树下，就是你们叫作尚喜的那棵神树。那两只鹰栖息在树顶的枝丫上，好奇地望着我。然后，我就醒了过来。在旅途中，我一直在思考这个梦究竟是什么含义，现在我明白了。是长生天把我带到了这里，让我认识了你们这对善良的母女，和这座叫毛乌素的沙漠。秘鲁有个叫聂鲁达的诗人，我觉得他的一首十四行诗特别适合此刻。"

你将记得那条奔跃的溪流

在那儿甜甜的香气上扬、颤动

有时候飞来一只鸟，穿着

水色和悠然：冬天的衣饰

你将记得那些大地馈赠的礼物

永难忘怀的芳香，金黄的泥土

灌木丛中的野草，疯狂蔓生的树根

利如刀剑的奇妙荆棘

你将记得你采摘过的花束

阴影与寂静之水的花束

仿佛缀满泡沫的石头般的花束

那段时光似乎前所未有，又似乎一向如此

我们去到那无一物守候的地方

却发现一切事物都在那里守候

诗念完了，三人又是无语。屋外下起了雨，为了不影响明天赶路，三人收拾完后就睡了。沙漠深处，滚滚雷声回荡。

第二天，依云娜没有去送巴音，她今天还有一批树苗要分配，是阿茹娜把巴音送上了火车。阿茹娜拖着疲惫的身体回到林子里，他们谁都没有再提起巴音，阿茹娜发现女儿的眼睛红肿了。

7

阿茹娜啊，巴音回到了城市，那里还是一片喧嚣。世界又变了不少，人不再有激情和憧憬，麻木得像是一张张石头做成的面具。巴音每天上班时站在窗前，看着立交桥上的车流，觉得自己生活在一个梦里。每天下班了走在人群里，呼吸着冷漠的空气，吃着精致烹饪的食物，回到家看电视听广播，还是像活在梦里。

阿茹娜啊，无拘无束的你一定不会了解，这是一个不由做梦者本人控制的梦，像是一片突然在世界上泛起的迷雾。那迷雾里有无数双黑色的手，偷走了许多诗人以前熟悉的词语，其中最重要的一个词，竟然就是"梦"。每当诗人跟他的朋友们谈起以前他们共同度过的诗歌青春，每个朋友的表情都会被这黑手抹一层胶水，不自然地假笑。他们会用咳嗽、喝水、眼神瞥向某一个不用和诗人目光接触的角落，或者上厕所来掩饰这种尴尬，然后或大声或小声地说："是这样的吗？你是在做梦吧？"诗人不知道该如何回答这个问题，提问者早就有了自己的答案，他们会把诗人抛在一边，然后窃窃私语交流他们彼此感兴趣的话题。诗人没有办法，只能找个聊天突然断掉的缝隙编个理由申请提前离开，然后让朋友们不要站起来，不用送他。每次都是这样，诗人惊讶了，恐慌了，如果说在去毛乌素之前人们的理想只是死了，对于理想的回忆还在的话，那么回来后理想的鬼魂以"梦"的理由彻底从来不曾存在过。诗人无论说了什么，人们都能以"梦"作为总结，扼住他的喉咙，消除他的声音。诗人自己，却失去了"梦"这个词语及它在诗歌中所代表的魔力。

阿茹娜啊！我看到巴音把他回来后的经历写成了信，一封又一封地寄给了在沙漠里的依云娜。这些信在他自己看来辞藻华丽又准确，意象繁复又直接，简直就是他灵魂的化身。可依云娜从来没有给他回过信，他也从不留备份，还是一封接着一封地寄给她。城市里已经没有人关心他关心的事情了，只有依云娜和风才有耐心去读他的心绪。至于是依云娜不愿回信，还是沙漠太大，这些信还没到依云娜手里就化成灰烬了，巴音不愿再多想。

阿茹娜，每天晚上，巴音都会做同一个梦：他像是一个鬼魂般飞过千山万水，飞到了毛乌素黄绿交杂的土地上，尚喜树神下，依云娜和你穿着盛装坐在阴影下，微笑地看着他。依云娜嘴唇呢喃，巴音知道她有话要对自己说，可他什么都听不到。他心急如焚，然后就会醒过来。

不知道寄出去了多少封信后，巴音终于收到了回音。当他颤抖的手接过邮差递过来的牛皮信封后，他的内心多少感觉到了些许失望。信不是依云娜寄来的，而是来自你。他打开了信，信纸上面只有一句话：

回毛乌素来吧！我知道怎么让你重新写诗。

阿茹娜啊，我想你一定猜到了吧？你这句话让巴音不知所措。这究竟是一个疯老太太的呓语，还是一个通神的老者所表达出的神谕？巴根被阿茹娜传来的信息折磨得茶饭不思，信还是不信，这意味着他要选择继续做一个相信世界上有天启的诗人，还是选择承认自己之前所做的一切仅仅是在做梦。一切又变得沉重了，混浊了，像是海底。黑夜没有结束，日出也没有结束，所有唱过的歌和所有的旅程都没有结束，巴根在这无休止的海水中难以呼吸。一天,他为了纪念不久前去世的诗人骆一禾，翻阅这个诗人的诗集，看到了这样的一首诗：

诗歌

那些人

变成了职业的人

那些会走动的职业

那些印刷体字母仇恨诗歌

我已渐渐老去

诗歌照出了那些被遗忘的人们

那些被挑剔的人们

那些营地和月亮

那片青花累累的稻麦湿润的青苔

大地的雨衣

诗歌照出了白昼

照出了那些被压倒在空气下面的疲累的人

那些因劳顿而面色如韭的人种油棕的人

采油的人那些肮脏山梁上的人

海边闪光的乌黑的镇子

那些被忽视在河床下如卵石一样沉没的人

在灾荒中养活了别人的人

以混浊的双手把别人抱大的人

照出了雨林熏黑的塔楼飞过青蝇的古老水瓶

从风雪中归来的人

放羊的人以及在黑夜中发亮的水井

意在改变命运的人

和无力改变命运的人

是这些巨人背着生存的基础

有人生活

就有人纪念他们活过、爱过、死过，一去不回头

而诗歌被另一种血色苍白的人

深深地嫉恨向诗歌深深地复仇

阿茹娜啊！这首诗让巴音觉得它是长生天为两难的自己送来的决定。这段时间昏昏沉沉的巴音终于重新听到了自己内心的声音，那是毛乌素的风吹过沙子与绿叶时交织在一起的声音。天一亮，巴音跑到火车站买了一张火车票，继续自己没有完成的旅途。

你是在做晚饭时看到巴音的，这个青年脸上都是汗水与灰土，风尘仆仆的样子，一看就是迫不及待地跑回来的。你笑了，你对他说："吃口热饭吧！依云娜还在种树，等吃完饭我们去给她送饭去。"巴音使劲地甩着自己头顶上的汗水，那股热气差点把你给蒸晕了。他说："我现在就想看到依云娜，就想知道你要怎么让我重新开始写诗。"

于是你们在黑夜中上路了，夜色浓稠，还有迷雾。你点燃了两根火把，递给了巴音一根。没有风，火焰直直地向墨水一样的天空探出头来。火光下，你们举着的火炬就像两根骨头，年轻人两根结实的腿骨。你们举着这两根燃烧着火焰的腿骨，爬过了一道又一道的沙丘，翻越了一道又一道的沙梁，不知道走了有多么远的路程，你身上的衣物像以前无数个夜晚那样被汗水浇透，沙子变成了腐蚀骨头和皮肉的小虫，从你们的鞋子里钻进去，钻进你们的脚心，钻进你们的腿和腰，钻入你们的胸腔和头颅，你们高举的胳膊，甚至钻入了你们高举着的火炬。你们的身体里灌满了沙子，挤干了你们的水分。巴音的意志被打垮了，他躺在地上，大口大口地喘着粗气，他说他实在是走不动了。他问你，究竟还有多少路要走。

阿茹娜啊！是你把他连拖带拽地带到了目的地，统万城遗落在大漠深处的一个瞭望塔，这里是整个毛乌素最高的地方。你指向远方，用火把照亮，对巴音说："依云娜和你的诗都在这里。"

顺着你的指示，巴根瞪大了眼，张开了嘴，像是一个第一次见到烟花的孩子。这一切都在你的预料之中，你感到非常的满意。

阿茹娜啊！在瞭望塔的下面，密密麻麻的火把像是星空一样在闪烁。人们扛着树苗，拎着水桶，举着钢钳在树林里忙碌，可这忙碌和巴音所熟悉的那种人类活动截然不同，在这里，劳动充满了真实的喘息、狂热的兴奋和淋漓的汗水。人们的眼睛明亮，他们的目光似乎穿透了今晚的黑暗，看到了遥远的未来。这让他们疲惫时发出的喘息，以及疼痛时发出的呻吟都蕴含着一种满足。

那一刻，巴音觉得他看到的这片大地，就像是一位在一片混沌中生育的母亲。黑暗中，巴音依稀听到了依云娜的歌唱，欢快有力的节奏让巴音好像看见了依云娜的形象。这个形象不无巨大，足有几万米高，由星星和闪电组成，屹立在天地之间，就像一匹天马，脚踩着火光向他奔驰而来。

不知道过了多久，天亮了，亮得很快，世界似乎一下子就变成了另外一个样子。昨天还是一片焦土的明沙，一晚上过去，出现了一抹迎风摇曳的新绿。劳累的人们横七竖八地躺在这些树苗之间，好像一种巴音从没有见过的奇怪虫子。依云娜还在劳作，巴音知道远方那个小小的红点就是她，她正在给树苗一棵一棵地浇水，巴音使劲叫喊着她，可离得太远了，她根本听不到。巴音喊累了，怔怔地看着你。

你对他说："你知道依云娜爱给她遇到的东西起名字吧？她也给这片树林起了个名字，叫作巴音。"

此时，巴音说出了他这一生当中最精彩的一句诗行。他对你说（更像是对虚空说）："有些诗，不是写出来的。"

然后，你看到他跑下沙丘，向那片树林、那群人跑去。他跑啊跑啊，渐渐地从一个人跑成了一个你看不太清楚的小黑点。这个小黑点在大地上移动着，跑进了树林，跑到了那个小红点身旁。过了几秒钟，这个小黑点和那个小红点变成了一个点。此时你听到了鹰的尖啸，你猜得没错，那是我们在天上，向你发来的祝贺。

8

"一年后，我带着依云娜到一片正在孕育之中的树林，对已经和一个种树的当地人没什么两样的巴音说，女婿啊！我告诉你一个好消息，依云娜怀孕了！

"我话音未落，巴音就扑过来紧紧地拥抱住了依云娜。疲惫的人们大笑了起来，唱起了吉祥快乐的歌。依云娜怕巴音挤坏了孩子，一把将他推了开来，巴音在树林里叫着跳着，打着滚，吹着口哨，就像个疯子一样。依云娜笑了，我也笑了，虽然她遇到这么好的事情还是不愿意和我说话，可在回来的路上还是拉住了我的手。

"依云娜是在冬天的时候临盆的，那时候我正在磨我的钢钎子，窑洞里面传来了依云娜的叫喊，我和巴音两个人扔下手里的东西跑了进去，依云娜的羊水破了。我把依云娜扶到了炕上躺着为她接生，依云娜疼得在炕上翻来覆去地打滚，巴音非常激动，他为了即将来到这个世界上的新生命笑得合不拢嘴。依云娜突然坐起来狠狠地抽了他一个耳光，愤怒地说：'我都疼成这个样子了你还有什么可笑的！'渐渐地，我们感觉到事情不太对头了，这么长时间那个孩子还是没有钻出他的脑袋，我对巴音说：'你不知道在依云娜的肚子里种了一个什么样的怪物，她难产了。

我们得把她送到旗里的医疗站。''可外面在下大雪啊！'巴音指着窗外茫茫的大雪对我说。

"'就是下刀子，我们也得去医疗站。'我对他说。

"我们借了一辆牛车，给依云娜裹上了家里所有的被褥，在大雪里穿越了沙漠。到达医疗站的时候，天色接近黎明了，雪不再下了。我和巴音帮着医生把依云娜抬到了产房。看着依云娜的样子，又看看手术台上放着的剪子刀子，我们两个谁都舍不得离开。那个医生操着外地口音严厉地驱赶着我们，他说：'你们知道吗？再晚一会儿就要出生命危险了！赶紧出去吧，我尽量保证大人和孩子的安全！'

"在走廊里，等待简直是一种煎熬，简直比在大雪中前行还痛苦。我看着捂住脑袋蹲在地上的巴音，气就不打一处来。可又有什么办法？这本是两个人的事情，可老天爷就偏让作为母亲的女人独自面对这场战争。外面又下起了雪，我看到远方一团黑乎乎的影子向这里走来。离得近了，我才看出来那是两个相互搀扶着的人影。他们走进了医疗站的时候已经被冻僵了，面对着那个医生，冷得说不出来话。那个男人胡子拉碴，穿着一件破旧的中山装式棉袄，袖子上都是油腻的污渍。他身边的女人也快要生产了，一个劲儿地流泪，喊叫着自己肚子里正在遭遇的疼痛。医生和护士把她搀扶进了依云娜对面的产房，两个女人的嘶号声在走廊里此起彼伏着，就像两片交汇的大海，力道之猛、势头之大能把我们所有人都淹死在其中。那个男人摘下了帽子，他的眼镜上沾满了白雾，他把眼镜摘了下来，用自己的衣袖擦着，这个动作像一道光把我带回到很久以前，他还没有胡子，没有这么多的皱纹。他还整日充满激情地给依云娜讲那个叫《悲惨世界》的故事。我听到他对那个医生说：'你这次真是帮了哥们儿大忙了！要不我们两个人的公职全得被开除了。'医生说：'打住！别哥们儿哥们儿叫得这么亲切，要不是看在咱俩当年一块儿来这个

鸟不拉屎的地方插队,我才懒得管你这些破事儿!'

"眼镜千恩万谢地把医生送进了产房,他掏出了一根烟,来和巴音借火。我看着他,他没有认出我,看着他冷漠的表情我突然特别痛恨那些树木与幼苗,我的样子一定很老了。依云娜在他身后的房间里用力地喊着,他的表情没有丝毫的变化。一个护士走了出来,呵斥他去外面抽烟。巴音和他都走了出去,那两颗一闪一闪的红点就像往事之鬼的眼睛,注视着整个走廊里孤零零的我,和他们女人的喊叫。

"不知道过了多久,一阵孩子的哭声把我们三个人从睡梦中惊醒。雪已经停了,外面一片光明,来来往往的行人让身处生死场的我觉得像是在做梦。一个护士抱着一个可爱的婴儿走到了我们的面前,她问谁是依云娜的家属,我和巴音举起了手。护士微笑地示意我们看她怀抱着的婴儿,她对我说:'恭喜你啊,大娘!母女平安!你有外孙女了!'我从她手中捧过了我的外孙女,她无邪的眼睛那么明亮,可我的眼睛,却模糊成了一片……

"我外孙女的脑袋很大,我想这就是依云娜难产的原因。巴音告诉我,脑袋大的孩子很聪明,他从小脑袋就很大。可说心里话,我觉得我这个女婿不怎么聪明。孩子的哭声吵醒了依云娜,她从巴音怀中接过了这个女孩,把自己的乳头塞到了她的嘴中,哭声停止了。我兴奋地问他们,你们打算给自己的女儿起什么名字?依云娜的笑容凝固在她的脸上,消失了。我这才想起来依云娜已经很多年没有和我说过话了,为了缓解我们之间的尴尬,巴音说:'妈妈,我想让你给你的外孙女取名。'我激动极了,我告诉他们,从依云娜一怀孕,我就想好了这个孩子的名字。男孩叫作阿木尔,女孩叫图雅。巴音很高兴,他说图雅这个名字太好了!太好了。他看着依云娜,依云娜就像什么都没有听见一样给孩子喂着奶,我们又陷入到了沉默里。过了一会儿,我听到依云娜梦呓一样的呢喃:'我

觉得这个名字一点儿都不好听……'

"这时，我听到了门外传来了一阵喧哗，那个医生冲进了门。他问我们：'你们谁是 O 型血？'我听不懂他在说什么，巴音说他是 O 型血，我这才知道他们是要把自己的血输到眼镜老婆的血管里。我跑出去追上那个医生，让他们帮我测了血，我也是 O 型的血。护士把我们摁在了椅子上，用针扎进我们的胳膊，我们两个人的血汩汩地流入了塑料管对面的血袋。我想对巴音说些什么，我刚准备开口，巴音说他知道我要说什么。我惊讶地问巴音，你知道那个男人是眼镜？巴音点了点头，他说依云娜在结婚前给他讲过这件事情，他特意去民政局看了看眼镜的照片，他想知道那是个什么样的男人。虽然他老了，可人的气质不会变的。巴音对我说，他信仰人道主义，虽然他可恨，可那个女人是无辜的。

"我俩约定，决不把今天遇到眼镜的事情告诉依云娜。可眼镜自己拖着他那根假腿一蹦一跳地闯进了我们的屋子，他握着我和巴音的手不住地称赞我们是好人。他的泪水掉在我的手上，那是滚烫的，像人类执着而又单纯的情感，令我迷惑。他说自己早就认出了我是谁，也猜到了巴音是谁。依云娜的叫声让他猜到了她在做什么，他怕打扰我们，就没敢相认。'人民太伟大了！太善良了！'他热泪涟涟的要跪下来，我搀扶住了他，他比我记忆中要年轻了许多，我想那是因为他缺了一条腿吧！'谢谢你！依云娜，你的胸怀太宽大了！'他跳到依云娜的身边说。依云娜瞪着他，面色铁青，嘴唇发白，就像看到了一场血淋淋的车祸。我拦在了他们之间，我说我们没有原谅他，我们只是想救一条生命。眼镜冲我们深深地鞠了一个躬，一下一下，跳了出去。

"第二天一大早，眼镜的女人还是死了。眼镜带着刚刚出生的儿子偷偷从医院逃跑了。就连那个帮他接生的医生，他都没有告别。'带我们回家，'在医生的叫骂里，我听见我的女儿小声对她丈夫说，'我决不能和

我的女儿再待在这里了。'

"在回去的路上，又下起了小雪。路过尚喜树神的时候，我们都不敢相信自己的眼睛：这棵死了将近十年的树，枝条上都抽出了新绿。在风里，我听到了微小的哭声，我加快了脚步，越来越近，哭声却变得越来越微弱。我到了树神的脚下，看到了一个放在牛粪堆里的襁褓，也许是这牛粪的温度抵挡住了大风与大雪，这个刚刚出生的男婴躺在里面皱皱巴巴地动着，没有被昨天的寒夜冻死。我抱起了襁褓，里面掉出了一张医疗点的卡片，父亲是眼镜的名字，母亲大概是那个死去的女人。除此之外，这个婴儿就和落在毛乌素的小雪一样，浑身上上下下，干干净净。婴儿没有了声音，也不再动作。我不知道应该怎么办，依云娜突然从我怀中揽过了他，给他喂自己的奶水吃。那个婴儿吸了一阵奶，睁开了他的眼睛，呆呆地注视着依云娜，嘴巴还在动着。依云娜闭上了眼睛，把他还给了我，几滴泪从她紧闭的眼睛里流了出来，依云娜对我说了这十年以来的第一句话：'如果你还想让这个孩子活着，就把他送到派出所去吧！'

"我们在神树的脚下分手，我怀抱着这个可怜的孩子，不知道自己该走到哪里去。我也不知道我走了多久，我的脚似乎不再由我控制，而是在跟随我脚下滚动着的沙子。我没有走到去往旗里的公路边，命运滚动着把我带回了家。

"看到我又把这个婴儿抱了回来，巴音和依云娜都显得很平静，似乎一点儿都不意外。我走到依云娜面前，用我自己都难以置信的声音颤抖着说，也许你觉得我疯了，可我认为你应该抚养他。尚喜神树活了，这是长生天把被黑风暴吹走的其其格，给我们送回来了啊……

"当我提到其其格这个名字的时候，一直不声不响的婴儿竟然睁开了眼睛，咯咯地笑了几声。他粉嫩的小手和小脚在空气里划动，就像一个小鸭子要征服一汪水般可爱。依云娜看着这个在生死面前出着洋相的婴儿，叹了一口气。她从我手里接过婴儿，放在了炕上，靠在她自己的亲生女儿身旁。她看了看他们，对我说了这十年来她对我说的第二句话：'姐姐叫图雅，弟弟……就叫阿木尔吧！'

"是的，阿木尔！这就是你，你不仅仅像他们说的，是出生在一堆牛粪里的孩子。你还为我们带来了好运气，神树为你复活。"

第五章　世界

1

"我们亚洲，山是高昂着头……我们亚洲，风光多锦绣……

"转变都在一瞬间，昨天我还跟着收音机里的音乐，抱着我孩子的孩子们，给他们哼唱这首《亚洲雄风》。今天，这些孩子们就长大了。他们把这些歌都忘了，他们更爱听那首《东方之珠》，虽然我们谁都没见过海。小图雅喜欢树，喜欢大片大片的森林和绿地，就像一匹马眷恋草原。她说树是香的，叶子也是香的，她长大了也要像我们一样把世界变成香的。她每天都跟着我们种树，轰都轰不走。那么小的身子，连影子都比大人的薄，还没一棵小树苗高，我可真怕她被一阵风给吹走了。她年纪轻轻，不和其他小姑娘玩，整天对着树的树纹，嚼着落下来的叶子，一发呆就是一天。我跟依云娜两口子说，看好你们的女儿吧，沙漠里多危险。哪天出了事后悔都来不及。可依云娜顾不得搭理我。她说经济小组马上就要获得第一笔银行贷款，治沙就有经济模式可以依循了。这可比关心一个小女孩去哪儿玩重要得多。银行一来个什么人，依云娜就像疯了一样亢奋。带着他们去看每一片我们种植好的树林，给他们讲种树时发生的艰苦故事，种好树之后周边住户的幸福生活。带着他们去看那些还没有种上树的大明沙，那些沙子里的动物尸体和废弃的房屋。她说我们没有树之前的日子，猪狗不如。她还学会了一个特长，能用我们的长调短歌给这些来考察的人唱《亚洲雄风》，唱《东方之珠》。所有我们从电视广播里听到的歌，凡是涉及那些陌生的地名，她都会用本子记下来把它们给改编了。唱完这些歌，她会说：'沙子是长着腿的，你不能用树把它给拴住。它能到天下任何一个地方。你们想象一下，要是沙子到了北京，到了香港，到了外国，那会是个什么样子？'依云娜的话让他们不寒而栗。我喜欢依云娜的这个比喻，可我不喜欢她的样子。她的表情就像一只狐狸在等待猎物。现在每一个人，他们每天一边种树一边谈论着我不明白的事情。我知道种树是好的，只要能种树，任何有助于我们种树的方式都值得尝试。我知道我自己没有疯就够了。

"我的外孙小阿木尔更让我发愁，他总是皱着个眉头，一脸不高兴的样子。他经常和人打架，每当有人议论他身世被他听到的时候，无论对方有多么的强壮高大，他都会像条饿狗一样扑过去和对方厮打在一起。有一天，他和一个大胖子打架被打掉了两颗牙齿。我手心捧着他的那两颗牙齿，心疼地对他说：'阿木尔啊！不要和他们打架啊，你永远都是我亲爱的心肝宝贝，是这个家庭的一员。'他以前听这话会默默不语地低头走开，有一天，他突然瞪着我说：'外婆，你说得不对！这里不是我的家，我一定要离开这里，去找我自己的爸爸。'

"从此之后，阿木尔每天就像他的姐姐图雅一样，黏在我们的身边，我们去哪里他去哪里。他不厌其烦地问我们一切他感兴趣的东西。

"妈妈，怎么躲避风暴？

"妈妈，为什么沙子会形成沙丘？

"妈妈，什么样的树种在什么样的地方最容易存活？

"妈妈，树木在四个季节里都会得什么致命的疾病？

"依云娜很欣赏阿木尔的好奇心，她一直没有机会系统地整理这些问题，她的儿子这次帮了她大忙。她让阿木尔每天早上写五个问题，她每天晚上回来会给出答案。阿木尔能骗得了别人，可他骗不了我，我知道他想离家出走。我把这个秘密告诉了依云娜，提醒她小心，依云娜却自信地说他走不出去的。

"渐渐地，阿木尔已经不再满足只问那些问题，他开始研究我们的铲子、钎子和鞋都有什么特别之处。我们的饭盒和水壶能装多少东西，我们是如何在一日三餐里分配这些食物和水的。这个一心想离开毛乌素的小男孩，就这样变成了一个毛乌素专家。他能在人们迷路的时候变成指南针，能在人们遇到陌生的生物时变成百科全书，能在人们对叵测的天气感到畏惧时变成气象台。关于毛乌素的一切，全在他小小的脑袋里。

"他的姐姐图雅是一个截然相反的小笨蛋。她只知道看人们干活，有人累了，她就递水过去，拿起那人手里的工具去替他干活。可那些树苗和钢钎对于图雅来讲实在是太沉重了，每次还没干几下，她就累得摔倒在地上，像只被晒晕的小狗一样爬着站都站不起来。那些黑心肠的家伙们被逗得大笑，把她扶起来，接过她手中自己的工具，继续干活。图雅就跑到一边，继续看着他们，等待着下一个人疲惫。我知道，人们常常在私底下议论我的图雅和阿木尔，亲生的像个笨蛋，捡来的倒是聪明绝顶。这简直就是长生天和老阿茹娜开了一个大玩笑。

"不管是不是开玩笑，我都感谢长生天赐予我的命运。我有两个孩子，我可不管他们是怎么来的，我对他们的爱一样。

"我的女婿巴音，这些年来变得越来越沉默，人家和他说什么，他都是咧着嘴笑，连一点儿声音都舍不得发出来。家里那些重大的事情，全是依云娜说了算，需要他去做什么，他就去做什么。有时候无聊的人会调侃他，巴音啊，你们家户口本拿到派出所去改一改吧，户主改成依云娜好了！他明知道这些人是在嘲笑他，可他还是跟着他们傻笑，还是不发出一点声音。

"我和巴音说，以后谁再和你这么说话，你就走过去把他摔得满地找牙。可巴音对我说，不要生气，大海没有时间和沙砾对话，它忙于谱写浪花。他还对我说，这是一个罗马尼亚诗人写下的诗篇。

"至于我自己，我变得越来越老了。依云娜跟我说话嘴张得越来越大，可我还是听不清楚。我的眼睛也不太好使了，以前我能在黑夜的风暴里看到远方神树的树顶，现在我黑夜失眠，起身坐起看自己在月光下墙上的影子都是一片模糊。还有我的腿和胳膊，乌云挡住太阳的时候，身体就像被无数根钢筋贯穿了。

"我能清楚地感觉到自己的生命力在一点点地消失。毛乌素的每一粒沙子，每一棵树苗一点一点地把我的生命偷走了。有一天，我种树的时候突然倒在了地上，我想坐起来，可腰部一点知觉都没有，我用不上力气。我用手摸了摸腰，它就像一块被放在冰柜里冻过的生铁一样，我看着太阳从东到西，万物的影子像树一样伸长，只有我搁浅在一个我曾经无比熟悉的地方，无法鱼跃出我自己的局限。眼泪不知道从什么时候流了出来，'滴滴答答'地顺着我的脸颊打湿了炕沿，一直到依云娜收工才发现了我。他们连夜把我送到了医院，那可真是一次可怕的经历。医生们用各种针扎我，用锤子敲我，用电打我，我感觉我就是一棵被冻僵的树。第二天，我醒了过来，感觉到一阵尿急，没错，我神奇地恢复了知觉，又能下床走路了。可医院的大夫却让我住院观察，他说我的神经出了问题，慢慢地会全身萎缩，失去这一生的记忆。依云娜听着大夫的解释，一脸绝望。巴音抱住了她，也抱住了我。这让我很生气，我推开了他。我是慢慢地萎缩，又不是明天就死。我没有听他们的话，大夫的话，连退休的老旗长劝我都没有用。我回到了自己还没种完树苗的林子里，突然想起来年轻的时候和巴根说起来自己老到种不了树的那一天会是什么样子，那时候是当个笑话一样讲的，可巴根还信誓旦旦地说他会陪我一辈子。可这一天终于来了，我没想到当年逆风出逃的我坐在地上，巴根别说陪着我了，连个尸体都没找到。衰老是一瞬间的事，就像一条鸿沟猛然出现，一下子横在青春与暮年之间的整个人生都掉入了黑洞里，只剩下最美丽的你和这个你，你在那个人的注视下，一道强光射在你身上，除了羞愧地抱住头，什么都做不了。

"我问树神，我到了颐养天年的时候了，我是不是应该离开毛乌素了呢？活了一辈子，我还没见过大海。可我的病此时又犯了，我脑子一蒙，坐在树神的脚下，一动也不能动，忘了自己为什么会出现在这里。看着枝繁叶茂的大树，风一吹过，上空哗哗作响，这时我才想起来我的目的。

"种了一辈子的树，那是我第一次羡慕树。医生对我说，你这都是种树给累下的毛病，你该换一个条件好的地方，仔细调养。旗长也给我传过话，政府愿意承担我治病疗养的一切费用。坐在这里，我像一块石头，神树随风摇晃，过了好久，巴音找到了我，把我背回家。

"那天晚上，我梦见我在大海里面游泳，比海底的大鱼游得都快，变成了一阵风。醒过来的时候，双手还在为了自己无限自由激动地发抖。长生天带我走进这个梦境是何用意？是为了指示我应该去海边，还是为了让我留在这里，用这个梦安慰我？就在这个梦快把我的脑袋瓜想破了的时候，依云娜气喘吁吁地跑回来告诉我：那位救过巴根的宏博，在失踪了几十年之后又出现了。"

2

一根木头，在沙漠里随风翻滚。随着水分的丧失，变得扭曲，变得脆弱。阿茹娜就这样，在我的印象中每天离死亡更近一点儿。

死亡是一种干燥的酷暑，到了燃点，人就会变成灰烬。

我们还在找寻她想要的沙漠，可这比在沙漠里找一片绿洲还难。阿茹娜的时间越来越少，她就像一个木偶，那口微弱的生气就是联系她与人间的线，瞎子都能看出来，线随时会断掉。阿木尔和他姐姐商量了一下，他们减少了每天出去的时间，花更多的时间留下来陪阿茹娜。

图雅同意了，她没有发现阿木尔骗了她。他停止搜寻，只是他宁愿和我找各种没人的时候做爱，也不愿意再把精力和时间耗费在这件事上。他总在不停地抱怨，他的命运是多么的凄苦，这个地方有多么的荒凉。他可怜兮兮地望着我，似乎我看到了他的底细，天注定我会离开他。在我们做爱的时候，阿木尔总找各种各样的理由不戴套子。他说如果我怀孕了，这辈子就是他的了。

图雅还从家里搬来了一大摞相册，他们和依云娜阿姨围坐在阿茹娜的床边，回忆着拍每一张照片时的情景。可阿茹娜脸色苍白，就像一个死人，对这一切毫无反应。他们只能对我讲这些，我看到了因为被涂上了红脸蛋，不愿意照相而被挨打的阿木尔噘着嘴瞪着眼睛的样子。和他现在跟我生气吵架时的那种操蛋德行一模一样。我还看到了依云娜，她的美是永恒的，沉静的，就像她的眸光。图雅，她握着一根树枝，头上插着一朵黄色的野花，冲着镜头傻笑的样子和现在这个精明干练的大美女判若两人。

图雅对我说，其实她还是喜欢那时候的样子，什么都没见过，什么都不懂。这些照片在即将分别的现在像是生命里啜饮的一口口烈酒。它能凝固将死之人的时间，又能剪短亲人们煎熬的漫长等待。

一张照片引起了我的好奇，那是一张大大的合影，几十个外国人面带微笑，围在阿茹娜一家身边，像一群蚂蚁围着自己的蚁后。我发现照片上的那些外国人这段时间都来探望阿茹娜，只是他们更老了，老得都好像再用不着灵魂。图雅给我指点着这些面带微笑的人，告诉我这个是英国人，那个是德国人。黑皮肤的来自非洲，鹰钩鼻子是阿拉伯人。这张照片几乎就是世界地图的缩影。我很奇怪，他们为什么会和阿茹娜留下那时的合影。他们为什么会在这时，再度聚首在她的病榻前……

3

阿茹娜啊，我看到阿木尔在奔跑。他不知道自己该去哪里，只知道跑得越快越好。他认为自己带了足够多的干粮和水，也认为自己带了足够和这片土地对抗的智慧与力量。他脚步轻快，踏起的风沙，发出了铿锵的声响。我看见在他左边几十万公里的英格兰，一个少女在为自己的初恋完结流下了心酸的眼泪，可她的内心是甜蜜的。我也看见在他右边几十万公里的几内亚，一群军人烧毁了当地的庙宇，发现了数千年前国王埋藏的黄金宝藏，激动的枪声响彻天空。

不瞒你说阿茹娜，我在天上看着阿木尔小小的身体，对他的这次逃亡之旅只有祝福。我死之后，每天等你们睡着之后，我就和其其格拉着手，绕着地球痛痛快快地飞上它几圈。这个世界太美了，到处都有奇迹发生。要是能去瞧一瞧看一看，那可真是一件幸福的事情。可那些委屈和欲望、愤怒和迷茫，像是千万吨钢铁一样压着你们的心，搂着你们的心，每一个活人都上天无路、下地无门地活着，无法逃脱。

阿茹娜，我们的外孙在走了一天一夜之后才迷路了。我为这个孩子感到骄傲，他比我当年离家出走的时候强，也比你年轻的时候想离开我时强。他喝光了水，吃光了干粮，躺在一棵大树下，看着夕阳西下，再也没有迈开双腿的力气。他太稚嫩、太胆怯了，他不知道他再走个几千步，就会看到一条公路。公路边的小客栈里的老板娘人很好，他哀求几句，老板娘就会把他留下来打工。半个月后，一辆拉煤的大货车会途经此地，把这个心存远方的年轻人带到青岛。在那里阿木尔人生中第一次看到大海，他当了一个船员，走遍了世界各地，学会了各国的语言，在韩国娶了一个印度姑娘，定居芬兰，开了一个印度餐馆，从此过上了无忧无虑的美好生活。他不知道这些，他知道也没有用，他实在是走不动了，他只能躺在树下，默默地落泪。

过了一会儿，他哭累了，睡着了。再醒来，阳光透过叶子摇摆的缝隙，他看到宏博站在他的面前。他刚才睡着时梦到了这个男人，宏博在那个小客栈里休憩时也梦到了他。这样的重逢让阿木尔感觉到一种尴尬，他觉得自己的隐秘被人发现了。宏博不以为然，逃亡的这些年来他经常在梦中和我们这些鬼魂沟通，以便了解故土的变迁。"你好啊！阿木尔！"宏博微笑着对他说，"走吧！我带你回家！"

就这样，几十年没回过毛乌素的宏博凭借着我们在他梦中给予的指引，把我们离家出走的外孙带回到了你面前。

你第一眼看见宏博的时候，竟然忘记了他是谁。与之相关联的人生，在那一刻你都忘光了。你看着这个和你热情地打招呼的男人，咬着牙想从自己的记忆深处把这个形象捞起来。宏博看着你，从地上捡起一片叶子，把它撕碎。你笑了起来，你想起了几十年前，这个人就是这样撕碎了神树的叶子，做成药膏敷在即将死去的我身上，把我救活的景象。你和他紧紧地拥抱在了一起，你告诉他，你很想他。他说他知道。你告诉他，巴根死了，可你的家人丁兴旺。他说他知道。你发现关于你的一切，他都知道。你怀疑我托梦给他，把一切告诉了他。你提出了你的疑问，他只是笑而不语，像是以前一样神秘。

他没有变老，和你第一次见面时一样充满了活力，你把他介绍给孩子们的时候，竟然再一次忘记了他是谁。宏博只得又提醒了你一次。他给依云娜带来了她根本看不懂的经济学书籍，他告诉依云娜看不懂没有关系，巴音看得懂。他给巴音带来了一套世界当代诗歌精选，巴音说他已经不写诗了，他说他知道。他送给了图雅一套孩子植树用的钢制工具，他说这是他专门从美国带回来的，美国人和这里的人一样喜欢种树，虽然纽约的雾霾让他感染了肺炎。他说起"纽约"这个词的时候，刻意加重了语气，以便提醒你们他说的不是中文发音的"纽约"，而是英文的"New York"。他送给了阿木尔一双耐克篮球鞋，阿木尔很喜欢它。依云娜一把抢过了那双鞋，告诉阿木尔只能过年的时候穿。阿木尔委屈地说："为什么？"依云娜说："你现在穿这么好的鞋干什么？接着逃跑吗？"他送给你的东西让全家都感到了振奋，那是一台巴音一直想买但舍不得买的VCD影碟机，还有几张阿诺德·施瓦辛格的影碟。巴音打开了影碟机，美国英雄的愤怒枪声在毛乌素的茫茫大地上回响了起来。

他看着你们，表情祥和。你看着他，心里充满了疑问。他和依云娜讨论着银行贷款和经济小组的事情，语言里都是新鲜的名词。他表达的观点让依云娜不住地点头、赞叹。依云娜对你和巴音说，这次谈话太重要了。宏博说的问题和事情，都是她没有想过的，非常新鲜，让她的身上充满了干劲。在世界上走过的人见识就是不一样。她的话让你感到诧异，又多少有些忌妒。你还委屈地在心里对自己说，谁不愿意走遍世界，可毛乌素怎么办？

你拽着他的手，把他拉出了屋子。你带着他去看你们年轻的时候熟悉的地方,到处都是你的劳动成果。你和他就像两个孩子一样,抚摸它们,轻轻地嗅着它们的味道,躺在它们的身上,那柔软蓬松的质感让你们好像在云彩里打滚。

走在茂密的森林里,枝叶都盖住了天空。宏博突然停下脚步,对你说出那句我死之后一直想对你说,可没有机会说的话:"亲爱的阿茹娜,你真了不起!我和巴根都要感谢你!我们没有想到你把我们的家乡建设得这么美!"你的眼泪一下子流了出来,"噼里啪啦"地掉到了无定河的河水里面。你们终于谈到我了,他向你讲述你来之前,我是个多么顽皮的孩子。装鬼吓唬小姑娘,和总把小孩子的玩具踢到这条河里的无赖醉汉打架。你向他讲述他走之后,我们是如何度过"文革"的,我们是如何重新爱上对方的,我们如何把彼时的这里变成了此时的这里,我又是如何一个人悄悄去死的。我这个鬼魂听着爱人与老友的对话,心里真是百感交集。你们一边走一边说,从无定河走到了统万城,那个久远的我在你们的相互补充中从黑暗里发出了模糊的光,我向他飞了过去,我飞得越近,他身上的光越耀眼。我飞到他身边,他身上生命的气息像是洋葱散发出来的味道,打湿了我的眼睛。

在统万城的城郭上,宏博问你,愿不愿意找到我的尸体,和我团聚。你竟然把刚才你们聊的话题都忘了。宏博只得又复述了一遍,你摇了摇头,指着自己的脑袋说:"他最辉煌的形象,一直跟我在一起。"你问宏博,这么多年来究竟在哪里?宏博说他知道"文革"一来,自己必死无疑。他以付出了死过九十九回的代价,穿越了三十座沙漠、四十条大河、无数条的公路与各种大小城市,到达了广州。在那里他偷渡到了香港,从此开始替人占卜解梦为生。他去了许多国家,为当地的达官显贵服务。他跟你说起那些国家的名字,除了几个经常上《新闻联播》和被依云娜编到她歌里的名字,一切对你那么陌生。他对你说真不容易啊,阿茹娜。

这个世界每天都在变，可你还是在这里种树。他的话让你不好意思了，除了种树，你还能做什么呢？你问他这次为什么会来。他回答这段日子以来，他一直都在做同一个梦，我这个死去的老友会出现在梦里，要求他回去替你解一个你一直在做的梦。听完他的解释，你向他讲述了那个你在大海里游泳的梦境，以及你现在对自己接下来在哪里生活的困惑。他沉默了半天，天色黑了下来，夜风让你的身子有些发凉。他突然对你说，过不了几天，你就会遇到一次去看大海的机会。到那时，你就会明白长生天的旨意了。

4

没过几天，老旗长带着几个年轻人来到了我外婆家。他看到了没有变老的宏博，惊讶得嘴都合不拢。他说："你这个家伙真是神了！永远年轻的秘诀是什么呢？"宏博面无表情地说："心态好，懂得科学养生，自然就年轻。"老旗长哈哈大笑，对那些年轻人说这个鬼家伙还是这么神秘，一肚子大鬼小鬼。旗长告诉我外婆，这几位年轻人都是旗里新调来的干部。有个脸上长着一块铜钱大小黑斑的男人，老旗长说他就是自己退休以后接替自己的新旗长。新旗长一把握住了我外婆的手，说："阿茹娜老婆婆，我有一个天大的好消息要告诉你啊！"

新旗长说，联合国下属的一个环保组织要在韩国召开一次会议，会议的议题就是交流人类在治理荒漠化时得到的经验与教训。电话从纽约打到了北京，邀请我外婆在大会上演讲。北京挂上电话立刻把消息传到了内蒙古，内蒙古传到了鄂尔多斯，鄂尔多斯传给了新旗长。新旗长家里正在吃炖羊肉，羊腿才啃了一半，身上还一股羊膻味就扑到了这里。

参加会议，我外婆非常高兴。让她演讲，她十分为难。她说她一想到那么多的人，"嗡嗡嗡"地响，腿就软了。依云娜插话道："人就是得会说话，会鼓动人才行。为什么你就只能跟我父亲两个人种树，受得半死不活。为什么我就一呼百应，那就是因为我口才好。"我外婆一下子不高兴了，她说："跟你口才好有个屁关系，我种树的时候还没你哪！要是人能活下去谁都不会傻到去种树的。"看着这对争吵的母女，那些大人们都尴尬得不知道该如何是好。好在宏博笑哈哈地说："没事，阿茹娜不会写，我可会写着哪！"见宏博应承了写发言稿，众人的心里都松了一口气。老旗长问宏博接下来有什么打算，宏博说，长生天向他预兆了，改革浪潮里他会大有作为。毛乌素周边有一个叫发城的地方，那里发现了大金矿。长生天让他留下不要走，寻找在发城赚钱的良机。老旗长觉得很好玩，他说有什么发财的机会让老旗长告诉他一声。依云娜对我外婆说，做事就得像宏博这么做，会说话才能给做成了。我外婆不屑地撇了撇嘴。

　　没过几天，宏博就把他写的发言稿送了过来。我外婆对着稿子看了一遍，倒吸了一口凉气。她说自己死活也不能念这篇稿子，上面都是她自己不懂、念起来特别拗口的句子。唯一能看懂的语句，也是自吹自擂，把自己塑造成了一个圣人。我外婆说："我就是种树了，把谁放在沙漠里活不下来都得种树，这没什么了不起的。"可我母亲不这么看，她说："这叫包装策划，品牌营销。你觉得这件事没什么，那是因为这件事情是你干的。那些生在好地方的人可不会这么想。你不把这些草场，这些绿地是怎么来的讲清楚了，人家凭什么给你投钱种树？"宏博连连点头称是，说他就爱跟年轻人打交道。年轻人明白事理，脑子清楚。他哀求我外婆，一定要照稿子念，这样所有的人都满意。他回毛乌素的第一炮，就算是打响了。我外婆看着被银行贷款折磨得眼眶发黑的女儿，还有一脸焦虑等待答复的老友，不忍心伤害他们的热情。她想，自己只知道种树，外面的世界估计就是他们说的那样吧？我外婆收好了稿子，答应到时就照着稿子读。

在那段时间里，我又策划了几次逃跑，可都被依云娜给发现了。为了断我的念头，她不但不让我穿宏博买给我的耐克鞋，还把我的皮靴和腰带收走了。我每天只能光着脚去学校上学，这引起了那些以损人不利己为荣、以同情怜悯为耻的男同学们的嘲笑。我看着他们愚蠢的样子，知道他们心里面忌妒我。我和他们是不一样的，我的身上随时可能爆发奇迹：就在上课的时候，会有一个衣冠楚楚的男人敲门进来，操着一口流利的普通话（就像我在电视里看到那些演员们说的一样）把我叫出去，告诉我他才是我的亲生父亲。我会在众人的注视下走过讲台，走过两排桌子之间的走廊，回到我的座位上，合上我摊开的课本，把笔盖和笔合拢，收拾好书包，跟他离开这个鬼地方，再也不会回来。虽然这一切到现在还没有发生，可我已经不会和人争执了。

有时候他们骂我是牛粪生出来的怪物，或者合起伙来揍我一顿，我就去沙漠里捡一条死蛇，或者一只死狼崽，塞进他们的课桌里、书包里。我也曾趁着这帮混蛋偷偷跳到小河里游泳的时候，把一只马蜂窝小心翼翼地塞进他们的衣物堆。

这些坏孩子有的被我吓成了结巴，一辈子再也不能利索地说话。有的脑袋被马蜂叮成了猪头，脸上落下了这一生也不可能再消除的疤痕。他们的父母来找我麻烦的时候，无论他们怎么样对我，我都报以冷笑。图雅会像一只发疯了的小母牛，冲到我们中间，把这些和他们孩子一样混蛋的父母撞翻一个跟头。

老图雅虽然是个笨蛋，但有着天使一样的心灵。要不是有她的话，我估计我没准都让某一个丧心病狂的家长给偷偷扔进无定河了。总之，我用很短的时间，征服了那些嘲笑我的人。无论我走到哪里，笑声都会停歇。孩子们惊恐地望着我，哪怕我就是灿烂地微笑，也会吓哭一两个比我小的小鬼。

图雅有一次劝我："亲爱的兄弟，你为什么总想着逃跑呢？这里有这么多的地方可以种树。你又是个大家都知道的聪明人，等咱俩长大了，姐姐带你种一辈子树好不好？"我看着脸上写满了希望的图雅，就像看见一只愚蠢而又真诚的牧羊犬。我对她说："你别种树了，你就是个笨蛋。你没种活过一棵树。你也别指望着把我纠缠住给你种树。我爸爸马上就要来接我去北京了，说不定，他还会接我出国。"

我从图雅身边跑开了，回头望着她，她的脸上是种孤立无助的表情，就像看到了这条公路在流血一样。

过了几天，她在路上塞给了我一双粉红色的女童鞋。原来她看我没鞋，实在可怜，就想让我穿她以前穿过的鞋。虽然我觉得这是一个相当馊的主意，可我的脚上已经被石块和树枝划满了口子，每走一步就像是在刀尖上起舞，疼得我倒吸凉气不住地放屁。我也只好接过了这双鞋，套在了自己的脚上。我每天穿着这双粉红色的鞋四处溜达，没人敢笑话我。那些大人都在家狠狠地教训他们的孩子，并对他们说："千万不要去招惹阿茹娜家那个穿着双女鞋的小疯子，谁也不知道他会干出来什么事！上次你书包里的是条死蛇，下次没准蛇就活了，咬你一口也白搭，疯子杀人不犯法。"

有一天，我外婆告诉依云娜，她已经把宏博写的发言稿背了下来。她让依云娜去买两张火车票，她要去北京，再坐飞机去韩国。我们都很奇怪，外婆为什么要买两张火车票。外婆指着我和图雅说，她想带个孩子跟她一起去看看外面的世界。图雅噘着嘴说她不愿意去，说有一批新品种的树苗就要运过来了。她要闻闻这些树苗的味道和以前那些有什么不一样的。

我当时心里乐开了花，别说是韩国了，哪怕是埃塞俄比亚，哪怕是伊拉克，只要能离开毛乌素，我都愿意去。

5

"我妹妹是个傻瓜。"我和父亲坐在云彩上，我说，"她情商太低了，她认为种好了树，这个家就会幸福，所有的人都会幸福。可她忘记了，人不是我们这些鬼，人是长着心，会自己想事情的。她没有撑起这个家。"

我父亲摇了摇头，说："你错了其其格，如果她只想着照顾家里人，这里还是沙漠。"

"可是，我们死了。因为这死亡，我不认为他们是幸福的。"

我父亲沉默了一阵子，他说他前几天学会了俄文，看了一本叫《静静的顿河》的书，里面有一首哥萨克古歌吸引了他。他专门飞回了过去，学会了那首歌。

几只白鸽飞到了我们的膝上，我父亲清了清嗓子，用只有飞翔的鸟、漂着的云，和死去的我才能听到的声音唱起了这首歌：

> 我们光荣的土地不是用犁来翻耕
>
> 我们的土地用马蹄来翻耕
>
> 光荣的土地上种的是哥萨克的头颅
>
> 静静的顿河到处装点着年轻的寡妇
>
> 我们的父亲，静静的顿河上到处是孤儿
>
> 静静的顿河上滚滚的波涛是爹娘的眼泪
>
> 噢，静静的顿河，我们的父亲
>
> 噢，静静的顿河，你的流水为什么这样浑
>
> 啊呀，我静静的顿河的流水怎么能不浑

寒泉从我静静的顿河的河底向外奔流

银白色的鱼儿把我静静的顿河搅浑

父亲唱完这首歌，那几只白鸽伏在了我的腿上，肩头，"咕咕咕"地打着呼噜，我知道，它们很舒服。父亲问我："明不明白为什么他要唱这首歌？"我点了点头，说："我情商足够，怎么会不明白呢？"父亲苦笑着说："你还是不明白。否则你就不会用'情商'这个词了。"一瞬间，我们回到了几百年前的一个寒冬，大风卷着狂沙与剧雪，在昨夜。这风暴压垮了统万城所有的房屋与楼宇，人类在一堆沙子里孤立无援地哭号奔逃，城市正中间的鼓楼和宫殿发出了两声大树断裂般的声响，一瞬间就塌了下来。扬起的灰尘把人、把这刚才还是一座城市的垃圾堆淹没。

不知道过了多久，烟雾散去，人们无声地离开家园，他们悲哀难言。我看到一粒种子在沙子里傻傻翻滚，下起了雨，种子掉到了一个泥坑里，雨水掺杂着污泥埋住了它。就好像是那么一瞬间的事，它从土里钻了出来，努力向天空生长，变得粗壮，变得庞大。

我认出了它，我们的神树，我们的命。

父亲对我说："在如此无情的天地里，全人类的情商加起来，又有什么用呢？"

他变成了一片蔚蓝，融入到天空中。我知道他说得没有错，可我见过这个世界最美的所有瞬间，又怎么能够面对着这片葬送了我们的黄沙不感到悲伤？

我听到阿木尔在云彩的下面大声地呼唤阿茹娜的声音："外婆！外婆……我又学会了一种挖树坑的新方法……"

自打知道有机会可以去韩国，阿木尔想尽一切办法向阿茹娜卖弄自己关于沙漠的知识和种树的学问。他手舞足蹈着，空中都是他肢体划出来的弧线，他的眼神偏执得像是我在时间漫游时见过的所有独裁者和艺术家。因为紧张，阿木尔紧握着拳头，脚趾在鞋里紧紧弯曲着，一直到抽筋，他才会放松自己的脚掌。他说得唾沫横飞，嘴角上挂满了白色的唾液，每当他停下来长出一口气的时候，阿茹娜都要伸出手来，擦拭掉这些幼稚的斑痕。阿木尔绝望了，他发现自己再聪明，也只是蚂蚁的智慧。在自己脸上抹来抹去的这个老太太再愚钝，也像沙漠里的风一样让人完全摸不着头脑。而他那个如同弱智一样的大脑袋姐姐，迷上了电视里演的洋娃娃动画片。

她从没有过洋娃娃，她唯一的玩具就是宏博给她买的美国铁锹和美国铲子。她倒是从不会为自己的愿望没有实现而沮丧，整天看谁都是一脸天真无邪的笑容。她总会说出一些让他恨不得把那双粉红色鞋子塞进她嘴里的蠢话。比如有一次，他们去林区里给大人们送饭，刚把锅放在地上，图雅顾不上擦拭自己满脸的汗水，大喊一声："我受不了了！"接着，她伸出手来触摸着天空里的阳光，说："我长大要发明一种能吃的风，我们种树就再也不用在吃饭上花时间了。饿了，直接张开嘴就饱了。"她的话引起了大人们的哄笑，他们都说，这个小姑娘简直比她的外婆和妈妈还要狠，种树种得连饭都不让人吃了。

我能看出来阿木尔的愤怒，自己的处心积虑总是无法战胜姐姐的无心之举，他有些恨图雅了。从那天起，他变得更加殷勤，疯了似的跟在外婆与母亲屁股后面，唠叨着不同树苗的名字，以及怎么种植，种植时需要注意的问题和各种可能出现的麻烦。图雅拿着一个笔记本，一脸崇拜地记录着弟弟的心得体会。

有一天，本子不见了，图雅哭了。我知道那个本子是让阿木尔偷走扔到了无定河里，阿茹娜和依云娜也知道这是只有阿木尔才能干出来的恶作剧。可证据已经消失在了河底，我使劲地叫喊着事情的真相，但他

第五章 世界

165

们什么都听不到。依云娜发怒了，她使劲摇晃着阿木尔的肩膀，叫嚷着："我都忙成这个样子，你为什么还要给我添乱呢？"阿木尔什么都不说，只是随着母亲的摇晃看着她冷笑，这倔强的样子让依云娜心软了。她松开了阿木尔，对阿茹娜说："我再也受不了这个孩子无休止地自我卖弄了。你必须在明天选一个和你去韩国的孩子。"

阿茹娜说："他们是你的孩子，为什么你不选？"依云娜笑了，她说："你别想让我当这个坏人。又不是我去，要是我去的话，我就努力去找那些外国银行贷款。他俩我谁都不会带去。"

阿茹娜看着眼前这两个孩子，久久做不出决定。她离开了两个孩子，空地上只剩下了姐弟间尴尬的沉默。过了不久，阿木尔看到外婆翻过沙丘，又走了回来。他迎了上去，焦急地等待着外婆说出心目中的人选。可阿茹娜调皮地笑了，他听到阿茹娜说："我亲爱的阿木尔、图雅，我决定不了这个事情。我想到一个法子，明天，我带着你们去种树苗。从太阳上山到太阳落山，你们谁种的树苗多，我就带谁去韩国。"

比赛那天，他们早早地就来到了一块小小的沙地上，清晨的空气冰凉，阿茹娜深吸了一口气，新鲜的氧气让她觉得自己选择这样一个方式真是对极了。

可我知道最后的结局，和结局的结局。这一切真是让鬼魂们感到悲伤。

如果可以，我就会在阿茹娜自己一个人在沙地里转圈冥想的时候，劝阻她不要选择这样一个方式。

如果可以，我会在阿茹娜高兴地咧起嘴微笑时，把她嘴唇的弧度拉回来。在她吹响哨子的时候，把她的哨子夺下来，远远地扔到一边。我绝对不会让她大喊出那一声"开始吧"。

如果可以，我就变成一阵狂风，阻止两个孩子向树苗奔去，把他们吹翻，在沙漠上翻跟头，一直让他们滚回家去。或者变成一块石头地，默默地躺在他们的脚下，不让他们对今天的比赛抱有任何希望。我还可以变成一场雨，中断时间，或者变成一缕能引发火星的阳光，把这些树苗统统烧死。

如果可以，我愿付出一切代价，阻止他们的命运继续奔往他们必然要到达的下一站。可这，仅仅是我的美好愿望。我是一个鬼魂，我看着两个孩子"哼哧哼哧"地喘着粗气，奔跑，停下，拿铁锹费劲地铲着沙子，用钢钎拼命地扎出一个又一个漆黑的眼，就像是一只只眼睛在沙地里睁开。他们把自己手中的树苗与草籽种下去，又用草方格固定好这崭新的生命。一个又一个，阿木尔像一只燕子在气流里冲刺般灵活，其其格种下的树歪歪扭扭，就像是得了病一样。可一棵树除非死了，你就永远要承认它活着。我想变成他们头上悬挂着的太阳，永远不再转动，让这场比赛永远不会结束。

阿木尔渐渐地疲惫了，此时才是中午，他的肌肉已经酸痛得抽搐成了一块一块，他的胃口发酸，脚上面也像灌满了铅。他真佩服那些大人，他们每天干的事情要比自己多得多。这让他觉得自己在大人们眼里真是个小丑，这么毒辣的太阳，自己那些口若悬河的卖弄，处心积虑的表演，对一棵还没有种下去的树苗又有什么用呢？他回头望向自己的姐姐，她虽然慢且愚笨，可是相当的认真。每一棵小苗她确定了不会被风刮倒，才会继续去拿下一棵树苗。在离开之前，她还会和那幼小的生命告别："加油！一定要努力地活下去啊！"

风一阵一阵地吹过，太阳落山，哨声响起的那一刻，两个孩子都瘫倒在了地上。在阿茹娜清点两个人战绩的时候，他们并排看着洒满了星星和黑蓝色墨水的天空，图雅突然高兴地尖叫了起来，她拉住了阿木尔的手，指向天空："你快看那有架飞机！"那架飞机拖着长长的尾巴，这是一个关于"自由"的神启，阿木尔目眩神迷。他不好意思地"嗯"了一声。

阿茹娜站在了两个人眼前，那样的巨大与深邃，以至于两个孩子必须站起来，才不会感到慌张。阿茹娜抱住了两个孩子，说："你们都是我的好孩子。图雅，你多种了一棵树，你赢了！阿木尔，下次有机会，我一定带你走。"

阿木尔推开了外婆的怀抱，他数了好几遍那些树苗，最后，他不得不承认，这是他的命运，他必须接受。

6

"在北京站，我一下火车，一股狂风卷着我熟悉的味道扑到了我的嘴巴里，鼻子里，耳朵里。那是黄沙的腥臊。要不是北京西站的那块大钟表用清脆的普通话告诉我，现在是北京时间 × 点整，我以为我还在毛乌素。

"'对不起，北京一到春天，沙尘暴就跟疯了似的。'开小卧车来接我的司机对我说。'外婆，阿木尔跟我说过，北京的沙尘暴，都是从我们那里吹过来的！'图雅拽着我的手嚷嚷着，自己的家乡能和北京扯上一点儿关系，这让她感到非常兴奋。我的脸红了，看着窗外的路景，一切都是模模糊糊的，像是一个结巴在说话。我根本看不清这座城市究竟长什么样子。在尘雾中，人们的身体只剩下了衣服上那些色彩鲜艳的部位，它像夜晚坟墓里的鬼火一样，闪烁一下，随即又消失不见了。我听到有钢铁碰撞的声音，心一下子揪了起来。有人发出了痛苦的呻吟，然后争吵了起来。

"我们吃了北京烤鸭，图雅吃得都撑着了。可她一抹完嘴，就吵着闹着要回家继续种树。那个司机开玩笑地跟我说：'你这孩子可真是个白眼狼，再怎么喂，可就只想着你的树。'好不容易把她带到了酒店，哄睡着了，风却变得更大了。到了深夜，它狂烈得像是发了疯。我们住的地方又离地面太高，这个怪兽见到了我，它的老朋友。于是在窗外使劲地呼号着，有那么一刻，我都觉得它的爪子要拍碎玻璃冲进来。我一整夜都没有睡觉，站在窗前，看着这座我做梦都想不到这辈子会来一趟的城市，我熟悉的老朋友在密密麻麻的灯火上面翻跟头，在像一条条跑道的车河上跑步，它把沙子撒在每一寸土地上。整个城市都是土黄色的，没有一点生气。

"天亮了，风还在刮。我继续和我的孩子们一起种树。医生说我得的病会让我在死之前把一切都忘掉，可这个怪物会永远活着，它会提醒我这一生究竟都做了什么。我对怪物说，来吧，我陪你陪到我死去。

"太阳出来的时候，风停了那么一下子，虽然只有一瞬间，我还是看见了空虚中无数的灰烬在极速地坠落，在运动中，巴根的脸出现在了天与城市之间，他在对我微笑，就像他还活着。脸上的光芒让你分不清那是男人的魅力，还仅仅只是阳光。

"那天我带着图雅去了天安门，风没有停，倒是更大了。广场上都是人，他们和我们一样，都操着外地口音。兴奋的眼神是一样的，在风沙中抱头鼠窜的模样也是一样的。还有人在照相，做着各种可爱的表情，滑稽的动作，我很奇怪，他们对这呼号的沙尘没有感觉吗？那一台台闪光灯爆裂作响的相机，在这样的沙尘暴里，沙子有了生命，无声无息的我们，倒像是无知无觉的鬼魂。又是一次相机的闪烁，刺伤了我的眼睛，再睁开眼，图雅竟然不见了。这下子我可着急坏了，就在我举目四望的时候，我听到了不远处传来了争吵声，里面混杂着小图雅的辩解声。我急忙跑了过去，推开了围观的人群，我看到一个和我差不多大的老太太拉着图雅的手，让她赔钱。

"我说：'我是她的外婆，她为什么要赔你钱？'老太太愤怒地说：'我

第五章　世界

新买的袜子，让她给一脚踩了个窟窿，当然得赔钱了。别废话！五块钱拿过来！'

"我的手止不住地哆嗦，我掏出了五块钱递给她，把图雅冰凉的小手接回到了我的手里。一个光着上半身、身材精瘦的年轻男人拦住了我们。这男人问那个老太太：'妈，你的脚指头没事吧？有没有让他们给踩伤了？'那老太太哼哼了起来，说：'怎么没有？袜子都让她给踩烂了，我的脚指头肯定被踩断了。'那男人把一只手伸到了我的鼻子尖前，他说：'少废话，要么带我妈去治病，要么就赔钱。'我问他要多少钱，他犹豫了一下，说先拿五百块来。他话音未落，我拽着图雅的手推开了他们，逃跑了。我这一生从来没有跑得那么快过，那男人在后面拼命地对我叫骂着，可他没有来追我。

"我跑了不知道有多久，一直到自己的心都要炸开了，却把自己为什么要跑忘掉了。图雅解释了半天，我才发现我拽着图雅来到了一个小胡同里。到处都是招呼客人的小饭馆和卖各种小玩意的商店。逼仄的街道上人们挤来挤去，图雅对我说：'完蛋了，外婆，我们找不到回家的路了。'

"我苦笑着点了点头，这事真让我窝囊，在比天空还辽阔的毛乌素，我都没有迷过路。如今倒是满身自己的臭汗和别人的臭汗，失落在了这里。一阵雷声突然在街上爆裂，差点儿把我吓晕过去。我和图雅急忙捂住了耳朵，声音小了，倒变得更真切了。那是一家小酒馆的喇叭里穿出来的歌声，太可怕了，像是地狱毁灭了一样，听来听去，我只听清楚了两句歌词：我们生活的世界，就是一个垃圾场……

"离开北京的那个晚上，梦魇里我在毛乌素的大地上奔跑，我被从黑暗中飞来的金绳子捆住了手脚，嘴里塞了一块大钻石，我被一群没有五官的人丢到了树林里。我在北京看到的一切，人啊招牌啊照相机啊袜子啊楼啊汽车啊，铺天盖地地砸了下来，把我和毛乌素活埋了。"

7

"飞机还没起飞，人们都在小声地说着话。他们的表情很平静，这些人在楼里住久了，根本没有意识到自己正在领受一个多么伟大的奇迹。飞翔——如果人可以自由飞翔的话，沙漠和戈壁，大海和深山只是游戏般的障碍，傻子才会在毛乌素遭我们遭过的罪。

"'外婆，你看！那架飞机上天了！'图雅这个孩子倒是很兴奋，她指着窗外一架在天空中快速变成了个小黑点的飞机冲我嚷嚷。我紧紧地抱住了她。飞机开动了，它在跑道上冲刺着，我大口大口地喘着气，不敢松开我的图雅。巴根在我身边守护着我，那空空的圆洞里吹出的风就是他抚摸我头发的手。他对我说：'不要害怕呀，我的阿茹娜！我离开你后一直都在漂浮，没事的，没事的……'

"来接我们的车驶过首尔，每一条街道都很洁净，窗户明亮得都能倒映出行人们的踪迹。大人们的衣着整洁，皮鞋和头发像是抹了同一种油脂般光亮。他们匆匆走过街道，我似乎都能听到发丝划过微风的声音，就像刀刃划过磨刀石。他们的脸上一点儿笑容都没有，平静的面部就连一只腿上长满了挂钩般绒毛的昆虫都无法站立。孩子们普遍都胖，比我们那里的孩子白，这是理所应当的，这里没有风，也没有沙子。这些孩子在大街上肆无忌惮地打闹着，嬉笑着，我很难想象，等他们长大之后，会像这些穿皮鞋、打头油的大人们那样严肃。

"还有更多的好地方，这个世界太大了。巴根在我的脑子里窃窃私语着：'等你能看到我的时候，我们一起飞出这个星球，看它是怎么变小的……'

"我们开会的地方在一所面对海的大学，那些衣着艳丽、背着书包的大学生真让我羡慕。我对图雅说：'等你长大后，外婆把你送到这里来上学好不好？'图雅使劲摇头，说：'不好。'等她发觉我的失望时，才明白了我是认真的，她担忧地拉住我的手对我说：'外婆，我喜欢打扮沙漠，这里什么都有，可就是没有沙漠……'

"我和图雅在海边看了太阳跌进大海，图雅激动地尖叫着，声音惊起了一片海鸟。

"接待人员把我们带到了主办方举行的欢迎晚宴上，那些来自世界各地的客人，有些无论什么肤色都穿着西服，他们用英语进行彼此间的交流，声音洪亮得在我听来多少有些吵闹。另一派无论什么肤色都和我一样，穿着本民族、本地区的特色服装，我们色彩鲜艳得像一个巨大的花坛。

"我举着酒杯和遇到的每个人碰了杯，想问问他们那里的沙漠是什么样子的，他们种了多少树，有意义吗，可他们只能一脸茫然地看着我，我说的话他们一句也听不懂。他们也使劲地叽叽喳喳着，手舞足蹈，像是一只只被剪断了翅膀的鹦鹉，在无形的牢笼中焦虑地扑腾着。翻译们也被各自的目标搞得很狼狈，他们要把我们的话先翻译成韩语，再翻译成自己客人的语言。各种各样的语言在空中排成队，绕着圈，像是在跳舞的年轻女人们。到了晚宴的尾声，我们只能端着酒杯，空虚地靠在墙上，看着那些说英语的人们把酒言欢。我们这些被语言缝上了嘴巴的哑巴，比那些挂在衣架上的大衣还要寂寞。

"此时，我看到一个脸上刺满了花纹的黑色男人在英语阵营里穿行着，他谄媚的笑容让那些神秘凶恶的刺青显得特别可笑，这让我突然难过起来，我想起了我的巴根。这个黑色的男人就像一只乌鸦，那些把酒言欢的人们看到他凑近，虽然彬彬有礼地佯装倾听他的话语，可脸上的不耐烦、不情愿简直比他的刺青还要明显，他们看着这个可怜人，就像看着一个凶兆，一个噩梦。就像是眼前的这个男人，把沙漠带到了他们的命运里面。

他们小心翼翼地用不失礼节又能让他看出来的步态围成了一个圈，将他排挤在了圆圈之外。他苦笑着低下了头，就像一棵树在沙漠里沮丧地死掉。

"我带着我的翻译，走到了他的面前，我冲他伸出了手，他犹豫了一下，握住了我的手。这时我才发现，他的身体上也都是铁青色的文身。我通过翻译告诉他，我是一个来自毛乌素的女人。我叫阿茹娜，我想知道他来自哪里，他干了些什么。他握着我的手突然加重了力度，笑容变得真诚了起来，这让他的眼神明亮了不少，他说他知道毛乌素，他也知道阿茹娜。可一下子，他的嘴角又落了下来，他低头打量我的穿着，他喃喃自语道：'阿茹娜也没有办法，阿茹娜也帮不了我的啊……'

"这个男人松开了我的手，转身走掉了，把我一个人抛弃在大厅的中央，所有人都好奇地看着他离开我，让我狼狈极了。'他是一个酋长。'我身后响起来一个男人的声音。我转过身，那是一个胖胖的白人老头，留着大大的胡子，慈眉善目的，他冲我举起了酒杯，我急忙和他碰杯。翻译把他刚才那句话翻译给我，看得出来，把英语翻译成蒙古语让他轻松了不少，就像把美元兑换成人民币一样。

"老头告诉我，那个男人来自一个离世界上所有国家都很遥远的国家，那个国家其实就是一个小小的部落（无论是国家还是部落，我都没有听过它的名字），他就是那个部落的酋长。部落被沙漠包围着，那片沙漠简直就是上帝抛弃了的盲肠。那个地方没有水，没有雨，也没有石油。除了沙子，就是石头。那个男人从父亲手中接过酋长权杖的时候，还是个年轻人，他看着荒芜的国土，决定要改变自己和这块土地的命运。他为了种树，发动所有的人民，倾尽了自己的财产，可种一棵，死一棵。种一片，死一片。许多年过去后，他老了，他的国土还是只有石头和沙子，只是多了无数干枯的死树和血流尽了的死尸——掌握兵权的几位将军不再相信他的绿洲梦，发动了叛乱。在这场内战中，他被赶下了王座，变成了一个穷光蛋。他的妻子们和儿子们也在战争中死去了，可他还是没有放弃自己的梦想，他一个人躲到了沙漠的深处，还在不断地通过自己的秘密电台向逃往周边国家的难民潮呼叫着，希望他们回来和自己一起种树，希望那些富强的国家，能够给予自己支持……

"'他和你是我们经常讨论的两个人。'他对我说。他塞给了我一张名片，翻译接过去，告诉我这老人的名字叫杰克，是美国很有名的一个大学的生物学教授。杰克指着刚才对酋长横眉冷对的那群人说：'他被这些人称为疯子，而你和你的毛乌素，是整个人类的奇迹。'

"'那么你呢？你是怎么看待我们的？'我问他。

"'如果我们只看结局，这个世界只是一片充斥着死亡的沙漠。树与草，花与阳光，能成为造物主的奇迹与恩宠，在于它那么努力地和沙子抗争着。人也一样，我喜欢每一个和自己命运抗争的人，无论是你还是他，都是我的朋友。'

"我听完他的话，握住了他的手。我们第一次见面，这才两分钟，可我觉得，我们已经是朋友了。

"翻译把我的想法讲给他听，老杰克爽朗地笑了。他竟然扑过来抱了抱我，轻轻地吻了一下我的脸颊。我的脸有些红，他说请我原谅他，他要走了。他这次来是专门见酋长的，他有许多问题要和酋长好好聊聊，'阿茹娜，你和你的奇迹有上帝垂怜。我祝福你和毛乌素人民。可上帝照顾不到的地方，更需要人去关心。'他说。"

"那个晚上我在波涛声里难以入眠。我在想杰克的话，他太天真了，除了我与他，又有谁会关心一个为了种树什么都没有了的人呢？

"第二天，我进了会场，却看到杰克校长和倒霉酋长（我忘记了他那个怪里怪气的名字）坐在一起，两个人正在激烈地讨论着什么。他们身旁围满了人，翻译们的双手在空中夸张地飞舞着，像是一只只蝴蝶。每个人都眼圈乌黑，不住地打着哈欠。我笑了，我想起了在沙漠里和我种树的人们。此时此刻，他们一定也是这样疲惫万分，在回家的路上交谈着，希望着……

"这时，会议主持人催促大家就座，我发现安排的座位还是英语系的坐在一起，其他人坐在一起。也许是杰克和酋长给了我勇气，我站起来向主办方提议大家应该混着坐，这样更方便我们的交流。就在主办方的工作人员低声密语的时候，掌声响了起来，杰克校长第一个坐在了倒霉酋长的身旁。人们的位置被打乱了，谁也听不懂谁说话，大家就看着身边的人傻笑。

"我记得轮到我讲话了，从自己的位置走到演讲台上，那真是我一生中走过最艰难的路。宏博那些夸张的语句像是小虫子一样爬满了我的全身，用它们毛茸茸的倒刺钩挂在皮肤上面，使劲地往我的心里面钻。在演讲台上，我念出了演讲稿的第一段，那是在草原上流传的一句成吉思汗的格言：

玉石没有表层，钢铁不需黏合，娇生的身体无常。所以你们要百折不回，意志刚强，完成百种事业，才算是最高的事业。

"这段话刚一说完，我的舌头一下子失去了所有的水分，干燥得像一条被遗落在沙漠里的手帕。这个时候，我听到了一阵风铃声，我转身看向窗外，我看到死去的巴根和其其格坐在风铃上，无忧无虑地望着我。巴根跳下风铃，飞到了我的唇边，他对我说：'你害怕什么呀阿茹娜，你想说什么就说什么吧！你说的一切，都会被他们当作箴言的。'

"我把宏博那狗屁发言稿扔了，深吸一口气。我说我给大家唱首歌吧！

那是我和我丈夫在毛乌素种树的时候，他给我唱过的歌。我闭上了眼睛，当年的毛乌素，到处都是沙子，风吹得人都直不起腰来。我看见了风中的我们，我和巴根多年轻啊！我听到了巴根的歌唱。我用我的嗓子唱出了他的歌……

"窗外，从远方推向岸边的海浪，似乎在伴奏。在大风里昂着头的我们，一定想不到这歌声能够在这么多国家的人的耳朵眼里打转。一首歌唱完，我也不看台下，趁着晕乎乎的劲头说，我这个人没什么可说的。就是个老太太。全世界的老太太都一样，都爱家，所以我要种树。我还是给你们讲讲我死去的丈夫吧，他是一个了不起的跤王……

"我听到我自己的声音把我记忆里的瞬间一个个唤醒，就像是火药点燃了一串爆竹一样。我讲啊讲啊，一直讲到他为了给我种树，最后连个墓地都没有。讲到最后，我觉得我的脸上全湿了。结束了，茫茫黑暗里有人轻轻地拍了拍我的肩膀，我睁开眼，老杰克把一张纸巾塞到了我的手里。

"人们争先恐后地和我合影握手，我们每个人的手，无论黑白穷富，都一样到处都是口子，粗糙得像老树皮。小图雅站在桌子上，在人群外拼命地为我鼓掌，这可真让我骄傲。

"晚上，我们都喝醉了。我和人们一起去海边散步，倒霉酋长突然冲进了海里，亲吻着海水，呜咽了起来。翻译说，会议结束，倒霉酋长不知道自己下次再见到这美丽的大海，会是什么时候。我们把他拉到了岸上，渐渐地，人们都走光了，我和老杰克陪着他，像三个玩累了的孩子一样躺在沙滩上。翻译们都回去睡觉了，我拉住了他们两个人的手，教他们说蒙古语'朋友'。后来，我们都累了，谁也不说话，只是看天上的繁星闪烁，侧耳倾听涛声。那一刻，巴根在我身边。

"我睁大了眼睛，想找到我的巴根，可他消失不见了。只有他的低语，在我的耳边萦绕，'回家吧！回家吧！阿茹娜，我在家里等着你……'"

8

无论如何，我都不能相信我在种树比赛里会输给图雅。我跟我的同学们都吹牛说我要去韩国了，他们一开始对我很热情，我也答应了带韩国的好吃的分给他们。可我迟迟走不了，孩子们热情的拥抱变成了询问，又变成了催促。他们得知我输给了图雅，留给我的只剩下了冰冷的嘲笑。他们骂我是只会吹牛的骗子，连女人都不如的怂包。我在学校抬不起头来，有一天下雨，我脱光衣服站在沙地里淋了一个晚上。第二天，我就开始发高烧说胡话，依云娜又气又急，可她还要忙着去银行贷款的事情，也只得答应我生病期间不去学校上学的请求。我得以喘息。

有一天，我醒来后发现自己出了一身汗，又恢复了力量。我跑到了那片伤心地，我想搞明白我怎么就输给了一个话都说不明白的蠢丫头，莫非真像那些人的闲话'龙生龙凤生凤，老鼠生耗子会打洞'？我这个捡来的孩子拼死拼活就是不如亲生的？

我一棵树一棵树的检查，每一个人种树的方式就和他的指纹一样独特，无法隐瞒。等我把图雅那边的树都检查了一遍之后，我发现了一个让我无法原谅的秘密：就在我只求讨得外婆欢心的时候，外婆最起码偷偷地帮图雅种了七棵树。虽然她竭力想把这七棵树种得歪歪扭扭，伪装成图雅的成绩，可七个树坑都要比图雅挖的树坑要规整得多。我外婆经常说的一句话就是，只有一个舒服的树坑，树才会舒服地长大。

此时此刻，这句话让我心如刀绞。外婆骗了我，这比背叛还令人难以原谅，对我来说，这是一种手法相当卑鄙的抛弃。她面容亲切和蔼，她是我在这片土地上唯一能感到温暖的避难所。我的泪水流了下来。我抬起脚，想一脚踹断眼前这一棵该死的树苗，可脑子里浮现的景象都是人们为了把这棵树苗运到这里种活的艰辛，我做不出来这件事，我恨我自己的懦弱。

远方汽车发动机的轰鸣，和孩子们兴奋的叫喊传来。我跑到山顶举目远眺，两辆大巴车在毛乌素的公路上费劲地爬行，一串色彩鲜艳的气球从车窗伸出来，拉着绳子的手长在此时此刻我正非常痛恨的姐姐图雅的胳膊上，我的那群傻瓜同学追在车屁股后面嗷嗷地叫唤着，就像一群禽兽。他们看着我姐姐，看着气球，眼神里的愚蠢与崇拜，就像看到了神。那一刻，好像坐在车里举着气球的人是我。

图雅一跳下车，就朝我扑了过来，她想把自己手中的那串气球分给我，我一把推开了她。她委屈地看着我，不知道自己怎么得罪了我。这令我更加愤怒，她夺走了原本属于我的命运，可竟然还如此无辜。从车上走下来了许多奇形怪状的外国人，他们手里捧着的相机镜头在四处闪烁，眼睛里写满了好奇与惊叹。他们使劲地张着自己的鼻子，闻着我们毛乌素的风。我外婆后来在监狱里对我说，杰克校长对她说："阿茹娜，这里比美国伟大多了！我们美国人只知道怎么在沙漠里建造赌场，可你真的把这个地方变成了一片绿洲。"

我外婆急忙摆手，把围拢上来的我们介绍给这些外国客人，她说不是她一个人干的，这里能变成这个样子是大家的功劳。外国人纷纷伸出他们粗壮而又多毛的手，来拉人们的手。他们见谁和谁握手，反正谁也听不懂谁在说什么，就使劲地做鬼脸。我觉得他们和狗一样笨，可笑极了。杰克校长一把把我抱了起来，在我脸上亲着，沾了我一脸口水。依云娜也许早就听闻了我外婆要带两车外国人回来，带着一群银行管贷款的人从旗里赶了回来。我外婆非常庄重地把依云娜拉到了这些外国人面前，对他们说这是她的女儿，如果没有她带着大家伙一起干事业，毛乌素不会这么美的。她现在成立了经济合作小组，正在和银行洽谈贷款植树的事情。这事办成了，那毛乌素变得多美她都不敢想象了！接着，在翻译的帮助下，她把依云娜经常跟她唠叨的那些被她称之为"白日梦"的想法都讲给了那些外国人听，他们给了依云娜热烈的掌声，杰克校长激动地一把抱住了依云娜。这可把不熟悉外国礼节的依云娜吓了一大跳，她赶忙推开了杰克校长，偷偷瞥了一眼巴音，巴音一脸崇拜与骄傲地望着她，依云娜这才放下心来。杰克校长说："亲爱的依云娜，你真是一个了不起的女人。你在这么孤独的环境下，对治沙的思考已经达到了世界水平！"依云娜脸都红了，那几个依云娜带来的人插进了人群，对人们说："依云娜一点儿都不孤独！我们一直是支持她的。在这里，我们正式宣布，依云娜经济小组的植树贷款，被批准了！"

大家使劲地拍起了巴掌，就像手不是自己的。依云娜搂住帮了大忙的外婆哭了起来，我看到外婆眼角也泛起了泪光。图雅这个蠢货都哭成了泪人。我悄悄地踩了她一脚，她痛得大叫起来，手一下子没抓牢，气球飞上了天，很快就变成了蔚蓝天空中的一个小黑点，消失不见了。图雅哭得更大声了，没有人搭理她，别人都以为她也是因为喜悦而哭泣。

篝火升起，我们在沙地上架起了桌子，为这些远道而来的客人烤了全羊。杰克校长把我搂在他的怀里，我外婆拥抱着图雅，篝火烤得我的身上暖暖和和，我昏昏欲睡，可是我不敢睡着，我拼命地向这个外国老头表现自己。可他却被依云娜和那些女人们表演的歌舞吸引了：

金杯里斟满了醇香的奶酒
赛勒尔外冬赛
朋友们欢聚一堂尽情干一杯
赛勒尔外冬赛

丰盛的宴席上烤全羊鲜美

赛勒尔外冬赛

亲人们欢聚一堂尽情干一杯

赛勒尔外冬赛

琴声悠扬歌声清脆

勒尔尔外冬赛

贵宾们欢聚一堂尽情干一杯

赛勒尔外冬赛

我听到我外婆对杰克校长感叹："真没想到你们说来这里，就真的来了。"杰克校长抚摸着我的额头，对我外婆说："亲爱的阿茹娜，我没想到，毛乌素是这样一个奇迹。为了奇迹来这里，我认为是值得的。我唯一的遗憾，就是倒霉酋长不接受我的资助，来这里看一看奇迹的样子。"我外婆说："倒霉酋长再倒霉，也是一个酋长。一个酋长的自尊心，是不允许他接受别人资助的。"杰克校长说："我觉得这种自尊是愚蠢的。"我外婆说："我觉得这种愚蠢是值得尊敬的。"

我不愿再让这个外国人在这种没有意义的讨论上和我奶奶浪费时间，我拽着他的领带让他看我手中握着的那一把树叶，我拼命地哀求翻译告诉这个老头，我能说出每一种树叶的名字。就在我向他证明我能力的时候，我听到宏博突然白眼一翻，长叹一句"当命运来临的时候，你要欣然接受"。我外婆诧异地望着他，不明白他在说什么。我一口气把那些树叶的名字全报给了杰克校长。我看得出来他很诧异，也很高兴。那个晚上，他兴致昂扬地不断问我问题。我为了讨他的欢心，连羊肉都没顾得上吃。我看得出来，遇到一个懂这么多知识的孩子，他很高兴。

第二天，在游玩的时候，我无意（实际上是非常有意）跟在他们身后玩的时候听到杰克校长对我外婆说："阿茹娜，我想让你在你的两个外孙之间选一个，我会把他带到美国，让他接受最先进的教育，直到大学毕业。这是我对你的敬意。"

"当命运来临的时候，你要欣然接受！"

杰克校长说这话的时候，一直微笑地看着我。我知道他希望我跟他去美国，我知道我听从了我姨妈从天边传来的神意，抓住了自己的命运。可我外婆沉默了一阵子，对他说："请你给我时间考虑一下。"

当命运来临的时候，你要欣然接受。我混蛋的外婆为什么不能接受这天启呢？我真是恨她。

接下来的几天，我外婆一直跟依云娜、巴音待在一起。三个人窃窃私语着，争吵辩论。图雅傻乎乎的不知道在这个家里发生了什么，可我能听出来，他们的嗓子因为疲惫和哭泣变得沙哑了。

终于有一天，我外婆把我和图雅带到了一座孤零零的沙丘上。杰克校长早就在那里等着我们，外婆让我和图雅手拉着手。她看着我们两个，犹豫再三，她终于对杰克校长说："我选定了那个要跟你走的孩子。"然后，我外婆当着我的面说出了图雅的名字。

图雅在依云娜为她收拾行李的时候，才明白究竟发生了什么。她哭号着反抗我外婆的选择（她的哭号远不如我内心的哭号悲戚），甚至想翻窗户逃跑，以至于把脑袋撞在了墙上。依云娜为她擦掉了满脸的鲜血后，我们才发现她的额角留下了一个永远都不会再消退的疤痕。我外婆伤心地为她包扎着伤口，她问我外婆："你为什么要这么狠心地对待我呀？我做错了什么？"我外婆什么都没说，只是心疼地吹着她额头上的那个伤口。好像这样，那伤口就会愈合。

图雅离开那天，我外婆都哭得像是不活了，图雅和每个人都紧紧地拥抱告别，她还想把宏博送给她的那套工具转送给我，我统统扔在了地上。

我外婆突然抬起了手打了我一巴掌，我捂着我的脸，它火辣辣地燃烧着，我不敢相信这是真的，这是我人生里我外婆第一次打我。

图雅哭泣着跑了。当汽车的发动机轰鸣起来时，全毛乌素的女人们在我外婆的带领下，为她们即将远行的孩子唱起了送行的歌：

　　天上的烈日

　　远行的人啊

　　不能用手去遮盖

　　当遇到灾祸时

　　你不要逃避开

　　发着霞光的烈日

　　流浪的人啊

　　不能用胳膊肘去遮盖

　　当遇到阻碍时

　　你不要绕道离开

　　循转的太阳

　　异乡的人啊

　　不能用锁子骨去遮盖

　　遇到病灾时

　　你不要硬挺着对待

　　金黄色的太阳

　　漂泊的人啊

不能用手掌去遮盖

遇到危难的时候

你不要越过去避开

这首歌被女人们一遍又一遍地唱着，直到那两辆大巴车已经消失不见了，歌声还是没有停下来……

那天晚上，我外婆在家一边抹泪一边看电视，国内新闻演完了，国际新闻里美国今天也没有任何能把飞机打下来的灾祸，她悬着的心终于放了下来。此时，她在电视上看到了一个她熟悉的面孔，她听到播音员在电视里没有任何感情地说，一辈子只知道种树的倒霉酋长被他的人民吊死在了广场上……

看着用一根绳子悬挂在吊车上的倒霉酋长，看着在他脚下为他的死欢呼雀跃的子民，我外婆一屁股坐在了地上，杯子摔在地上，碎了。水流一地。

依云娜想把我外婆扶起来，可我外婆只是死死地瞪着那流动的水和水乌黑的影子。依云娜听到我外婆小声地念叨着一个古怪的外国词，她不知道，那是酋长母语当中的一个词，在韩国海边，他教会了我外婆这个词的发音，'朋友'。

巴音冲进家门，他没有问我外婆为什么坐在了地上，他说，神树起火了。

等外婆赶到神树下的时候，火熄灭了。在毛乌素屹立了几千万年的神树和几万棵树苗被烧成了灰。无尽的灰余热灼人，可我外婆的心凉到了冰点。她不知道长生天会为这件事降临什么样的惩罚到自己头上，所有的女人都哭了，她木然而已。

沙漠里刮大风了，转眼，灰烬夹杂火星被风吹散到了黑暗的远方，沙漠布满了飞舞的火星，哭泣与沮丧的人们，像是倒挂在星空中。

他们把纵火的凶手押到了我外婆的面前，我外婆失望地看着眼前的这个人，他被吓坏了，双手捂在胸前，瑟瑟发抖。他的皮肤如同死灰一般暗淡，他的嘴唇因为哆嗦而变得灰白，可他还是鼓起勇气用眼睛瞪着我外婆，以此来回应她的注视。他成功了，可他并不开心，他不想让我外婆看出他的不开心，他佯装满不在乎地抖着自己的腿。

我外婆看着他，对他说："阿木尔，我知道你在想什么。你死心吧，只要我活着，你就别想离开毛乌素！"

我外婆走了，人们不再唾骂我，甚至都不跟我说话。我跪在地上，看着一地乌黑的树木残躯，就连人什么时候走光的都不知道。这个世界似乎只剩下了我一个活物，在孤独里，我才明白，"当命运来临的时候，你要欣然接受"，宏博这句话是说给我听的。孤独打开了我的喉咙，我在孤独的怀抱里大声地哭了起来。

第六章　青春

因为我们还年轻

因为我们已离去

就让我们乘着

潮汐中电流一般的思想吧

我们如此年少

而又无可救药

就让我们离开家乡

去追逐那条龙吧

——山羊皮乐队《so young》

1

　　车在一条蜿蜒的小路上慢慢地开着，不知道走了多久，"千篇一绿"，看腻了，我忘记了我在毛乌素待了多久，大概一辈子了吧。我的青春、人生都在漫游，耗尽。阿木尔担心地看着我，握住我的手轻轻捏了两下。他拍了拍麦克的肩膀，对麦克说："我们休息一会儿吧！莉莉好像身体不太舒服。"

　　麦克瞪着他眼圈都黑了的眼睛，蓝色的眼珠像是一汪海豚馆里的水。他看着图雅，昏昏欲睡的图雅点了点头，车减速停在了小路边的草地上。我们走出了这似乎永远也不会把我们载到彼岸的孤舟，外面的空气新鲜得让人迷醉，我看到草地的那边有一棵树，在温暖的阳光下，我带领着他们，向那棵树走去。图雅对我说："你把鞋脱了，更舒服。"我听从了她的话，我们一起甩掉了我们脚上的高跟鞋，它们像两双手铐一样，在空中划了个弧线落在了草地上，无奈而又寂寥。而我们的脚，踩在厚厚的、松软的草地上，一阵阵清凉从脚心直抵灵魂。我们说笑着走到树下，背靠着树干躺在了草地上。我从来没有觉得躺在一个地方是那么的舒服，一开始我还能向他们表达我的惬意与赞叹，可没过一会儿，我就睡着了。

　　不知道过了多久以后，我醒了过来，那时已经接近黄昏了，太阳从天这边的顶端挪到了那一边的底部，风如冷泉，又似无情的时间，划过了我的皮肤。我被冻得直打哆嗦，图雅和麦克依偎在一起，保持着连体婴般香甜的睡姿。我看不到我的阿木尔，他消失不见了。天彻底地黑了下来，我大声地呼喊着他的名字。图雅和依云娜被我吵醒了，我们散开四处寻找阿木尔。最终我在小路尽头的高速公路收费站找到了他，我小声地叫着他，他回过头来，他的样子吓了我一跳。在星星灯火中，我看见阿木尔满脸都是泪。我问他怎么了，他指着眼前这条一直通向远方的高速公路，说："我一秒钟都受不了了，我一定要离开这个该死的地方。"我说："你不能这样，你这样做你就再也回不了这个家了。"他突然冲我咆哮起来："我离开了根本就没打算回来过！你干嘛要把我拽回来！"

我们两个在公路边吵了起来，我的心里很委屈。我暗自发誓，等找到了阿茹娜心仪的沙漠，回到北京，阿木尔再怎么跟我赔礼道歉，我也一定要跟他分手。我们手舞足蹈地比画着诅咒对方。在昏暗里，阿木尔本人在一点点暗淡，他变成了他的轮廓，他的剪影。一辆辆汽车驶过时发出的轰鸣，把我们之间的咒骂切成了一段段碎片，带走的全是悲伤，留下的只有愤恨。图雅和麦克从黑暗里向我们跑来，阿木尔愤怒而又惊慌地挣脱了我拽着他的手，从我面前逃走了。他的黑影沿着公路线消失着，黑色的空气里，一股苹果朽了之后的味道弥漫开来……

图雅把我拥抱在了怀里，阿木尔从我们的世界里消失了。我浑身哆嗦着问图雅，他看见这条公路是着了什么魔？他凭什么这么对待我们？图雅没有回答。她的手在我的后背上慢慢地来回婆娑着。在黑夜里，她就像一个母亲，在安慰她伤心的女儿……

2

"阿木尔今天又向我提出了离开的请求，他面红脖子粗地拍着桌子，说自己一定要离开这个鬼地方。我问他为什么要走，他指着自己脸上的瘀青让我看，他说这还用他说吗？的确不用他说，一看他就是让那些坏小子们给打了。我悲伤地望着他，说：'你明明知道，我是不会让你走的，你为什么要来问我呢？'他使劲地冲我嚷嚷：'别人都能走，为什么我就不能走！'我说：'别人爱走就走去吧！赚个千万亿万我不忌妒。可你是

第六章 青春

187

阿茹娜的外孙，阿茹娜的外孙就不能走。'他说：'你不要再骗我骗自己了，我不是你的亲外孙，我是你们捡回来的。'我吞了唾沫，说：'你要是这样说，那我就无话可说了。反正你就是不能走。''那为什么图雅就能走？'阿木尔被我的话给气疯了，他冲我咆哮了起来：'为什么你的亲外孙女就能去美国！'他的唾沫星子都喷到了我的脸上，我真怕他脖子上、额头上的青筋被他的愤怒给烧炸了。我干脆闭上了眼睛，坐在阳光下闭目养神，我知道他知道我不会让他走的，他来闹这一出是因为挨了打，就来折磨我。所以我假装不生气，假装这个孩子根本不在家里折磨我。阿木尔离开时对我说：'外婆啊，你睁开眼看看这个世界吧！现在都21世纪了，大家都出去赚钱了！你凭他妈什么限制我的人身自由！'话音未落，他一脚在我的门上踹出了一个洞，气哼哼地扬长而去。这个混蛋啊，那一声巨响差点儿把我的心脏病给吓出来。

"我盯着门上面的那个黑洞，大口大口地喘着粗气。我觉得我的心脏简直搅成了一个球。我喘着喘着，脑子突然响了一下，然后，我把我受到了什么样的惊吓给忘掉了。我在椅子上坐了好一阵子，努力地回想自己刚才究竟遭遇了什么，等我终于想起来的时候，我的心早就不疼了。我穿上了外衣，拿起了拐棍，我给宏博打了电话，告诉他我要去他的公司走一遭，好好地跟他们诉说一下我的苦恼。'来吧！来吧，老姐妹。我们很想你，咱们好好聚一聚。'

"自从当年银行给依云娜贷了第一笔款，毛乌素开始了剧烈的变化。每天都变个样子，今天起来一座大工厂，明天起来一片别墅区，我正变得越来越老，它却活得越来越年轻了。在路上，我遇到了许多在种树的人，他们都和我一样老了，没有年轻人。年轻人都去北京啊上海啊这些大城市了，当年他们走的时候，一个个哭得都跟泪做的一样。为了向他们的阿茹娜奶奶保证将来还会回到毛乌素，那可真是什么毒誓都发了。可结果呢？没一个回来的。所有人给自己找的借口都一样，外面太繁华了，都 21 世纪了，怎么还能傻乎乎地留在毛乌素种树呢？他们每次过年回来，跟我聊的都是这一套。渐渐地，我都不想搭理他们了，看着他们狡诈的眼神，我有时会不寒而栗。外面究竟有什么好呢？真是一代老得比一代更快啊！我无数次地跑到神树底下祈祷，请求长生天给我送来希望，让我能够看到毛乌素的未来。可神树让阿木尔烧死了。

"不知道是谁把我要去旗里的事告诉了依云娜，她开着车顺着公路追上了我，非要送我过去。她开着车，我坐在她旁边，一路上，她唠唠叨叨阿木尔是多么的忤逆，她又是多么想念图雅。这就是我不愿意她送我的原因，她现在正处更年期，每次和我在一起，她就和个疯子一样使劲说话，也不管别人爱听不爱听。说着说着，她竟然哭了起来，说这一切都是我的错，我就像是当年害了她一样害了她的孩子们。这是我意料之中的事情，我对她说，阿木尔每天这么暴躁是应该的，他每天都要被人欺负，可谁让他一把火烧掉了咱们的树神呢？你也看见了，树神一死，咱们这里的人心变得有多浮躁啊！她又和我翻起了旧账，说所有这一切，都怨我把图雅送到了美国去。我一下没搂住火，狠狠地拍了一下我的大腿，依云娜不敢再逼我了。过了一阵子，我又忘记了我为什么生气，我想了好久，才想起来，可那时候我已经不生气了。我对依云娜说，图雅再过几天就要回来了，在她面前，你就不要提这件事了。你我都知道，我当时的选择是正确的。依云娜抹抹眼泪，点了点头。看见她这个鬼样子，我就气不打一处来。一个人每天哭哭啼啼的，怎么种树。我跟巴音说过好几次，身为一个男人，要好好教育自己的老婆。可巴音说：'依云娜压力太大了，别说树了，就是谁家的一株草出了问题都得来找她拿主意。她只相信我，满肚子的苦水不给我倒，又能去找谁？这都是你没处理好母女关系造成的后果。'巴音这样对我说。种了这么多年树还这么爱掉书

第六章　青春

袋，我可真讨厌这对夫妻。

　　"我才几个月没到发城，这里又盖起了不少楼。我好不容易记住的路，一紧张又全忘光了。依云娜给宏博打了电话，才把我送到地方。可刚下车，我就把我来旗里要见谁给忘了，幸亏宏博在门口等着我，老旗长知道我要来，也赶来见我。我们三个老头老太太拄着三根拐棍，相互搀扶到了他们的公司。里面到处都金光闪闪，能把我的眼睛刺瞎，空气清新剂的香味弥漫，差点儿把我熏晕过去。他们的员工都冲我友好地打着招呼，都是些年轻人，我想他们要是都去毛乌素种树去就好了。听了我的想法，他们两个哈哈大笑，他们说：'老姐姐，你可真敢想！他们一个月工资都七八千，你付得起他们就跟你种树去。'我说：'那我可用不起，我当年种树就是希望我的孩子们将来有机会一个月能赚这么多钱。'他们问我为什么来，一阵委屈涌上了我的心头，但过了那么两秒钟，我把我为什么来这里给忘了。我尴尬地对他们说，两个人又爆发了一阵狂笑，他们说：'真有你的，老姐姐！'

　　"他们的女秘书为我端来了一杯茶，我喝了一口，脱口而出'这可真好喝。''那当然了，这是上好的茶叶，一两就要好几千。'女孩微笑地对我说，她的话语可真甜，比我亲孙子对我都甜。想到此处，我记起来我为什么来这里了，我把我对阿木尔，对图雅，对巴音，对所有人的不满一股脑地倾泻了出来。那种感觉可真舒服，我大口大口地喘着气，心里轻松了不少。宏博笑着对我说：'阿茹娜啊，你怎么越活越年轻，越活火气越大了呢？'我狠狠地瞪了他一眼，吓得他手一抖，端着的茶杯里的水都晃在了地上。老旗长说：'你要是实在让阿木尔给气得不行，就搬到发城来，跟我们一起干吧！'他指着我站立的地面，和窗外一栋还未竣工的楼说：'这一切都是属于我们的。你来了的话，咱们一起干！一起挣钱！'我说：'我就是个老太太，我跟你们在一起能干吗？'宏博大笑了

起来，说：'你对你自己的价值还是不了解，你是普通的老太太吗？你是世界著名的老太太！你来我们公司，那就是品牌效益！'

　　"我问宏博，这些年来他们怎么弄得这么有钱。这个老头脑袋都垂了下来，脸上的皱纹形成了狡猾的、没有人性的微笑，那嘴脸真是和我们每天都要体验的衰老一样令我憎恨。宏博说：'我们当然是做项目了。虽然发城有大金矿，但现在讲究发展可再生性资源。我们就拉投资，四处种树。你们毛乌素还有我们的林子呢，从这上面赚了钱，再做点儿别的小买卖。老姐妹，我哪里有钱，不容易啊！'我冷笑一声，说：'你别以为我不知道，你不就是用高利贷集资嘛！'宏博听闻此言，激动得脸红了。老旗长打哈哈说：'现在发城里人人都放贷款吃利息，都赚上钱了。放着钱不挣，那不是傻瓜是什么。又不是人人都像你有那么高贵的品格。'我说：'你这么老实就别跟着宏博瞎混了，那万一人家不给你还钱了你怎么办？'老旗长的红脸被吓成了墨绿色，他'呸呸呸'地在他昂贵的波斯地毯上吐了两口唾沫，说：'你可千万别咒我们，呸呸呸！宏博跟我说了几个名字，有和尚有道士，他说这些人都参与了这个游戏，全天下的神都保护着他们的钱，是肯定不会出事的。'他越说越来劲，还劝我把银行给我们种树的贷款也交给他，他一个月给我三分钱利息。看着他疯狂的样子，我可真难以把他和当年那个大显神通的青年萨满联系在一起。我气得浑身哆嗦，早知道到哪里遇到的都是一群疯子，我还不如在毛乌素待着看他们植树呢。我越想越生气，又把我为什么生气给忘了。'怎么样？你放不放款？机会难得啊！'宏博关切地说。我这才想起来我为什么生气，我说：'你放吧！你们好好放，我可没钱。'我站起来就走了，电梯关上之前，我听到宏博对老旗长说：'这个老太太，气性越来越大了，是病糊涂了吧？'

　　"电梯'嗡嗡'地响着，宏博的话让我很难过。所有的人，所有的事

第六章　青春

191

都给我惹麻烦，都让我生气。我不知道是他们疯了，还是我真的疯了？我觉得是我疯了，我在电梯下到一层的时候把我为什么难过都给忘掉了。我的电话响了，是图雅打来的。'外婆，我明天就从北京回来看你了！你想要什么，我买给你呀？'图雅的普通话可真好听，就像一股清泉流进了我的心里。我说：'什么都不用买，我看见你就高兴了！'图雅'咯咯'地笑了起来。我说：'你再跟我说说话吧！'她说：'说什么呢？'她开始说她回北京之后新认识的朋友们有什么怪癖，她说有一次她加班工作到连自己家都忘了在哪儿，她说她觉得她的男朋友变得越来越不懂她，越来越傻了。她说啊说啊，我累了，坐在花坛上听着她的一字一句，天黑了，她问我：'毛乌素怎么样？今年的树成活率高吗？'我说：'你明天回来就知道了。'她又'咯咯'地笑了起来，像是一群白鸽在我的头顶盘旋，我看着星空，渴望着明天早日来临。"

3

天还没亮，巴音就把我叫醒了。他说："儿子，我们走，去机场接你的姐姐。"我旧伤未愈，头痛欲裂地从被窝里爬了出来。我听到了"哐啷"一声巨响，等我冲出了门外，只剩下了挡风玻璃被砸烂的皮卡车和一地碎玻璃碴儿，凶手早就逃得无影无踪。我冲着虚空叫骂了起来，可除了远方的几声狗吠，再也没有回应我的东西。巴音在我身后拍拍我的肩膀，说："走吧！天马上就要亮了。"

这些年来，我们一起开着车运送树苗，他已经习惯我遇到各种各样的倒霉事了，谁让我是那个烧掉树神的灾星呢。我挨打，挨骂，都是值得谅解的事情。可我没有习惯，更不会谅解。

这些年来，我一直在想一个问题：一个人和一棵树（或者说一个神），对这个世界来说，究竟谁更有价值，更有意义。我问过巴音这个问题，在去机场的路上，我又问了他一遍。他说，当然是人。他每次都这么说，可说完之后，他从来不解释，只是轻轻地叹一口气，看着窗外的风景。我外婆说，巴音当年是一个诗人，可我更愿意相信，他当年是一个哑巴。

我有十年没见过图雅了，可她刚从发城机场通道随着人流出来，我就认出了她。她和依云娜年轻的时候长得几乎一模一样，美得让这个世界上最耀眼的光芒都为她暗淡。美可真是一种可怕的东西，它不像一棵茁壮成长的树，富有健康的生命力。倒像是一场风暴，摧枯拉朽，什么都不留。我可真难以想象，眼前这个眼含热泪向我跑来的美丽女子，就是当年在沙漠里走几步就要摔一跤的傻图雅。

这一切，我想都要归功于美国是个好地方吧。

图雅紧紧地抱住了我，她小声念叨着："我可真想你啊！我亲爱的阿木尔！我的兄弟！"我不知道该说什么，我只好撒谎："我也很想你。"可我真的想她吗？这些年来，我每天醒来都想着怎么躲避别人，以免遭到欺凌——这是我因为她代替我去美国，而必须付出的代价。她身上的香水味可真好闻，毛乌素就是种满了鲜花都不会有这样的香味。她使劲地拍打着巴音的胸膛，发出了女儿的尖叫。巴音傻呵呵地笑着，图雅甚至哭着跳到了父亲宽阔的背上，像她年幼的时候撒娇要求父亲背着她一样。她用流利的英语把一群外国人喊到了我们的面前，她从父亲的背上跳了下来，她说："走吧！我们回去看外婆去！我昨晚梦见她，都哭了一晚上了！"

坐在我们借来的大卡车车斗里，这帮外国人在图雅的带领下又唱又跳，还时不时地发出猴子看见烟花一样的惊叹声，就像是疯了一样。虽然我听不懂他们在唱些什么，图雅在说些什么，可我能从图雅骄傲的语调里听出来，他们是被我的家乡震撼了。有那么一瞬间，我可真希望站

第六章 青春

193

在车斗里说英语的那个人是我。

"好好开车，"巴音皱着眉头，他似乎发现我的心不在焉了，他对我说，"一定要注意安全。"

图雅一见到我外婆，扑到了我外婆怀中，一下子跪在了地上，脸埋在我外婆的衣襟里，发出了沉闷的呜咽。她告诉我外婆，老杰克校长去年在地中海附近一个岛屿上种树时，感染了败血症，去世了。我外婆抚摸着她的头发，想起和自己当年一起在韩国海岸边看星星的两个老朋友都去世了，也流下眼泪。所有人都被这个情景感动了，纷纷地拿纸巾和手帕擦拭着自己的眼眶，除了我。趁着人们不注意，我看到我外婆飞速地冲我眨巴了两下眼睛，她的口型似乎是在问我，她是谁。我知道，我外婆的疯病又犯了，她把自己天天念叨的图雅给忘了。我无声无息地说出了图雅的名字，我外婆这才恍然大悟，她一把将图雅给拽了起来。她说："傻孩子，高兴还来不及哪！怎么还哭上了？"

我外婆让图雅站起身来，在她眼前慢慢转了两圈。她笑了，说："我的图雅现在都长这么大了，我怎么可能不老啊。"我外婆没哭，依云娜倒是没完没了地哭起了鼻子，她说："图雅太瘦了，一定是受苦了。"图雅说："是我不想胖，美国都是垃圾食品。我还减肥呢！"依云娜拽着女儿的手摸来摸去，说："那你的手怎么这么粗糙呢？和我的手差不多了！"依云娜的表情一下子严肃了起来，她说："我在美国的大学里学的就是治沙植树，种树，手怎么可能不糙。"这时图雅带来的那群外国人里有一个男孩操着半生不熟的汉语抢话说："那我们还是去北京好，不用植树，天天去鼓楼喝酒。"我外婆笑眯眯地看着这个金发男孩，可她的眼神里全是狐疑。图雅连忙向大家介绍，这些人全是图雅在美国的同学，这次来毛乌素，是他们的毕业旅行。我外婆跟他们哈喽哈喽了几声，引来他们一阵欢快的叫声，在听不懂的我听来，这就是山林里的一群老乌鸦，被个顽童砸在水里的石头块给吓着了。图雅把那个抢话的男朋友拉到自己身边，红着脸说："这是我的男朋友，美国人。"然后她叽里咕噜地说了一堆怪里怪气的名字，我们谁都懒得记。那外国人说："大家就叫我马结实就好了，这是图雅给我起的名字。"

马结实的话让所有人都笑了起来，只有我没笑。我当时在干什么呢？我看到了在那群外国人里有一个特别美丽的姑娘，图雅介绍她的时候说她叫珍妮。珍妮可真美，她笑容绽开的样子，让我想起了我小时候有一次离家出走，迷路之后躺在树林里，黑夜中一阵芳香向我传来，我走了过去，亲眼看到了一地玫瑰的盛开。她的牙齿可真白，就和我在电视上看到过的海边贝壳一样。她和人交谈的时候比春风还和蔼，眼神明亮得像一头刚刚出生的小羊一样温驯。自从发城开始流行集资之后，我就再也没在年轻人的眼中看到过这么健康的目光了。我可以毫不隐瞒地说，我从见她的第一眼起，就爱上了她。以前我还上学的时候，我们老师总让我背诵这个先进那个先进的，可我没一次能顺溜背下来。可珍妮姑娘让我瞬间就想到了那几句话，我觉得珍妮就是先进文化，就是先进生产力的代表。我觉得珍妮就是所有正常男人们都想与之相爱的先进女人，代表了最广大男人的基本利益。

那个晚上，依云娜和巴音办了一个很盛大的篝火晚会，还烤了全羊用来欢迎图雅和她的朋友们，外国人高兴得都要发疯了。马结实抱住图雅就亲了一口，要不是图雅拦着，说外国人情感外放，我和巴音真是恨不得冲过去把他狠狠地揍一顿。我说情感外放，别以为我没出去过就胡说八道，我们毛乌素人情感比他们不知道要外放多少倍。我们给朋友唱最好的歌，喝最好的酒，拉着他们使劲地跳舞，可我们不会当着朋友的面就抱着他们的妹妹与女儿，在脸上一顿乱啃。我愤怒地甩开了图雅的手，离开了。开车在回去的路上，我才开始后悔怎么没去和珍妮姑娘说说话，那些年轻人都在说话，说不懂就瞎比画。可在我看来他们都是虚伪的家伙，在客人面前装得一个比一个好客，纯朴。就是他们，只要遇到我就把我摁在地上打一顿，砸烂我挡风玻璃的人，肯定就在他们其中。我对珍妮姑娘不能这样虚伪，我希望她能感觉到我的爱意，并且体会到我的爱意与众不同。珍妮姑娘让我烦躁地把车开在了路边，使劲地摁起了喇叭。我摁了好一阵，以至于宏博给我打来的电话我都没有接到。当我发现以后，我赶紧给他打了回去（对于一个有趣的人，而且是一个非常有钱的人你可千万不能怠慢），他问我在什么地方。我跟他说我心里十分烦躁，正开着车在外面溜达。他哈哈大笑地说："你帮大爷拉一趟货吧。"我问他拉什么货，这个老家伙神秘兮兮地说："到时候你会知道的。"

我顺着宏博的指示，进了发城，找到了一个仓库。几个黑着脸的男人把一个蒙着黑布的大铁箱搬到了我的卡车上。虽然我看不清楚玻璃柜里面装的究竟是什么东西，可我总觉得它在微微地抖动，即使一个押车的男人把脚踩了上去，可还是在动。这可把我吓坏了，我心想宏博不是让我去运送被他非法拘禁的人质吧。这些有钱人，是什么事情都干得出来的。可我又不能跟这些人说我不帮宏博这个忙了，我怕这些人是杀手，抢了我的车把我给杀了。反正这条路两边还有不少的大明沙，随便挖个坑把我给活埋了十分方便。再说，宏博说运完货会给我一千块钱酬金。我决定到了地方拿着钱就走人，绝不久留。我是个穷人，穷人也什么事情都干得出来。

到了城里面最豪华的一个大酒店。我们的车在酒店后门停下，宏博在门口早早地等着我们了。不！准确地说，他是在等待我。我刚一跳下车，他就往我手里面塞了一个厚厚的信封，里面的钱绝对要比一千块多。这可把我吓坏了，我问他："大爷，你究竟让我帮你运的是什么东西？"宏博笑嘻嘻地说："等一阵子我带你去见识见识，你先陪大爷喝壶茶。"这壶茶是我前半生里喝得最不踏实的一壶茶，我像是蒸锅上的蚂蚁，吐着舌头跳着脚。听着酒店大堂正中间的长发姑娘弹钢琴。那姑娘琴弹得怎么样说实话我根本没往心里面去，她的腿太白了，头发太黑了。我看着她，就想起了现在不知道在干什么的珍妮，我想明天一定要和她说说话。茶喝到一半，宏博接了一个电话，看来他那边是完事了，他冲我大手一挥，说："跟大爷走！大爷带你去看花花世界！"

我跟随着宏博，进入了一个像是用金子和钻石打出来的电梯，它一直升到了顶楼。然后，宏博打开了一扇用两整张牛皮包裹的大门，把我给推了进去。那是一个大厅，一个我做梦都想象不到的大厅。这就像是海底，我被蔚蓝的海水给包围了，一切声音都被这扇门，这海水隔绝在了大厅之外，要不是隔着两层特制的加厚玻璃我能看到整个城市的夜景，我会以为我不知什么时候已经成了一个被淹死的鬼。我正兴奋地把脸贴在玻璃上，在这片繁华的景色里寻找毛乌素在哪里，我的家在哪里时，突然一片阴影划过了我的头顶，然后我看到一张血盆大口冲我扑了过来，差点儿把玻璃给撞碎了，我的身体感觉到地面在颤抖，我吓得退后了几步一屁股坐在了地上。我看到了什么？我看到了一条还没有完全长大的鲨鱼在海水里暴躁地游弋着，愤怒地注视着我。它的身体刚刚可以装进我的卡车，我吃惊地望着宏博，这个老杂种得意地笑了起来，他说："没错！刚刚就是你把这位从日本远道而来的朋友接到这里的！"我看着宏博，就像看着一个疯子，他笑嘻嘻地看着我说："阿木尔，你是不是觉得我疯了？"

我点了点头，他指着那条似乎正身处青春期，特别躁动不安的鲨鱼说："没钱，我这就叫发疯。可我有钱，我办到了。"可我心想，你花的又不是自己的钱，是好多好多人借给你的钱。

宏博说，他这一辈子虽然去了许多许多国家，见识了许多许多风景，可他一闭上眼，看到的就是毛乌素的沙漠，他逃亡的地狱，没有任何生命的气象，除了死亡，就是复活后再死一遍。沙尘暴在他的脑子里整夜整夜地刮着，自从他离开毛乌素，就再也没有睡过一个囫囵觉。我说，可我外婆已经快把毛乌素变成一片大森林了啊！他似乎没有听到我的话，他陷入到了自己的思绪中。他说他有一次实在困得不行了，他心想死了算了。就在北海道跳了海，他慢慢失去了意识，那是他这些年来唯一一次觉得自己接近了睡眠，然后，他觉得有什么东西朝自己扑来，他睁眼一瞧，是一条大鲨鱼。宏博突然觉得，自己就这样被这条鱼吃了未免死得太惨，他没死没活地爬上了岸，活到了现在。

这让他想去死的海水，这让他想活下去的鲨鱼，都是长生天赐给自己的礼物。从那天起，他就发誓，一旦有了钱，就要造这样一座大厅。"现在，你可以滚蛋了！"宏博打着哈欠对我说，"我终于能好好地睡一觉了。"

当我从这栋富丽堂皇的楼里出来时，冰冷的空气让我打了个哆嗦。我抬头尽力张望，似乎看到一个小小的鱼形影子在顶层飞翔，此时此刻宏博睡着了吗？

那一刻，世界疯了。如果我遇到了珍妮姑娘是个梦，那么我看到的鲨鱼就不是梦。可如果珍妮姑娘不是个梦，那么我看到的鲨鱼又是什么呢？

到处都是灯火，我站在街上，却战栗了起来。

4

我问父亲："爱情究竟是什么？"

父亲说："你不要再叫我父亲了，我们都死了。众死平等，你可以直接叫我的名字。"

"好吧，巴根。请你告诉我，爱情究竟是什么。"

父亲没有回答我的问题，而是带我看了所有已经发生过的爱情。那些纠葛不清的人，真是令我头痛欲裂。

"我想看到的是爱情，没有恩怨，只有爱恨。"我对父亲说。

"你现在看到的就是世间所有的真爱，没有爱恨，只有恩怨。"父亲对我说。

"那么，爱究竟有什么好处，让人们如此趋之若鹜？"

"爱能让人年轻。人爱一天，就年轻一天。人要是永远有爱，就能永远年轻。"

"爱能做到的，死也能做到。我没有爱过，可我也永远年轻。"

"可人们更愿意活着享受年轻。"

"原来，爱比死更冷。"

我说完这句话，父亲的嘴角扬起了一丝笑意，那是枯泉里苦涩的涟漪。他轻声地念叨着："你还是不明白啊，其其格。"慢慢地向后退去，像是一滴泪水落在了一片海洋里，他的身影也融化在了雨后鲜艳而明亮的彩虹之中。

此时，我坐在车顶上，道路两旁的绿树与花草从我的身边疾驰而过，风刺穿了我的心，我却感觉不到痛。此时的阿木尔，正驾驶着这辆呼啸的客车，明明没有人伤害他，可阿木尔感觉到的却是万箭穿心。初恋的小伙子大概都是这样吧，在他的身后，人们欢声笑语，可他只想听到他心上人珍妮的声音，珍妮却无声无息地睡着了。阿木尔在想珍妮梦到了什么，是梦到了童年还是梦到了工作？是梦到了即将发生的事情还是梦到了自己的情人？阿木尔百爪挠心，我知道珍妮梦到了什么，我在阿木尔的耳边悄悄地念叨着，可他什么也听不到。

死去的我，比活着的阿木尔幸福。

图雅看着窗外的一切，家乡的变化之大让她又意外，又振奋。她从自己的书包里掏出来一个小型摄影机，贪婪地捕获着自己眼中所看到的一切。似乎通过这小小的现代科技，就能把四季轮回里的生死哀愁化为不朽。

"你要小心电池的容量，我昨天晚上没有充电。"马结实看着兴奋的图雅，皱起了眉头，"这台机器容量好像也不够了。你们亚洲人，做事情总是精打细算，想尽办法让人不断掏钱。"

"你去死吧！"图雅扫兴地关上了摄影机，"我不明白你总在说小心电量小心电量是什么意思。这些电又不是华尔街的股票，你还能靠它升值。"

"你应该多关注你身边的人和事。"马结实调皮地撩起了自己的衣服，向图雅展示着自己结实的六块腹肌，"这些才是真正有价值的东西，而不是没有感情的植物。"

图雅"咯咯"地低声笑着，偷偷摸了摸马结实的腹肌。"可这是我的家乡，如果你十年前来过就会明白，它对我们有多重要。"

"不，我们是科学家，亲爱的。哪里有能够满足我们科研条件的实验室，哪里能让我们对人类贡献最大价值，哪里才是我们的家乡。"

马结实把图雅的手摁在自己的肌肉上，图雅的脸红了，想要挣脱却没有力量战胜那只毛茸茸的胳膊。

"哪里有让你迷醉的东西，哪里才值得你活下去。"马结实满脸坏笑地对图雅说。

图雅气急败坏地用高跟鞋踹了马结实一脚，这个男人才松开了手，龇牙咧嘴地默默忍受疼痛去了。图雅看着窗外一望无际的绿荫，脑子里充满了关于此时此地和马结实的性幻想，这真令我脸红。

阿木尔的客车载着他们，走过了一片片草地，一座座森林。这些外国人把眼前的一切和阿木尔提供给他们的历史画册对比着，除了说这是个奇迹，再也说不出其他的话。图雅对关于自己家乡的一切赞美感到骄傲，可阿木尔骄傲不起来。他和我一样，是看着毛乌素沙漠如何一点点变成毛乌素绿洲的。此时阿木尔想起了一句歌词，"时间怎样划破我的皮肤，只有我自己最清楚"。

在无定河边，图雅带着那帮外国孩子去玩了，阿木尔小声地哼唱起了这首在他脑海里萦绕不去的歌谣。此时，他听到身后响起了孤单的掌声，他回头一看，珍妮姑娘正站在他的身后，对他扬起了一个青春期爱情里最为典型的微笑。

"你在唱什么歌？"珍妮姑娘走到他身边，坐了下来。

阿木尔听不懂她在说什么，可他猜对了珍妮姑娘在说什么。他可真恨自己不能一下子就学会英语，可除了我们这样的鬼魂，谁又会呢？他只能又把刚才那个旋律重新哼了一遍，珍妮的脸上笑开了花，她把手伸在阿木尔的鼻子前，轻轻地拍起了掌。阿木尔挠挠头，珍妮手上的香味让他恨不得跳进这条河里把身体融化，可他就是说不出来一句话。

珍妮把自己脚上的高跟鞋脱了下来，两只白嫩的脚伸进了这无定河，这冰凉的河水让她发出了一声惊叫，她身子一歪，阿木尔及时扶住了她，没让她摔倒在草地上。她在阿木尔怀里"咯咯"地笑着，金黄色的发梢像火一样烧伤了他的心。珍妮唱起了刚才阿木尔哼的那个旋律，有几个地方出现了小瑕疵，阿木尔细心地教着她，直到他觉得唱对了为止。阿木尔像刚才珍妮给自己鼓劲一样，也把手伸向了她，拍了起来。

无定河慢慢地流着，可阿木尔希望这河水就此固定，再也不要流淌。他指指自己，说"阿木尔"。珍妮明白了他的话，又笑了起来，她刚念了两遍这个对她而言很拗口的名字。这个时候，她听到图雅在叫她的名字，她站了起来，兴奋地冲从统万城出来的人群挥舞起了白皙的胳膊。图雅气鼓鼓地说："我们回去吧！"阿木尔郁闷得像一只雨天迷路了的乌龟。他心想我还没有生气你搅黄了我的事情，你怎么还生气了。他问图雅："为什么生气？"图雅闷闷地说："不为什么，我们走吧！"阿木尔看着走到同伴身边嬉笑打闹的珍妮，心想这可能是他唯一一次和珍妮近距离接触的机会，就这么溜走了，他不由得轻轻叹了一口气。

图雅生气，是因为她和马结实吵架了。其实这场争执在回中国之前就已经注定了。在毕业的那个晚上，一场销魂的性爱后，马结实兴奋地告诉图雅，他已经在北京找好了工作，并且通过关系，在那家世界著名的跨国生化企业为图雅争取了一个面试机会。"我要和你永远在一起。"马结实向图雅鼓着自己的胸肌，"如果你在北京待腻了，我们就回美国结婚。"马结实自认为把自己最好的肌肉和人生奉献给了爱情，可对图雅来说什么都不是。图雅一直没有想过，自己毕业之后要去哪里，自己的人生究竟要在哪里度过。或者，从一开始，她离开毛乌素时就已经下定了决心，一定要回到毛乌素。

在北京面试的那段时间，她发现对马结实而言，图雅的家乡只是一个笼统的概念，是中国地图，是北京地图，是北京二环旅游地图。一出二环，马结实就像是到了一个可怕的魔窟，他不理解人们为什么可以不顾秩序任意插队，也不理解为什么自己坐出租车付的车费总比中国人要贵。他更不理解自己买一盒烟，为什么收到了一把各种面值的假钱。收到假钞这次，他终于按捺不住心中的怒火了，他非常不绅士地小声念叨了一句"真是一群猪猡"。图雅本来想发作，可为了爱情，她决定忍耐。女人活着的时候总是不能冷静地看待爱情，她们认为爱情能够战胜一切，其实只是活着的她们能够忍受一切。

为了爱情，图雅组织了这次毕业旅行，她本意是想让马结实来散心，可没想到比起人心叵测的城市，美国人马结实更恐惧自然。他无法享受自然的纯粹美，因为他总在抱怨自然里没有人工的便利。没有 Wi-Fi 信号，没有 24 小时的超市，他对图雅说，这些东西都没有，为什么还要在这里生活，还要种树？为什么不直接搬走？

图雅问马结实："你也是个从环境保护专业拿到了毕业证的专业人士，你怎么能说出这样的蠢话呢？"

马结实说："我父母需要我拿到这个文凭，可这并不意味着我非要待在一片蛮荒的原野里浪费人生。我在实验室里的科研工作，也许才是对人类生存环境真正有意义的事情。"

图雅绝望了，她指指那些她外婆、她母亲栽种的参天大树与稚嫩树苗说："可这是我的理想。"

那次不欢而散的谈话，导致了在统万城里马结实看到什么东西，评价都是同一个词。见了残损的城郭，他摇着头说"野蛮"。见了仅存的排水道，他抖着腿说"野蛮"。见了高耸的瞭望塔，他冷笑着说"野蛮"。见了横卧的古戏台，他出着洋相地说"野蛮"。图雅终于在走出戏台几步后把他又拉了回去，她指着那座戏台对马结实说："这座戏台比你的国家历史还要悠久，我不知道你有什么资格说它野蛮？"

马结实脸上欢快的表情立刻烟消云散了，他脸色铁青地说："如果不野蛮，这舞台怎么会被沙漠毁掉？"

"文明就是历史中一切经验教训的总和，这就是这里的人民了不起的地方。"图雅几乎用喊叫的音量在和马结实辩论，"如果没有他们在这里种树，可能有一天你的国家，所有的国家都会被沙漠吞噬。"

马结实耸了耸他的肩膀，嬉皮笑脸地说："我不知道这件事情为什么值得你生气，那我道歉好了。"周围尴尬的外国围观者们解围似的笑了起来，马结实得寸进尺地想搂住图雅接吻，就像好莱坞电影里所有情侣冰释前嫌时应该做的那样。图雅一把推开了他，她狠狠地用这里谁都不会听懂，只有我这个鬼魂才能听懂的语言骂了一句"该死的美国佬"。

这种不快的气氛一直凝固在车厢里，图雅都不愿意和马结实坐在一起。就连心里面都是珍妮的阿木尔都发现这对情侣脸上的不快，虽然不明白这是为什么，可他心里欢快了起来。这和幸灾乐祸无关，在车到了下一个观光点后，他找了个珍妮单独一个人的机会，凑过去连比画带表演地问她，图雅和马结实究竟是怎么了。

"没什么，他们吵架了。"珍妮面无表情地说完这句话，就去追自己的同伴去了。阿木尔听不懂她的话，可他知道她的回答仅仅是出于礼貌。他白白地浪费了一个宝贵的搭讪机会。

图雅带着这帮外国人在毛乌素吃喝玩乐了足足两天时间，到了第三天，这里的森林与森林里的小溪，草原与草原上的百花再也无法吸引他们。他们认为这里的一切不会说话的生命和这个世界上其他地方一切不会说话的生命没有什么本质上的区别，他们走到哪里，都是一张张昏昏欲睡的脸，一具具摇摇晃晃的身体。图雅看着他们，心里很难过。她心想刚出大学一年不到，这些人就把在大学里得到的一切都忘光了。她把自己的烦恼一五一十地讲给了阿茹娜，阿茹娜平静地告诉她，全世界的年轻人都是一样的，美国人不爱留在这里，毛乌素的孩子们同样不爱留在这里。"人往高处走，水往低处流。"阿茹娜抚摸着图雅的头发，说，"这里是毛乌素，谁都可以离开。可只有留下来的人，才会明白什么是长生天的神迹。"

第四天晚上，大家回到了酒店，图雅宣布，今天晚上再吃一顿烤全羊，明天大家就可以离开了。众人在酒店大堂里发出了一阵都不愿意掩饰一下的欢呼，那就像一群白眼狼啃完了羊骨头之后满意的喘息声。马结实握住了图雅的手，含情脉脉地说："亲爱的，这真好。幸福的新生活在北京等着我们。"

"你回美国去寻找你的新生活吧！"图雅把自己的手抽了出来。她抚摸了一下马结实的脸，"我要留在毛乌素。"

所有人惊讶地望着图雅，就像是望着一个被诊断为患了癌症的人。尽管他们都隐约感觉到了图雅会迈出这一步，可谁都没有想到她这一步如此干脆。"图雅，你疯了吗？"马结实愤怒了，他问出了这个他早就想问图雅的问题。

图雅指着窗户外的纸醉金迷，可眼睛却望向了更加辽阔的远方。她环视着这些和她朝夕相处了数年，可永远不在同一个世界的人沉默了。

马结实愤怒地走进了电梯，门关上后，大家听到了里面传出来一阵剧烈的噪声。我知道马结实干了什么，这就是他心碎的声音。

那个晚上，没有一个客人来参加阿茹娜盛情准备的欢迎晚宴。他们都留在酒店里安慰痛不欲生的马结实，他们都为这段爱情感到惋惜。依云娜看着默默坐在篝火旁的图雅，对阿茹娜说："我可真心疼。时代可真是变了，想当年我谈场恋爱要死要活，可现在的年轻人怎么说分手就分手了。"

"要是你的话，会选择马结实，还是留下来种树？"阿茹娜狡猾地把这个问题抛向了自己的女儿。依云娜想都没想，又把这个问题当作答案，抛回给了阿茹娜。

阿茹娜笑了，她说："所以，不是我们选择了毛乌素，是毛乌素选择了我们。"

阿木尔闷闷不乐地坐在了姐姐身旁，和她一起看着篝火。两个人谁都不说话，我知道阿木尔为什么痛苦。他本来都鼓起了勇气想在今晚向珍妮表白，可他没有想到自己的初恋就这样无疾而终了。他打开了一瓶酒，倒了两杯，端给了姐姐一杯，图雅愣了一下，和弟弟干杯了。这对姐弟，一笼篝火，一杯杯苦酒下肚，那热烈盛开却戛然而止的爱情，那还没生长就注定衰败的爱情，普天下所有的酒在那一夜都流进了他们的心，我这个知晓一切爱情奥秘的鬼魂，却更不明白什么是爱情了。迷茫，如果我有头，那一夜我因为爱情头痛欲裂。

5

阿茹娜啊，我看着两个人抱在一起难舍难分的样子，心里真不好受。马结实喝醉了，他紧紧搂住图雅，哭得比一只母亲被猎人杀了的小狒狒还伤心。我知道，你在那一刻也是悲伤的，你抹着的眼泪与其说是为他们流，其实是为我死得太早而流。马结实哭得嗓子都哑了，醉得站都站不起来，图雅像一个智者一样，冷静地安慰他，劝他不要再伤心了，回美国去找一个适合他的好姑娘。就像是在帮别人的前男友出主意一样。像马结实这样一失恋就醉酒、就哭的男人，到哪里都一抓一大把。可像图雅这样的姑娘，真是太少见了啊。马结实到最后彻底耍起了酒疯，躺在地上说什么都不起来。他明亮的额头简直比他的白衬衣还要肮脏，他鼻涕一把眼泪一把地说，就算是 2012 来了，就算是未来战士和再造战士来了，就算是全宇宙所有的外星人来了，他也不愿意离开图雅。他后悔了，他要在这里和图雅种一辈子树，永远都不离开毛乌素。

图雅对他本是好言相劝，可火车已经开始鸣笛了，图雅不耐烦了。她指着马结实对自己的同学们厉声喝道："把这个混蛋给我抬上车。"阿茹娜啊，你不知道，当时那些外国孩子哪见过这样的生离场景，现在一分手可能这辈子再也见不到了啊。他们都哭了，可图雅去意已决，孩子们只好把马结实抬到了车上，然后跑下来一个个和图雅握手告别。阿茹娜啊，我真奇怪图雅的心是不是铁做的，她面对那一张张悲伤的脸，竟然还保持着优美的微笑。可我们的外孙阿木尔就变得焦躁不安，他郁郁寡欢的眼睛一直在跟随着珍妮的踪迹，最后终于凑到了她的身边。他用探询的口吻问珍妮："QQ？"

珍妮愣住了，她转身大声地冲图雅喊叫着，问她"QQ"是什么东西。图雅告诉了她答案之后，她大笑着冲阿木尔摆了摆手，然后叽里咕噜地说了一串英语。阿木尔可怜兮兮地望着图雅，图雅把那句话翻译给了阿木尔听："我没有 QQ，QQ 是你们中国的。我用 Facetime。"

珍妮给阿木尔留下了自己的 Facetime 号码，莞尔一笑，跳上了火车。汽笛发出了轰鸣，车轮开始了缓缓转动，孩子们纷纷从车窗探出头来，向图雅挥手告别。他们还大声地呼喊着你的名字，欢迎你到美国去做客。阿茹娜啊，你可真是虚伪，你像一个慈祥的老奶奶般眼眶湿润地挥手向远去的孩子们表示感谢，祝他们一路平安。可我知道你是怎么想的，你心想美国的沙漠里都是赌场和妓院，鬼才要到那里去。阿茹娜啊，我就是个鬼，可我敢保证，鬼除了想在自己的亲人身边，哪里都不想去。

要不是同学们拽着，激动的马结实非得从车窗跳出来不可。他那心碎的爱情号叫掺和在汽笛的哀鸣声中，越来越远，越来越远，最终渗入了虚无。

图雅拍了拍阿木尔的肩膀，说："我们走吧。"可阿木尔的眼睛，还恋恋不舍地望着飘散的风尘。图雅叹了口气，说："你不要胡思乱想了，Facetime 只有苹果电脑上才有，一台一万多，珍妮知道你买不起，才会给你留下号码的。"

阿茹娜啊，虽然那是我们的外孙第一次听说这个世界上还有一种苹果牌的电脑，可他无比认真地望着他的姐姐，一字一句地说："我一定会用上苹果电脑，这个世界上再贵的苹果，我也会买得起。"

在火车站门口岔路口，我让左边路口一个卖鸡蛋的小贩踩在香蕉皮上摔倒，他的鸡蛋打碎了一地。可你没有走向右边，而是带着孩子们执意跨过那一地的蛋黄蛋清蛋壳，走入了左边路口。我让一截电线断掉，在你们的头顶"噼里啪啦"地甩着火花，可你们还是闪避着火花继续向前走去。就连那场在十字路口发生的车祸，和一块突然从大楼上摔下来的玻璃也没有阻止你的前进。阿茹娜啊，为了买到更便宜的草种，你简直像逃亡的摩西和长征的红军一样倔强。可你没买到种子，你被一群人的叫骂吸引了，我最不愿意看到的事情发生了，那是你们第一次见到麦克。

阿茹娜啊，你是第一眼看到他的。他在一群人的拳打脚踢下用手捂着脑袋，虽然身上到处都是踢上去的脚印，脸上到处是揍出来的伤痕，可麦克就像这些脚印与伤痕在另一个人身上般冷静。他面无表情地瞪着眼睛盯住地面，每接受一记重击，都会咬咬自己的嘴唇，然后再松开。

你拦住了人群，心疼地说："再这样打下去会把人打坏的。"带头殴打他的大胖子气哼哼地说："打坏？打死他都是活该。谁让他吃饭不给钱。"你问胖子："他欠你多少钱？"胖子摆弄着自己肥胖的手指算了一下，摊开了巴掌递到了你的面前，说："你是要替他付钱喽？一盘鱼香肉丝，两碗米饭，总共八十块钱。"

你吓了一大跳，你喊叫道："八十块钱！大胖子，你怎么不去抢？"大胖子"嘿嘿"笑了一声，说："我这个饭馆开在车站边，黄金地段，老太太你懂不懂？明明是个三线城市，房租又死贵死贵，那饭价当然贵喽！"

看见你犹豫，大胖子的胖手一挥，说："没钱就走远些！我非得把我那八十块钱给打回本来不可！"大胖子转身一脚踩在了麦克的腰上，麦克闷哼了一声，晕死了过去。你一把推开了大胖子，跟依云娜借了八十块钱递给了他。大胖子冲着你笑了，他说："老太太，你也不要埋怨我。我来这里是赚钱的，不是来搞慈善的。要怨，你就怨发城的开发商吧！他们用跟你们老百姓集资来的钱盖大楼，再高价卖给你们，那一切还不像吹尿泡一样，越吹越大哦。"大胖子胖手又是一挥，看热闹帮闲拳的人立刻像是一群吃饱了的秃鹫般四下散了。

麦克再醒来时，觉得自己的骨头快要散架了，那碎裂的剧痛迫使他睁开了眼，他惊讶地发现自己坐在一辆车里，车里还坐着刚才阻止人群殴打自己的那户人家。你和图雅把他簇拥在中间，紧紧地扶持着他。

"我叫阿茹娜。"你笑眯眯地通过图雅问他，"你叫什么？"

麦克说出了他的名字。他问你："是你们救了我吗？"你点了点头。他又问你："你们要把我带到什么地方？"

你指了指很远的地方，说："我们的家，毛乌素。"

当图雅把你的话翻译成英文告诉他之后，麦克看着窗外像条漫长到了无边无际的龙般与自己擦肩而过的碧绿，脑海里一阵眩晕，他又晕了过去。

第一次见到麦克的时候，他骨瘦如柴，只剩下了不到八十斤。长发像荒野里的草蓬般朝四处奓着，能织成辫子的胡子间还粘着各种各样的污屑。不仅如此，麦克浑身散发着令人难以忍受的臭味，那几乎是上帝把人间所有不幸与罪恶集中在一起，发明出来的一个告诉人类他们自身究竟有多么肮脏的佐证。

看着这样一个非人非兽的东西躺在自己家的床上，图雅不由得担心起来。她奉劝阿茹娜把这个外国人送到公安局去，让他们来处理这样的涉外事件。阿茹娜生气了，她说："你才离开了几年，就连我们的规矩都忘了？他是一个远道而来的客人，要是在以前，我们得把最好的酒菜留给他吃，最好的被褥送给他睡。可现在，他在这里不但挨了打，你还要把他送到派出所。不行！我坚决不同意！"

你让阿木尔和巴音为他擦拭身体，可你们刚从卧室里出来没多久，巴音就一脸严肃地走了出来，他说："我们可能给自己惹了个非常大的麻烦！"

你冲进了卧室，起先你以为他死了，当你看到他还喘息的时候，你悬着的心放了下来。可紧接着，你在巴音的示意下看到了麦克左胳膊上密密麻麻的针眼，以及他右胳膊上斑斓的刀疤。从麦克的钱包里，图雅搜出了一小袋白色的粉末，你倒吸了一口凉气。阿木尔问你，这是什么东西。你告诉他，这是人千万不能沾染的东西。

你发现麦克胳膊上的刀伤全是他自己划出来的一行行字母，那是一句话，在他的胳膊上重复无数遍。你又脱下了他的上衣，凡是他用手能划到的地方全是这句血淋淋的话。你问图雅，这句话是什么意思。图雅说："这句话的意思是，我恨我自己，我想去死。"

阿茹娜啊，麦克再次醒来之前，梦见他在北京，正在一个叫"xp"的俱乐部里看一个朋克乐队的演出，台上的少年们都高大健壮，一点儿都不像朋克。台下只有三个姑娘在看演出，一个是他初中时的美国邻居，另两个是中国姑娘。他勾搭上了其中一个，悄悄地告诉她自己手上有一些非常过瘾的东西，就这样，他把这个姑娘带回到了酒店。他拿出了自己的宝贝，细细地磨成了粉撒在了姑娘撅着的白嫩光屁股上，把锡纸卷成小细管，狠狠地用鼻子一吸，冰冷的水泼在了他的脸上，刺骨的寒冷让他魂飞魄散。他大叫着回到了你们的尘世，没有光屁股的姑娘，没有朋克乐队，只是你和他站在一个小地窖里，你手里拿着的铁桶还在"滴滴答答"地淌着水，麦克浑身都打着哆嗦，他又冷又气，想扑到你的身边，一拳砸倒你，把你给揍成一堆烂泥。可他的身子刚动了一下，心里就叫苦不迭。你让巴音和阿木尔用铁锁把他的手和脚都捆住了，他的表情从愤怒变成了惊恐。这黑暗的环境，这诡异的老太太让他回忆起了自己在加拿大看过的无数关于变态杀人狂的恐怖片。这个时候，图雅打开门走了进来，和你耳语了几句，图雅点点头，转过身来严厉地问他叫什么名字。

阿茹娜啊，你这个老滑头，还是像年轻的时候那么顽皮。在他昏迷的时候，你早就翻看了他的护照，知道了他的名字叫作麦克，来自加拿大。他的护照上打满了印章，图雅说这个人已经走遍了大半个地球。你这样对他，只是想吓唬他。你的目的达到了，他大声地喊叫着自己的名字，他对图雅嘶号："你快告诉这个老太婆，她这样非法拘禁一个加拿大公民，我不会放过她的！"

"闭上你的臭嘴！"图雅举起了手中的大剪刀，轻轻地把刀尖搁在了他那条肮脏无比的裤子裆部，"否则我把你给阉了！"

阿茹娜啊，不但麦克听话地安静了下来，连你也被图雅比夜叉罗刹，比我见过的最难看的女鬼还要恐怖的样子吓住了。你越来越喜欢自己这个外孙女了，你心想，她和你一样，挑得起大梁装得成流氓。图雅面无表情地问你："现在可怎么办？他说我们一旦放他出去他就报警。我们骑虎难下了。"

你"呵呵呵"地笑了，你说自己好不容易骑了一次老虎，舍不得下去。

从发现麦克是个瘾君子之后，所有的家人都反对你收留他。尤其是图雅，她态度激烈得像一只幼子跑丢了的母狮子，她说必须马上报警，让警察把这个人带走。她在纽约的时候，见过许多的吸毒者，他们都是为了几美元就不惜杀人的魔鬼，完全丧失了理智。可你看着麦克的毛衣，被它的 logo 吸引了。那是一棵树，一个孩子坐在枝头，拿手扶着自己的脑袋，出神地看着月亮。

你突然觉得，在遇到他的路上碰到了那么多事情，可都没阻止你看见他挨打，没阻止你救他，这一切都是天意。那棵大树，就是死去神树的魂灵，在你无数次失败的祈祷之后，它终于把这个骨瘦如柴的金发男孩送到你身边来了。我绝望地大喊，阿茹娜啊！天意不是这样的，天意是让你走向另一条道路，去过另一种生活。可你听不到我的呼喊，你已经疯了。你对图雅说："我们不报警，他哪里都不能去，走了，他必死无疑。"

"我要帮他戒毒。"你说出了你的决定。

当图雅把你的决定告诉麦克时，这个疯子瞪大了眼睛。他说："你疯了吗？我进过这个世界上多少的戒毒所，进行过多少强制戒毒，你们知道吗？最先进的、最荒芜的、最严酷的戒毒所我都进去过。毒品要是能戒掉，它就不叫毒品了！"

图雅把这段话翻译给了你，你久久没有说话，只是盯着这个脸色苍白的少年。你问他："你为什么要买一件大树图案的衣服？"他气喘吁吁地说："这个图案是荧光的，到了晚上树会发出亮光。这样他在没有灯的地方，也能看到亮光。"话音未落，麦克感觉到自己的毒瘾发作了，他狂躁地骂着你和图雅是两个婊子。他说："接下来你要问我什么？为什么想死？为什么吸毒吗？"

你没有回答，转身走了。图雅拿着那把大剪子押着他，跟随你走出了那黑暗的地窖，刺眼的阳光让麦克在一瞬间满脸都是鼻涕和眼泪。"杀了我吧！"麦克"呜呜"地哭了起来，"求求你们，用那把剪刀把我开膛破肚吧！"

"你为什么吸毒，为什么想死，我不知道，也不关心。"你说，"麦克，你好好看看这里，它的名字叫毛乌素。它以前是一座你都无法想象这里究竟有多大的沙漠。你被它送到了这里，我能让沙漠不再是沙漠，我就能让你这辈子再也不沾毒品。"

6

"麦克就算是在我家住下了。我让他们在一块大沙地里存放工具的地窖里给他用砖砌了个床。麦克可怜兮兮地跟我说他有风湿和哮喘，我告诉他这些病我也有，可沙漠有的是办法治你的病。

"我给麦克定下的起床时间本来是五点，可负责看管他的人是图雅。

她像一个拧紧了的发条现在终于释放了一样，迫不及待地想要熟悉这个她业已非常陌生了的故乡。麦克每天凌晨四点钟就被这个神经病看守弄醒，在无定河边图雅会给麦克用冰冷的河水抹把脸，然后把他赶回到大沙地里去种树。每天什么时候完成规定的劳动量，什么时候才可以吃饭。起初，麦克不愿加入到这个游戏里来，他天真地以为世界上总会有一个人来到这里，成为他的救世主。可那块沙地方圆几十公里荒无人烟，一片死寂。图雅任着麦克大声叫骂、拼命呼救，就像听见驴子骡子叫一样毫不在意。起初，麦克每天只是拼命地呼救，可这呼喊声别说救世主了，连细雨都没有招来。图雅严格按照我制定的规则惩罚了他，没有种树，就没有饭吃。饥饿和沉重的铁锹让麦克的力气越来越少，声音越来越小。终于有一天，他的嗓子哑了，再也说不出话来。他无声地啜泣着，泪水掉在了沙地上，很快地就被蒸发掉了。他在沙子里整整爬了一天，在太阳即将下山的时候爬了起来，用尽全身力气,在图雅的指导下种了几棵树。当天晚上，他就得到了自己应得的报酬——两块白馒头，还有一片煮羊肉。从那天起，麦克接受了自己的命运，悄无声息地种树，悄无声息地吃饭。

"图雅一边看管着麦克，一边用个小本子记录下毛乌素的每一块沙地的地理位置、面积大小和土壤构成。有一天，她兴奋地对我说：'外婆，毛乌素还有许多沙地！我们的任务还很艰巨！'

"图雅的话让我心里产生了不快，我问她：'任务艰巨你怎么还那么高兴？'她对我说：'毛乌素就是她即将出嫁的女儿，她就是那个要在美丽面孔上挥洒想象力的化妆师。'依云娜听闻此言，说：'你先别顾着打扮别人了，想办法先把自己嫁出去吧！'对于图雅把马结实甩了这件事，依云娜十分不满意。未经她允许，图雅就把个美国男人带了回来。又未经她允许，图雅就又把这个她好不容易接受了的美国男人给甩了。她以为她是公主吗？想干什么就干什么？依云娜愤愤不平地跟我抱怨。我说这有什么呢，你当年干什么事情经过了我的批准。依云娜听闻此言，当场就跟我生气了，她说我是在诅咒她被报应了。我说你着急什么，要报应也是先报应我。依云娜大喊这个家里再没有正常人了，气冲冲地摔门走了出去。

"我对图雅笑笑，说：'你不要害怕，女人都有更年期。'图雅说：'外婆我不害怕我妈，我害怕麦克。'我说：'你害怕他干什么，他不是被用大铁链子锁着呢吗？'图雅说：'我不是害怕他，我是害怕他出事情。我们这样做是犯法的。'我说：'麦克就是一片大沙漠。外婆和沙漠打了一辈子交道，你知道在沙漠里最重要的是什么吗？'

"图雅说：'当然是树和草了，要么我们是在干嘛。'我笑了，说：'你说的还是表层，你没有看到本质。'

"图雅说：'那本质究竟是什么？'

"我说：'在沙漠里，最重要的是有生命在成长。一切道德与法律，必须让位于这条最高法则。'

"在黑夜里，树与草在生长。于我们，一切都是无声无息的。但在麦克听来，生命抽搐与痉挛的沙沙声变成了无数把刀子，在黑暗中从四面八方向他靠近，在他的身上切着、削着，把他的理性与意志切成无数薄片，落在地上，被风吹走。在黑夜里，麦克整夜整夜地犯着毒瘾，那时的他就变成了一具疯狂的骷髅，他可以痛哭流涕，用最没有尊严的话语祈求我们让他来一口他的心肝宝贝；也可以咬牙切齿地大声咒骂我们，描绘用多么残忍的方式把我们全家杀戮干净。无论他说什么，我都笑眯眯地鼓励他大声说，说痛快了心里头就不想那个了。他说，他祈祷我的末日赶紧来临。我告诉他，我几十年前就在这里见过末日了，每天都见。所以我明白了一个道理，祈祷是没有用的。神会给你启示，可剩下的事情还得你自己干。最疯狂的时候，麦克也自杀过几次。他想撞墙，可图雅把他的手和脚都用大铁链绑紧了，他动都动不了。他想咬断舌头，可图雅把一块手帕塞到了他的嘴里。还有一次，他想跳进无定河把自己淹死，可没有图雅，他连东南西北都找不到，最终昏死在了沙漠上。自从那次之后，我觉得光凭我们两个女人是没法应付这个毒瘾随时发作的毒虫的，于是我又找来了巴音和阿木尔协助我们。阿木尔看着眼前这个烂成一堆臭泥的人，不明白我这么做的目的究竟是什么，他拒绝我分配给他的任务。是巴音说服了他，他对阿木尔说：'你想想，帮他戒毒和每天开车运树苗进沙地，你更讨厌哪一个？'阿木尔认真地想了想，就留了下来。在我们这个家里，能够说服阿木尔像个正常孩子的，也只有巴音一个人。

"巴音为麦克买了许多的英文诗集，麦克不但没有看，反而把书都撕成了碎纸屑。巴音没有放弃，他又买了第二批，这一次他不让麦克读了，每次麦克犯毒瘾的时候，他就让图雅念诗给他听。这些年来跟依云娜在一起，巴音被那些无聊的男人们称作毛乌素最怕老婆的男人。因为他总是尾随在依云娜的身后，让自己的老婆抛头露面，去接受电视报纸的采访，去那些大礼堂领奖，可他自己活得像依云娜的影子与四肢。依云娜让他去种树苗，他就一脸傻笑地去种树苗。依云娜让他去运树苗，他就一脸傻笑地去运树苗。依云娜说她顾不上家里，让他去想办法赚钱。他就会消失一段时间，再回来时，会交给依云娜一摞钱。有时依云娜会把他赚来的钱全用在买树苗、买工具上，我们一家老小只能喝粥。可巴音一句怨言都没有。每当有人说依云娜的坏话，说依云娜太霸道、太厉害，巴音就会满脸阴沉地说，依云娜想干的事情就是自己想干的。他不觉得她霸道，因为她说的话都是有道理的。影子在黑暗里会消散，四肢在疲惫时骨头会发出声音，可巴音永远在依云娜的身后，无声无息。这次，巴音终于自主地做一件事情了，虽然给一个瘾君子读诗这事在我们所有人看来都挺傻的，可看着我这个女婿眼神中迸发出的耀眼光芒，我觉得他还是挺有想象力的。我猛然想起，巴根青春年少的时候，有一道发誓要穿越沙漠的影子。如今的他，就像那时的诗人灵魂附体。

"麦克每天晚上折腾得越来越厉害，他骂不出来，就整夜整夜地哆嗦，像是一条被扔进油锅里的活鱼。他瞪着眼睛不再睡觉，那双眼睛里面布满了血丝，眉毛和睫毛都被额头上的汗水打湿了。他所有的诅咒和绝望都通过眼神传递给了我们。有一次，图雅在梦中看到了麦克的这双眼睛，竟然吓得就此失眠了。她跑到我的卧室，把我从睡梦中推醒，对我大喊着再这样下去她也受不了了，还没等麦克戒了毒，她就会疯掉。我瞪着她，等她把一腔怒火都发泄完，我才问她，麦克是谁？看着又发病了的我，图雅哭笑不得地给我解释了半天，我才想起来我的地窖里竟然关押了一个瘾君子。我对她说，你先回去吧！外婆会想办法的。

"可我又能想到什么好办法呢？从图雅回来之后，我的记忆力就像十年前的毛乌素沙漠一样，只剩下了一半。等到麦克来了之后，我的记忆就和毛乌素里的沙地一样，所剩无几了。每夜躺在床上，我都要努力地把自己的生命经历重新记一遍，我不知道麦克的毒瘾发作时有多么痛苦，可我想在煎熬中的我并不比他轻松。我已经忘记了所有的事情，我辗转难眠，一遍又一遍地老去。捡了芝麻，又丢了西瓜。

"又过了几天，正如图雅所言，果然出事了。在巴音和阿木尔押着麦克去沙地里种树的路上，麦克说他肚子疼，昨晚上毒瘾犯了，打滚的时候可能伤到内脏了。他额头上布满了黄豆大小的汗珠，还不断地吐出带血的口水，这让巴音父子两个着了慌。他们不敢把麦克带到医疗站，阿木尔提议去找宏博。结果，就在宏博那栋大楼的地下停车场里，这个混蛋趁着巴音不在、阿木尔又走神了的空隙，跳车逃跑了。要不是宏博及时地封住了停车场所有的出口，可能我们所有人都得坐牢了。

"'要不是我，你们一家子就等着坐牢吧！'帮我把麦克押回来的宏博得意扬扬地跟我说。我觉得宏博比我上次见到他的时候，神色憔悴了不少。我问他：'宏博你没事吧？身体还好吧？'他满不在乎地摆摆手，说：'没事。'然后他一个劲地跟我吹嘘起他在豪华酒店包下的那个顶层豪华套间，和那条已经成年了的大鲨鱼。我静静地听他讲完这些，就像一个母亲耐心地听她犯了错的儿子苦心编造的谎言，又问了一遍：'你没事吧？'

"宏博尴尬地咳嗽了两声，说：'有点生意上的小麻烦，可很快就会解决掉。'紧接着，他转换了话题，让我忘掉了对他的忧虑（好几天的晚上之后我才想起来这忧虑，这不禁让我对他更加担心，可第二天早上起来我又忘掉了。一直到出事之后我才再次见到他，可那时为时已晚）。宏博对我说：'你为什么不用那个老法子帮那个外国料子鬼戒毒呢？'我问他：'是什么老办法？'他跟我说了这个办法。我对这个办法感到有些怀疑，我问他：'这样能行吗？这都是新中国成立前治鸦片鬼的办法。'宏博'呵呵'地笑了，说：'老姐妹，你放心吧！法子老但包治百毒。我活了四百多岁了，什么没有见识过呢？你就相信我吧！'

"我说：'我相信你，可我要用这个法子来对付谁呢？'宏博愣了，他问依云娜：'你妈这是怎么了？'依云娜向他赔礼道歉，说：'我妈那个病越来越严重了，她又把麦克给忘了。'弄明白原委的宏博掉下了几滴鳄鱼的眼泪，他说：'这还给别人戒毒呢！赶紧去北京、上海、广州和香港治病吧，我的傻妹妹。我给你掏钱！'

"送走宏博，我又返回了那片藏匿麦克的沙地。我问麦克：'你能不能不吸毒了？如果你能，我就放你走。'他说：'这是他的自由，他的人权，我没有权利干涉。'我说：'这是一片沙漠，这里只有生存，没有自由和人权那么花里胡哨的讲究。麦克一口痰啐在了我的脸上，他让我和我的毛乌素沙漠见鬼去吧！'

"又过了几天，麦克的情况还是没有好转，他白天一言不发拼命种树，在图雅的理论教育和巴音、阿木尔的实践培训双管齐下的作用下，很快变成了一个种树小能手。我一直说话算话，他种的树越多，得到的报酬就越多。吃饱了喝足了的麦克一到晚上，就两眼放光，保暖思毒瘾，开始骂我们家的祖宗十八代。就连我可怜的死鬼老公巴根，也让他用极其不堪龌龊的语言侮辱了个够。图雅向我哭诉完这些污言秽语之后，我看见自己衰老干瘪的手愤怒地打着哆嗦。我听到自己对他们说，上手段，看来必须得给这个小子上手段，才能制服得了他。图雅问我怎么上手段，我尴尬地沉默了，赶紧又给宏博打了个电话，才想起来了那个手段是什么。

"麦克听到我要给他上手段时，吓得脸都白了。我说你能不能戒毒，他还跟我嘴硬，让我去死，可音调明显不那么硬气了。我挥挥手，图雅捏着鼻子端了个白瓷碗走了过来。麦克见刑具是如此简单，表情轻松了不少。他说：'我是个吸毒的人，没有什么药是我不敢吃的。'我点点头，说：'行，我就怕我这味药太猛了，你这么说，我心里就踏实了。'图雅端着碗走到了他的面前，当他看到碗里的东西时，眼睛瞪得比那碗口还圆。要是他那双眼睛长着牙齿的话，我估计我早就被他咬成碎片了。我说：'你不要瞪我，等你好了之后你就知道，我全是为你好了。'巴音和阿木尔掰开了他的嘴巴，依云娜把那一碗鸡屎全顺着他的喉咙倒了进去，麦克的身体抽搐得像是被电打了一样，一眨眼的工夫鼻涕眼泪全从脸上流了出来。等确定鸡屎都进了他的肚子，巴音和阿木尔才放开了他，麦克'哇哇'大吐了起来，我高兴地说：'吐吧吐吧，把你肚子里心里那点脏东西全吐出来，你就再不想吸料子了。'麦克使劲地呕吐着，我觉得他把从出生到现在吃过的喝过的东西都吐了出来，到最后连绿水都吐不出来了，只是蜷曲着身子躺在他自己吐出来的那堆东西里干呕。等他吐完了，吐踏实了，一动也不动了，我让图雅又端上了一碗鸡屎。麦克大口大口地喘着粗气，就像快要死了一样气息微弱地念念有词，我问图雅他这是在念叨什么。图雅说是《圣经》，请求上帝保佑他的。这让我很满意，我说这就对了，一个人心里信些东西，做事情就不会做绝了。图雅说什么都不愿再灌麦克吃鸡屎了，她说这样不人道。我把她手里的碗抢了过来，就像哄小孩似的悄声细语地和麦克说，把这碗鸡屎也吃进去，千万别浪费了。这是我们采集的新鲜鸡屎，你有什么毛病都能给治好了。麦克吃完了这第二碗，痛哭流涕地用脸蹭着我的腿说：'老奶奶，我错了。我向你发誓，我这辈子再也不碰毒品了。烟酒都戒了，你让我干什么我都干什么，杀人我都去。'图雅把这句话翻译给了我，我吓了一跳，我心疼地摸着他的脸说：'你这孩子怎么说起胡话了，我就盼着你好才给你喂这么好的药哪！怎么会让你杀人啊？'他可怜巴巴地望着我，小声说：'我向你发毒誓，我再也不抽料子了。'我叹了口气，说：'多好的孩子啊，都知道吸毒叫抽料子了！奶奶也相信你的话，可奶奶不敢信啊！你就好好地吃吧，每天来上这么大三碗，奶奶就不信治不好你。'

"从那天起，不管麦克是大声咒骂还是小声求饶，我每天都喂他三碗鸡屎。人生里好多的事情我都忘掉了，把它们重新从黑暗的愚痴大海中捞回来也变得越来越困难，可这件事我从没有忘记过。这让我觉得我是在把自己的生命，传递给另一个需要继续生活的人。"

7

过了一段时间，麦克被我外婆这每天三碗鸡屎整治得彻底没脾气了。白天，他努力干活，认真工作，一个劲地和我们唠叨他的鬼话，我也听不懂。我问过图雅，麦克叽里咕噜说一大堆是什么意思。图雅微笑着说，他是想讨好我们。他的意思是，拼命拍马屁，好让我们少给他喂鸡屎。

可这事情不是我说了算的。太阳一落山，他就变得忧心忡忡，沉默寡言。虽然我不吸料子，可我还是知道他在想什么，麦克希望我外婆被车撞死，被沙子压死，被风刮死。反正这世界上有什么奇迹他就期盼出现什么奇迹，他祈祷耶稣，祈祷如来，祈祷真主，祈祷长生天，祈祷这世界上所有的神，让这世界上我唯一的外婆不要再用鸡屎折磨他了。可那没有用，如果我会讲英语，我就会告诉他，他心里头那个鬼算盘在打什么主意，我是全毛乌素最清楚的。可人在毛乌素，和一棵草、一只蝼蚁是一样的，留下的足迹风一吹就什么都没了。我外婆不一样，要是毛乌素有生命的话，我外婆就是毛乌素。

心里挂念三碗鸡屎的麦克再也没有心思想他的毒瘾，全身爬满咬人小蚂蚁的幻觉一天比一天少了，实在熬不住的时候，也不再抓心挠肝。他倒是把巴音买给他的那些个英文诗集背得滚瓜烂熟。每到那个时候，我就觉得好像有两个鬼魂附在了他的身体上。一个是要大闹天宫的孙猴子，另一个是给他念紧箍咒的唐僧。短短几个月，他的体重从不到八十斤到了一百斤，这让我觉得外国人的体质跟牛呀马呀这些牲口真是没什么区别。我不无惋惜地对他说："你说说，你壮实了也是个顶天立地、英俊潇洒的汉子，你不吸那两口多好啊，少遭多少罪！"他一边啃着种树得来的羊腿，一边连连点头称是。他说："这都得感谢图雅，她可真是降临在这个凡间的天使。"我说："你可真是白长了一双狗眼，连谁对你好谁对你坏都分不出来。"麦克就不再说话了，他的注意力全在自己嘴里撕咬的那条羊腿上面，他呜呜咽咽的，倒真像是一条在吃食的狗。

图雅是我们家最讨厌麦克的人，要不是跟着麦克种树，能在毛乌素瞎转悠的话，我看她根本不会帮我们。无论我们做了什么，她都说是在侵犯人权，是在剥夺自由，是犯罪。有一次把我给弄急了，我说："我们要是天天躺着，毛乌素会不会这么绿？"她斩钉截铁地说："不可能。"我说：

"同样的道理，我们要是不管麦克的话，他自己能戒毒吗？他都把自己想死这话划拉在自己身上了。"她说："这是两回事，不能混为一谈。"我懒得再跟她辩论，这里是毛乌素，要么按这里的规矩办，要么你连自己怎么死的都不知道。

不过从那之后，给麦克读诗啊洗衣服啊，他要是种树受了伤得了病，给他抹药水啊喂药啊，图雅倒是变得特别积极。莉莉你说说，得罪人的事都让我们干，好事全让她一个人干了。图雅怎么就这么聪明呢？

过小年的时候，我家炖了羊肉。我外婆问我今天麦克树种得怎么样。我说还可以。她挑了几块羊肉让我和图雅给麦克送了过去。麦克那个狼吞虎咽啊，就像个饿死的恶鬼投胎一样。我告诉他好好吃，今天是我们蒙古人过新年。听闻此言，他停止了吞咽，可怜兮兮地问我，今天能不能不给他灌鸡屎了。我看着让他啃得干干净净的羊骨头，那就像一地盛开的白玫瑰。我气不打一处来，狠狠地踹了他一脚，没想到给他踹出来了两个饱嗝。我恶狠狠地说："你倒是想得美！你全毛乌素打听打听，谁能为了种树吃得上肉。老子种了二十多年树都没遇上过这好事，你个料子鬼倒不知足了！晚上老子亲手喂你吃四碗鸡屎！"

听闻此言，麦克吓得不敢说话了。没想到图雅一声尖叫，吓得我的心差点儿从嗓子眼里跳出来。我大骂她是得了失心疯还是恶鬼上了身。她拍着自己的额头，高兴地笑了起来。她大喊着："我想明白了！我终于想明白了！"她紧紧地拥抱我，还拥抱了麦克。她说："阿木尔，我们的外婆可真是一个天才！"

然后，她扔下了傻瓜一样的我们，冲出了地窖。

我外婆见到图雅的时候，她蓬头垢面、满脸灰尘，脸上是压抑不住的傻笑，我外婆被她吓坏了。图雅连喝了两口凉白开，她喘着粗气说："外婆，我想到怎么能让毛乌素变得更漂亮，怎么能让年轻人不离开这里的办法了。"我外婆问她："是什么办法？"图雅说："让所有的人都吃得上肉。"

我外婆摇摇头说："听不明白。"图雅说："那些年轻人离开毛乌素，是因为他们觉得这里没有发展前途。说白了，就是没钱赚。要是他们就像麦克种树，能吃得上肉，能赚得上钱呢？"

依云娜听到图雅这句话，笑着就和乌鸦在黄昏里盘旋一样聒噪，她说："这个孩子在美国读书读傻了吧。你外婆和我都种了一辈子树了，也没靠这树赚过一分钱。它在沙子里有用，离开这里它就是一堆柴火。你一句话它就能从柴火变成宝贝？"图雅没有理依云娜，她知道，毛乌素沙漠和这个家一样，最后的板还得我外婆来拍。她看着傻掉了的我外婆，生怕我外婆一句话把她给拍灭了，我外婆愣了好久，眼珠子才转了两下。她对依云娜说："你掐掐我的肩膀，我不是在做梦吗？"图雅抢先跑了过去，狠狠地掐了她两下。我外婆疼得哇哇大叫，她看着自己的胳膊上出现了两道乌黑色的瘀青，倒吸了一口气说："这么好的主意，我们为什么就没有想到呢？"

依云娜惊讶得眼珠子都快掉了出来，她说："你疯了吗？这就是一个孩子的痴人说梦啊！"图雅打断了依云娜的话，坚定地说："不是痴人说梦。我一定有办法把树变成金子，你们一定要相信我。"依云娜本来想劝自己的女儿不要再妄想这些事情了，可我外婆不让她再说下去。我外婆对图雅说："我信你，你去找办法吧！"

"等我找到办法，毛乌素就好了，到处都是树，人们口袋里都是钱。到时候，咱们毛乌素的户口比美国绿卡还会值钱。"我外婆微笑地挥手示意她快去，我外婆说："好着哪！好着哪！到时候，咱们就不用学英语了，让外国人全学咱们说话。"看着图雅跑出了家门，依云娜气得在家里摔盆敲锅，那"咣咣咣"的噪声让我外婆头痛欲裂。她愤怒地冲到厨房去找她的女儿，她对依云娜说："你要干什么？是要打响第三次世界大战吗？"依云娜扔下了手中湿漉漉的毛巾，说："比第三次世界大战还恐怖！图雅疯了就疯了，你怎么能跟着她一起疯？"我外婆蒙了，她把刚才的事情又忘了，她说："图雅怎么疯了？"依云娜提醒了她一遍，她说："你跟我说说，这一棵棵树怎么变成金条？"我外婆不以为然地说："人就得有志向，才能干得成事情。你我要是没志向，毛乌素现在还不知道是个什么样子。"

依云娜哀叹一声，说："我算是看明白了，咱们家的女人青春年华就都葬送在毛乌素了。"

自打那天起，图雅再也没去过地窖。她要么在沙地里玩一天沙子和树种，把自己弄得和难产的母狼一样。要么就是待在自己房间里用英语打一天电话，或者上一整天网，变成一只红眼的兔子。每天也就吃饭的时候跟我们有点儿交流，她说她正在列一批既富有经济价值又适合毛乌素种植的植物名单，将来要把这些植物引进到这里。我外婆听得很入迷，依云娜装得不在乎，可我知道她希望图雅成功。我不关心这些，说实话，哪怕明天毛乌素一下子变成大海了，或者树一下子全死光了，我也不在乎。珍妮回美国已经四十三天了，我能把这个时间换算成小时，换算成秒，可那毫无意义。爱就是爱，爱是她身体上我有幸看到的一切细节，通过我的想象我都能看到她皮肤上的每一个毛孔。爱就是能让瞎子看见，能让我变成瞎子的东西。我一天二十四小时脑子里除了珍妮什么都没有，我像是掉进了一片海里，快要溺水身亡了，可能救我的，却是这片海。

上次麦克这个混蛋能够顺利逃脱，就是因为我好不容易到了城里，想去借个苹果手机，跟珍妮 Facetime 一次，他用脚踹烂了车窗跑了。把他抓回来以后，巴音其实已经不信任我了。关于麦克的一切，他都亲力亲为，我怀疑那段时间他有没有睡着过，我看他两个眼圈乌黑，累得都像是要吸毒了。我劝过他，回家里休息一下，可巴音告诉我帮麦克戒毒，是件人命关天的事情。容不得半点儿马虎。

"如果麦克戒毒了，我觉得这像把毛乌素变绿了一样伟大。"巴音的眼睛里全是憧憬，"我觉得这就是一首好诗。"

我没有接话，我的心思早就飞到了纽约，飞到了我想象中正在喝着咖啡和同事聊天的珍妮身上。巴音拍了拍我的肩头，说："你最近是不是谈恋爱了？"我慌乱地摇着头。巴音又问我："你是不是喜欢上了什么人？"我摇头的力度没刚才那么大了。巴音问我："那她喜不喜欢你？"我难过地低下了头。巴音叹了口气，说："你最好尽快搞清楚。人不要折磨自己。"

我也不想这样，可我不能和珍妮进行 Facetime，我像夏娃一样渴望那颗能改变命运的"苹果"，可这个奇迹就是迟迟不来。我的不安与躁动，就连麦克也发现了。有一次，他和我单独在一起的时候，突然开口用中文问我有什么心事。这把我吓了一跳，我的震惊程度不亚于听到一只猴子说了人话。我问他怎么会说中文。他说他走了二十几个国家，每到一个地方，第一件事就是学习人家的语言。我让他闭上嘴，别跟我套近乎。可麦克会说中文这件事情，我谁都没有告诉。我不知道这是为什么，在毛乌素，我总喜欢隐瞒些事情，那会让我在生活里得到许多快乐。

"我想用 Facetime 和一个人联系。可我没有苹果手机，你有办法吗？"

麦克摇了摇头，说他没有手机。就在我失望地打算站起来揍他两拳的时候，麦克捂着脑袋对我说："你姐姐图雅有苹果电脑吗？"我看着麦克，愣住了。然后我高兴地拍打着他的肩膀："麦克你这个鬼脑袋可真聪明！老子这么长时间骑着驴找驴，你一句话就把我点醒了！"麦克问我："为什么非得用 Facetime，要和什么人联系？"我狠狠地瞪了他一眼，说："你别蹬鼻子上脸瞎打听！老子看你是又想吃鸡屎了……"

过了几天，我趁图雅不在家，偷偷地溜进她的房间打开了她的苹果电脑。这时我才发现，我不会用这个系统。我问麦克，他会不会用苹果电脑和人Facetime，他得意地说苹果产品他都会用。我怒斥他不要自作聪明，麦克不说话了。我让他教给我怎么用，他指手画脚叽里呱啦地说了半天，可我还是听不明白。麦克又一次问我究竟是要跟谁Facetime，我实在憋不住了，把自己的心里话全讲给了他听。麦克听得不住地点头，他说："你这是单恋啊，那你一定很痛苦。"我点了点头。他说："我理解你。我还有一个办法肯定能帮到你。"我没有说话，等待着他说出下文。麦克看着我说："你把我带到你家，我帮你连通和她的Facetime，到了那时，你就知道你的珍妮究竟爱不爱你了。"

如果我按照麦克教给我的办法做，那我一定是疯了。可人爱一回不就是图个发疯吗？我已经彻底疯了。

麦克打开了电脑软件，输入了珍妮给我的号码，我看着屏幕上"连接中"这三个字，听着嘟嘟的忙音，紧张的舌头和喉咙在一瞬间就全失去了所有的水分。我就像是一团杂乱无章的电线，所有的肌肉和骨头全打成了结，让我无法从这种煎熬中逃脱。我朝思暮想的珍妮就坐在那里，一看到是我，她的笑容立刻像被火焰包围的蜡烛一样迅速融化、崩塌。如果死尸会说话，那么它的语气就和她问我有什么事情时一样语调里长满了苔藓与倒刺。我一开始听不懂她在说什么，是麦克小声地提醒了我。珍妮对这个只闻其声不见其人的翻译很好奇，我只能说他是我的一个朋友。珍妮小声嘟囔了一句，麦克用和她一样的音量告诉我，珍妮说的是"真他妈疯狂"。是啊是啊，珍妮，你把我从生的荒漠里带到了爱河里，为我沐浴一新，然后又把我扔回到了这肮脏的生死场。我的确是已经疯了呀！我结结巴巴地说："没什么事。你给我留了Facetime号码，我就想向你问个好。"珍妮说："我真没想到，你竟然真的联系到了我。"麦克把这句话翻译给我听，我激动地站了起来，说："为了你，我什么都能做到。"

麦克又把这句话翻译给了她，然后他把珍妮的回答翻译给了我听，那是一个反问句："你真的能为我做一切事吗？"我斩钉截铁地拍着胸脯回答她："我当然可以！"

"好的，你赶紧找个和你外婆、你妈，还有图雅一样疯狂的毛乌素姑娘结婚去吧！然后生一堆和你们一样疯的小孩，种树种到死，不要再联系我了！"珍妮微笑地看着我，确定麦克把她的这番话准确无误地翻译给了我之后，关掉了电脑。毛乌素人天天欺负我，嘲弄我，我从没有哭过。可此时此刻，我两眼中的泪水不由自己控制地从脸颊上滑落下来，一开始是为了自己爱情遭遇的不幸而哭，但哭着哭着，更多难过的回忆从我的脑海跳腾进了我的心房，我的泪水再也不由我控制，它像是一条河，要把我这三十年来所遭受的委屈全都倾泻出来一样，让我的身体颤抖，让我头痛欲裂。不知道过了多久，我的眼睛已经干了，再哭，就只能流血了，我才用尽全身力气从椅子上站了起来。这时，我发现我犯了一个可怕的错误：麦克不知道什么时候从这间屋子里消失了。

8

他们在寻找，开着车寻找，打着灯寻找。下雨了，就撑起伞寻找。疲惫了，就一边吃干粮一边寻找。当得知麦克走丢了，还偷走了一辆车的时候，阿茹娜愤怒地站了起来，指着阿木尔的鼻子说："你是这个家的祸星，我以后再也不会信任你了。"巴音带着阿木尔第一时间就在毛乌素展开了撒网一样的搜索，想在麦克和别人接触之前把他抓回来。可整整一个上午，他们连麦克的屁都没闻着。一家人惶惶不可终日，等待警察上门以非法拘禁罪逮捕他们。可等了两天，连警察的屁都没闻着。巴音倒是从几个绿化点打听到了一些信息，他们在这些天的不同时刻都看到了麦克偷走的那辆车在朝荒无人烟的大沙漠里开，现在麦克大概已经到了沙漠的最深处。我们不明白麦克跑到那里去干什么，那里又不是能报案抓人的派出所，也不是能远走高飞的飞机场。依云娜一拍自己脑门，说自己知道是怎么回事。依云娜告诉大家，她收拾去拘留所的衣服时，发现锁着麦克东西的柜子被他撬开，里面的东西全都被他带走，包括那一小袋的白色粉面。阿茹娜愤怒地问她为什么不把那玩意给扔了。依云娜委屈地说，她就怕会有今天，想留下来做个证据，能证明喂他吃鸡屎是为了他好。到时法庭说不定能轻判。阿茹娜愤怒地说，依云娜怎么就没有一次能听她的话呢。

巴音和阿木尔连饭都顾不上吃，就要进沙漠去寻找麦克。临别前，依云娜像只在啄食地上小米的母鸡般摇晃着她的脑袋，对巴音千叮咛万嘱咐，一定要把麦克给活着带回来。一直说到了阿木尔都发动了汽车，把巴音给说烦了。他说："你放心吧！我不会让这个家完蛋的。"车马上就要开了，巴音突然跟依云娜商量，能不能给阿木尔买个苹果手机。依云娜说："你干脆把我敲死得了，我可没这么多钱。再说他要手机干什么，他和树苗打电话？"巴音说："不知道，他就是想要，要不也不会魂不守舍地让麦克跑了。"依云娜叹了口气，说："烦死了，回来再说。"

阿木尔载着巴音向沙漠深处进发，在路上，巴音诧异于这毛乌素竟然还有这么多沙地没有变绿。他想起了当年和依云娜说要在这里写诗的情景，那是在他们最美好的青春年华里。那时的他怎么也想不到时间竟然战胜他们，从她的变化中他也感觉到了自己的衰老。他心想，他现在做的这一切，真的是诗吗？

在沙漠里，风很大，一切都是静止的，平滑的，没有痕迹。在沙漠里，没有不灭的火和不干的血。巴音都有些担心自己的车找不到回家的路，他把这个担心告诉了阿木尔。阿木尔只是茫然地看着前方，阳光打在沙面上，他们眼前的一切都闪闪发亮，这天与地是个黄金世界。

阿木尔被拒绝之后，还像是活着，明明能听见，看见，也能吃饭，睡觉。可就是如同死了一样，有一层透明的橡皮将他与这世界隔绝了开来。他饿了，感觉不到饿；他渴了，感觉不到渴。他变成了一台单调的永动机，他的能源就是不断地提出一个问题：为什么这个世界上有人能够像爱生命一样地去爱另一个人？为什么这个世界上有人能够像这个沙漠一样，摧毁另一个人纯真、深沉的爱？

从白天到黄昏，从黄昏到黑夜，然后从黑夜又到白天。人们周而复始地生活，死亡。就像巴音与阿木尔身处在这无边无尽的沙漠，寻找麦克的踪迹足有三天三夜，早已筋疲力尽。他们还是没有找到麦克，倒是经历了各种各样的海市蜃楼。一座座城市坍塌，一个个朝代毁灭，一段段爱情生离，一群群人类死别。岁月流转，如梦似幻，唯有我们的沙漠永存。这对绝望的父子甚至怀疑，麦克已经变成了一粒沙子，和这里千百亿粒长相与他一模一样的沙子混为了一体。

有一次，巴音在路上抽烟的时候，看着自己垂头丧气的儿子在沙漠里溜达，渐渐变成了一个小黑点，他突然心头猛地一惊，他看到了沙漠的本质：一个永远不会产生青春的地方。

在他们吃完了所有的干粮，只剩下了几瓶水之后，天阴了下来，空气变得腥臊无比，就像一只巨大的野兽在天空露着利齿注视着沙漠里这两个可口的小点心，风暴要来了。巴音决定回家。就在垂头丧气的返家途中，巴音的视线被一道迥异于沙地反光的光线轻轻刺了一下，他叫阿木尔停下了车。他们一人手中拎着一根擀面杖，走到了那光的深处，麦克就静静地躺在一堆污秽里，表情恬静淡然得像是一个熟睡的婴儿。阿木尔推醒了他，他心满意足地问阿木尔，你们是谁，这里是哪里。若不是巴音及时地一把推开了阿木尔，我可真担心阿木尔的擀面杖会敲碎麦克的脑壳。

巴音对麦克说："走吧！我们带你回家。"

回家的路上，麦克"哼哼唧唧"着他那些令人摸不着头脑的疯话。他说："沙漠是绿色的，到处都是绿色的小小骷髅头骨。太阳是三角形的，把天空划破了黑夜就会流出来。"阿木尔调侃巴音："这就是诗吧？你年轻的时候写的诗是不是就这个样子？"巴音认真地回答道："这不是诗。诗不分年轻年老，它是永恒的对美的渴望与想象。就像人在沙地里，永远都要种树一样。"

麦克突然怪叫一声，扑到了驾驶座前，一头撞晕了阿木尔。汽车失控了，栽进了这阴霾中格外湍急的无定河。

在河底，水像是钢铁，密不透风，又像是风，迅速地灌入他们的肉体。麦克昏死了过去，阿木尔的生命正在一点一滴地告别自己，流进水里。他用力地拉着麦克的手，他想，他千万不能松开。他一旦松手，这个人死定了。他使劲地踹着挡风玻璃，可那玻璃就像这水一般沉重，不知道踹了多少脚，他终于累了。就在他濒死之际，他感觉到门开了。一双手将他向头顶曚昽的阳光推去，那是巴音的手。巴音看着他，阿木尔觉得巴音的脸变成了蓝色，一片天空。紧接着，他感到氧气又重新回到了自己的肺里，能自由地呼吸，是一件多么愉快的事情。他趴在岸上，蒙蒙眬眬中听到巴音对他说："还有麦克，我去救他。"阿木尔想阻止他，可他身体在河里被泡得比一根方便面还软，还没等他叫出声来，巴音再次跳入了河水。

不知道过了多久，也许对我们这些在岸上的人来说很长，也许对他们那些在河底的人来说很短，阿木尔着急地呼喊了起来。水面平静。

终于泛起了一阵水花，阿木尔看到两个黑黑的小点从远方的河中升了起来。他跑了过去，他看到巴音把麦克也推到了岸上。一阵波浪过来，把巴音拍进了河里。

巴音再也没有冒出头来，至今人们都没有找到他的尸体。他留给这个世界的，只有那张像天空一样的脸，和他还没有写完的诗。他的声音，却已被世界遗忘。

他的鬼魂，告别了腐烂的肉体，离开了冰冷的河水，来到了这个能看到一切，可一切看不到他的世界，变成了我，遇到了你们，我都没有见过面的亲人，巴根和其其格。你们对我微笑，可我感觉不到温暖。

巴根对我说："你在想什么，我们都知道。我们在想什么，你也都知道。从此之后，我们不再孤单了。"

此时此刻，我们看着在河岸边跪倒痛哭流涕的阿木尔，和这滚滚向远方流逝的河，和这亿万颗沙粒组成的沙漠。此时此刻，我多么想告诉我的儿子，不要再哭了。在这个世界上，这一切并没有什么不同。

警察询问麦克，这一切究竟是怎么回事。我的死令麦克很愧疚，他没有想到这个世界竟然还有人愿意为了救自己去死。麦克没有说出事实的真相。他撒谎说自己是个流浪汉，偷了车去沙漠吸毒，毒瘾发作后导致车坠入河中，淹死了巴音。警察相信了麦克的说法。

本来除了麦克要被送到戒毒所强制戒毒，我们这个家庭一点儿事情都没有了。可阿木尔辜负了麦克的好意，在一次与麦克的擦肩而过中，阿木尔像疯了一样扑到了麦克身上，他要为我报仇。他就像一条发狂的狗，就连几个警察都制止不了他。一直到他把麦克的耳朵活生生地给咬下来了一块，人们才将他们两个分开。警察要求阿木尔把麦克的耳朵给吐出来，可谁都没想到，他竟活生生地将那块肉吞进了肚子。

这一口吞下去，导致他不仅没有机会来参加我的追悼会，还被法院以"情节特别恶劣"的故意伤人罪送进了监狱。一年之后，他才能够重见天日。从他进入监牢那天起，阿茹娜每周二都会去监狱探监，给他讲述他的家族故事。这些故事云山雾罩，令阿木尔不知所措。可阿茹娜却一脸认真地告诉他：“你一定要记住，因为明天，我可能就把一切忘光了。因为明天，也许永世不会来临。”

在我的追悼会上，面对着我的遗照，我那口空空的棺材，依云娜哭得几次死了过去。她扑在阿茹娜的怀抱中，两个悲痛的女人，竟比一片叶子还要轻。我听到，依云娜问自己的母亲：“为什么我们的丈夫都死在了沙漠里？为什么连个尸首都找不到？这是报应吗？为什么？”

看着这一切，真令我感到悲伤。

9

“我和依云娜说，女儿啊！你还记得宏博吗？他出事了啊！和我想的一样，依云娜只是愣愣地看着地板，说报应，一切都是报应……

“我看着她，心里面都是母亲的悲哀。我想对她说的话，没有法子说。我只能继续说着我自己的话。我告诉他，发城的房地产泡沫破了，宏博的公司垮台了。他的债主，足有近千人。别说他那个顶层大办公室了，就连厕所里都挤满了人。他走到哪里，都会遇到铁青着脸的人。当年有钱的时候，宏博按季度给他们结利息。这些人笑逐颜开，就像十八岁遇到了心上人一样。宏博在他们的心里，简直比心上人还要亲。可现在宏博没钱了，这些人就变成了饿狼，要不是宏博死了拿不到钱，他们恨不得拿把刀把宏博凌迟了，一把把薄片撒到天上去让大家抢着吃。这也怨不得他们，他们比牲口还要惨。牲口饿了，可以去杀其他的牲口，拖回来给自己吃，喂小牲口吃。可人饿了，不能去杀人，也不能去偷去抢。没钱，就只好饿着。孩子也饿着，老婆也饿着。有的家庭饿得受不了，男人自杀了，老婆当妓女了，孩子去偷去抢，一个家就这么散了。没散的家庭看着这一切心惊胆战，他们跑到宏博的办公室，一个个红口白牙哭天抹泪，宏博看着他们，再看看自己养着的那条大鲨鱼，想想当年的甜言蜜语，他不由得心中徒添了一分感慨：什么叫禽兽不如，这就叫禽兽不如。别说禽兽了，连条大鱼都不如。

"这一年来，我有一次在给你买药的时候，凑巧在宏博的那个大酒店门口遇见了老旗长。他谈起宏博，也是一肚子愤愤不平。他说几十年交情，真没看出来他是这么个骗子。我不由得愕然，原来老旗长把自己的棺材本都掏出来给了宏博。每次结利息的时候，他也不取。就这么利滚利，在账面上滚成了个大富翁。可是身上全部的口袋加起来，也搜不出个一两块钱。我劝他：'都是老朋友了，你总不能逼着他跳楼吧？'未料到老旗长眼睛一瞪，说：'他怎么不能跳楼？他要是跳了楼能把我的钱还上，我现在就冲上去把他从楼顶扔下来！老子都让他逼得差点儿跳了楼，他怎么就不能跳楼？'

"这话吓了我一大跳。老旗长又说，他不但把自己的棺材本借给了宏博，还跟自己的亲戚朋友集资，把他们的棺材本也掏了出来，他把这些棺材本也借给了宏博。要不回来钱，所有人都跑到他们家指着他鼻子骂。老旗长说：'我也八十多岁了，我好歹也是个王爷啊！我实在受不了这个侮辱，就去找宏博。可他就是说没钱，我们两个越说越急。我说，你不能逼着我跳楼吧？宏博说，要想跳就去跳吧！他也拦不住我啊！我指着宏博，五内俱焚，一句话都说不出来……'

"走在大街上，老旗长越想越气，思想就钻到牛角尖了。朋友反目，亲人背叛，竟没有一个人帮得上自己。老旗长对我说：'我就想我还不如死了算了。我就跑到了宏博地产里楼层最高的那个楼盘。想站在楼顶上腿一蹬跳下来，让他死也愧疚。那是一栋烂尾楼，没有电梯。我只好一步一步地往上爬，楼梯是那么陡峭，那么漫长，像是人的花花肠子。光线是那么暗淡，那么渺茫，像是人的鬼心眼。我爬了一层又一层，全身都被汗水打湿了，每蹬一级台阶，我都累得龇牙咧嘴，觉得自己不用跳楼，这条老命就要交代了。我不知道我爬了多长时间，自以为快爬到头了，顺着窗户我探头一看，一口凉气差点儿没憋死我，连三分之一都不到。楼顶在我眼里，就像太阳和月亮那么高。我绝望了，太累了，实在是爬不动了。我想我就从这层楼跳下去吧！可越想越憋气，走到半截就跳楼，这将来都会让人笑话，死都没好好死。我就卡在这栋烂尾楼的中间，磨蹭了半天，后来我想，也许是长生天不让我死呢。我心里一下子就豁然开朗，我走下了楼。从此以后，别人怎么对我，我就怎么对宏博，宏博对付谁，或者要跳楼，那就看他的了。'

"依云娜还是一点儿反应都没有，她完全把自己封闭在了对自我的诅咒里面，这个世界每一天都比前一天天翻地覆慨而慷，可她还是活在巴音死去的那一天。这一年多一直都是这样。

"但我不在意，我继续向她讲述着宏博的故事。我说，有一天，宏博的办公室里挤满了人，把宏博都逼到了角落里面去。他们和宏博肉贴着肉，脸贴着脸，手拉手心连心。哀求者有之，怒骂者有之，威胁者有之，吹捧者有之，这一切似乎是个动物园，人都不是人，是饿极了的狮子，是见了血的老虎，是怀春了的土狼。人聚集得越来越多，好像那样就把他欠自己的钱装回到了口袋里。人群越来越愤怒，把他逼得越来越紧。他紧紧地贴在了墙上，人们还在不断地朝他压来，愤怒的人群，恨不得把宏博生吞活剥。然后，他听到了后面墙壁的玻璃发出了轻微的碎裂声，'呲啦，噼啪'。他暗想不好，他大叫：'你们快跑啊！'可话音未落，后面那堵玻璃墙碎了，宏博从五大洋以及南极洲收集的海水顺时倾泻了出来，宏博那条从日本人手里买来的大鲨鱼向人们砸来。房间变成了一个冲水马桶,海水冲塌了墙壁，人们像屎一样被大水冲得在楼道里七零八落、晕头转向。哭号声一时响成了一片，不知道过了多久，不知道是谁在一片狼藉里大喊了一句，可不能让宏博死了啊！人们这才想起来自己死了不要紧，宏博死了全家可就都饿死了。他们手忙脚乱地冲回了那个房间，只见宏博的左边小腿没有了，只剩下了白花花的骨头渣子和一个流淌着红色鲜血的黑洞。宏博杀猪一般地号叫着，满地打滚，就像那条在干燥的空气里疯狂拍打着自己尾巴的大鱼。它巨大的牙齿里，宏博的那条小腿就像一根粘着血丝的牙签，无力地挂在牙缝中，'滴滴答答'地淌着血。宏博大叫，快把我的小腿夺回来。可谁又敢鲨口夺腿呢？人们只能眼睁睁地看着这条鲨鱼，它又挣扎了几下，跳出了窗外。在摔成一堆肉泥之前，它把宏博的腿嚼成了一堆肉泥。

"我对依云娜讲，事后，我去看宏博。他脸色苍白地对我说，他早就预料到了命运里会有这个劫难。我知道他是在自圆其说。可没有人再相信他了，一个连自己小腿怎么没了都算不到的萨满，又怎么能值得人相信呢？我问他，将来打算怎么办。宏博诡异地看看四周，让我把耳朵凑到了他的嘴边。他说，他还有钱，他会搬到一个没有人知道的地方。他要再收集海水，再买一条鲨鱼。

"我吃惊地望着他，他把那个地方告诉了我。我问他为什么要告诉我。他咧着嘴对我笑了，我在他的眼睛里看到了神秘叵测的海洋，也从他雪白的牙齿里闻到了鲨鱼的戾气。他对我说，是因为他没欠我的钱。

"'报应啊，报应！'依云娜打了一个长长的哈欠，自从她疯了之后，无论我说什么，她只说两个字'报应'。人们都说，我这个治沙治了一辈子的女儿终于让沙子给治了，治疯了，治傻了。

"我的身体越来越弱了，我便血，失眠。我这辈子从毛乌素赶跑的沙子，现在好像全压在了我的脊柱上。我直不起腰来，抬不动腿。最可怕的还不是我的身体，而是我的健忘。我给阿木尔讲故事的速度越来越快了，因为我怕我哪一天就什么都忘了。有的时候，我对阿木尔说，我对我的健忘症是多么恐惧。可阿木尔对我说，有些事情，他想忘可怎么都忘不掉。他觉得，遗忘是一件幸福的事情。

"对他的话，我无言以对。有时候，我会跟依云娜抱怨，依云娜啊依云娜，我快要死了。你再疯再傻，你也要好起来啊！你是个妈……

"'报应啊，报应。'依云娜看着地面，口里喃喃自语。

"有一天，家里来了个不速之客，他是从戒毒所成功戒毒了的麦克。他理了个小寸头，身材又高又壮，那头顶上的金色毛茬子就像是一只刚出生的小狗绒毛。我说：'你快走吧！你可把我们家给害惨了，我可不敢再招惹你了。'麦克却对我说：'阿茹娜老奶奶，我不走。我在戒毒所的日子里一开始特别地难过，我特别地恨你。我无数次发誓，我一定要杀了你。'我没说话，麦克吞了口唾沫接着说：'可等生理依赖期过去以后，我再回忆起你和你的家人，我才发现你们简直就是上帝派来拯救我的天使。对你们的思念，让我很顺利地度过了心理依赖期。在戒毒所里的大多数日子，我就只想着一件事，我一定要回毛乌素，报恩，赎罪。'

"还没等我拒绝，图雅就跳了起来，跑到他面前，对他说：'请你离开，我们不需要你的帮助。'麦克说：'不，我不走。我知道你们需要我。'图雅说：'别自作多情了，请你立刻离开。否则，我就报警了。'麦克耸了耸肩膀，看起来他很遗憾。他离开家的时候一直在嘟囔：'你们需要我。每个只剩下女人的家庭都需要男人，在哪个国家都一样。'图雅一言不发，等他刚一迈出家门，就狠狠地砸上了门。那声响巨大，差点儿把我的记忆吓得统统跑光。

"自打依云娜疯了之后，最苦的还不是我，而是图雅。她又要照顾我这个老人，还要照顾依云娜这个病人。没用多长时间，这个美国大学生就变得蓬头垢面、灰头土脸了。有时候，她给我们端屎倒尿看得我实在是于心不忍。我也劝过她：'图雅，你就不要再管我们了。你懂得那么多的知识，一定能在北京啊上海啊找一份很好的工作。你去好好过日子吧！'可她说：'不行啊，外婆！这里是你们的理想，也是我的理想。'

"自从家里的青壮男人都不在了，日子就像冬风一样难熬了起来。我们两代人，就没赚过什么钱。这个家，其实很快就要断炊了。我着急上火，嘴上起了一层大燎泡。我的两个嘴角都干裂了，一说话，就像刀子割了一样疼。可是每花一分钱，我心里比刀子割了还疼。有一次吃午饭，我一边小心翼翼地给依云娜喂着粥，一边旁敲侧击：'这样稀的粥，怕是我们也喝不了几顿了。'图雅是个聪明人，我刚说完她就接话了，她说：'你放心吧，外婆！我很快就会让这里变成一座金矿的！'

"图雅对赚钱养家一点儿兴趣都没有。她还是没有放弃靠植树造林让这里每个人都过上好日子的梦想。她整天盯着自己从野外收集的数据和图画，眼珠子一转不转，眼皮一眨不眨，就好像她看的那堆纸片是聚宝盆，只要傻傻地盯着，就能把金银财宝给盯出来。

"麦克并没有被图雅的棒击给打回自己的国家去，我们惊讶地发现，麦克也加入到了种树的队伍里。在辽阔的沙漠里，他挥汗如雨，原本很高大的身型一下子矮了下来。笨手笨脚的他就像是一只蚊虫，拍打着翅膀要飞过苦海。图雅可以阻止麦克到家里去，可毛乌素是自由的，沙地是自由的，麦克自己买的那些树苗也是自由的，谁也没有权利去阻止他。没有人教麦克怎么种树，他就像当年的我，种一棵死一棵。有一次我们途经他种树的地方时，图雅不由得小声感叹，这哪里是种树，简直就是往死里害树。麦克向别人请教怎么能把树种活了，可人们嫌他是个灾星，要么放狼狗咬他，要么就是用恶作剧整他，把好端端的树苗都弄死了。他把阿木尔送进了监狱，可自己却接替了阿木尔在毛乌素的位置，变成了一个谁都不喜欢的人。他像个孤魂野鬼，每天凌晨前在世人的面前突然出现，干活一直干到深夜。

"图雅终于完成了自己的融资企划书，她对我和依云娜说，等她贷款成功之后，她要在毛乌素成立公司。到时候，毛乌素的治沙事业就进入了企业化管理的盈利模式。每个人都有小楼住，有汽车开。看着她胸有成竹的样子，我真的还想再活五百年。

"图雅第一个找的人，是我们唯一认识的有钱人——宏博。可任凭她滔滔不绝，讲得天花乱坠口沫横飞，这个老混蛋只是微眯眼睛观赏着自己新装修的房间和新买来的鲨鱼。图雅看着他那空荡荡的半截裤管，觉得自己的心也在随风轻轻飘摇。宏博告诉图雅，他没钱，就是有钱，也不会再去种树。他说经过那次大劫难之后，他已经看透了世事人心，沙漠是长生天给人类的天谴。你知道怎么样能让沙漠从地球上彻底消失吗？很简单，只要人类这种生物从世界上灭绝就可以了。

"图雅垂头丧气地离开之后，宏博从他的意大利真皮沙发上跳了起来，穿上了他的阿玛尼西服坐着他的捷豹轿车，像是一个豪华的屁般飞到了我家找到了我。他问我：'你们家的疯和傻是不是遗传呢？怎么一代比一代更敢想。'我问他何出此言，他告诉我：'图雅说等将来毛乌素全变绿了之后，她一定要留下来一块大沙地，然后在中间建一个标准的高尔夫球场，以此让来这里投资的富豪们知道毛乌素是怎么来的。'

"'这孩子太敢想了，你们饭都快吃不上了，还高尔夫球场，还传奇呢。你赶紧给图雅找个合适的嫁了吧，我看就是没对象把孩子给急疯了。'我没好气地说：'你才疯了呢！'宏博目瞪口呆地望着我。我说：'只要是能让毛乌素变绿了，在沙漠里建火葬场都没问题。'宏博被我给气跑了，他下巴上的山羊胡子一抖一抖，他摇头晃脑地给我留下了一连串的哀叹：'疯了，疯了，这个家是彻底疯了……'

"有一天，她正在完善自己的引资计划，我告诉图雅，我们家已经彻

底没钱了，破产了。图雅才从她的宏伟蓝图里惊醒，她怔怔地望着我，说：'怎么会这样？'

"第二天，图雅去了一趟城里，她把她的苹果电脑和苹果手机全贱价卖了。

"就在山穷水尽的时候，银行给图雅打来了电话，说要见面谈谈。我为图雅精心准备穿扮了一个上午，可试来试去，就是那几件图雅上大学时候穿的衣服，一看就是稚气未脱的孩子穿的。图雅对我说：'行了就这样吧！包子有肉不在褶上。'我看着图雅，女人真是不能穿以前的衣服。短短两年，图雅就被毛乌素的生活折磨得沧桑了。

"在毛乌素，时间不是无形的，温柔的。它像风一样烈，像沙石一样粗粝。这里的太阳很早就下山了，这里的青春很早就消逝了。

"银行的人说，他们对图雅交上来的计划书很满意。足见图雅小姐对毛乌素这片土地的热忱和学识的专业性，他们是这么说的。可他们的眼珠狐疑地在图雅和我的身上转来转去，我知道，他们对我们是嫌弃的。图雅太小，我又太老了。这些银行的人只要有一分怀疑，你之前的努力就全部白费了。果然，到了该谈实质性的问题时，这些人支支吾吾了起来，从我的身体状况扯到了美国的局势。我估摸着要不是看在我的面子上，他们早就把图雅给赶出去了。图雅还傻乎乎的几次想把谈话再引到正题上来，我怕和他们谈崩了，数次打断了她。她终于发现了不对劲的地方，她不满意地瞪了我一眼，直接问那个接待我们的副行长：'贷款什么时候能够到位？'副行长尴尬地笑了起来，我们陪着他一起笑，只有图雅不笑，她一脸认真地望着副行长，额头上都有了一层薄薄的汗气。副行长见图雅这样子，只好收起了自己的笑容。他说：'图雅小姐就是年轻，太着急了。'我心里'咯噔'一声，急忙抢在副行长之前说：'我们其实不着急。你们还有什么要考核要商量的，尽可以跟我们说，我们等。'副行长看着我，笑眯眯地说：'我们是很想支持你们。可是，我们希望是依云娜来跟我们谈公司贷款的事情。毕竟，依云娜是对毛乌素最了解的人。图雅对毛乌素还不太熟，您又退居二线了！'

"我看见图雅的表情立刻暗淡了下来。我知道为什么，她觉得银行的人是在刁难我们,让我们完成根本不可能完成的任务。可我对银行的人说：'没有问题。依云娜最近身体不太好，但她很快就会康复。'他们跟我定下了时间：两个月后组织一个研讨会，依云娜主持发言。他们会根据依云娜的表现来决定是否给我贷款。

"一路上，图雅都不理我。她大概是觉得我的应承会把我们的理想搅黄了。回到了家，我看着依云娜的样子，心里才发起愁来。答应那些人的时候，我心里想的是依云娜最近的情况好起来了。可是我的母爱在我脑海里美化了她的形象。所谓好起来，其实就是依云娜最近不在总一个劲地念叨'报应'了，也不把屎拉在自己的裤子里。图雅一边给傻笑的依云娜梳着头，一边流下了眼泪。她冲我像个孩子一样嚷嚷：'你说这可怎么办？'

"'会有办法的'，我不知道该再说些什么，只能这样劝她。会有办法的，会有办法的。我觉得我也要疯了。

"晚上，图雅睡着了。我偷偷地叫醒了依云娜，我看着她，她看着我。我躺在了她的身边，我对她说：'你可一定要好起来啊。为了我们，为了毛乌素。'她没有说话，只是还那么直愣愣地看着我，一双眼睛明亮得像两颗星星。她钻到了我的怀抱里，甜蜜地睡着了。我这好强一生又苦命一生的女儿，此时此刻变成了一个孩子。

"依云娜就这么呆呆傻傻的，一天又一天地混着日子。疯人的时间变成了永恒，这对我们这些正常人来说无异于宣布了大限已到。我们使尽了一切办法，服药，针灸，可一点儿办法都没有。我们甚至请了宏博招魂，可他'叽里呱啦'叫了半天，把依云娜吓得尿了裤子，还是无济于事。宏博满头大汗地说：'老了，我们都老了啊，阿茹娜。这个世界太疯狂了，神力不在了。'宏博这样给我解释。

"我们只好带着依云娜在沙漠里瞎转悠，这是图雅在网络上查的，在熟悉的地方回忆，可以帮病人恢复健康。可依云娜在风里变得躁动不安，像是发现了什么猛兽在暗地里等待着伏击她。她的一双大眼珠疯狂地转动着，看不出来有什么好效果。我这个痴呆症患者都想起了好多事情，可她还是像一只母猩猩般躁动不安。在一片沙地上，她突然站住了。我和图雅都很激动，以为她往日的灵魂附体，一切可以重新再来。依云娜咽了口唾沫，说'报应啊！报应……'

"图雅蹲在沙地里'呜呜'地哭了起来。依云娜被她吓坏了，'哇哇'乱叫得更大声了。一阵风卷起了沙子，我心里有了种不祥的感觉。莫非长生天是在告诉我，死期将近了吗？

"就在此时，我看到从沙子里钻出来一个黑黑的影子。当时天已经黑了，我们三个女人哭的不敢再哭，疯的不敢再疯，傻的不敢再傻。只是愣愣地看着那个影子由远及近，走到了我们的面前。月光洒在他的脸上，我们齐刷刷地松了口气，有种死里逃生的感觉。他既不是影子，也不是鬼魂，他是麦克。图雅厉声问他：'你在这里干什么？是不是在跟踪我们！'麦克吓坏了，连连摇手。他示意我们朝沙丘下面看去，只见一盏摇曳着的蓄电池台灯点亮了一座红色的帐篷。原来，毛乌素没人愿意收留麦克，他没有法子，就住在了帐篷里。渴了就喝矿泉水，饿了就吃方便面，除了种树，他说他现在什么都不想。我们看到，他桌子上放着各种各样林业学的书籍。'你现在能种活树了吗？'图雅问他。图雅这样慈眉善目地与克交谈，这着实把麦克吓坏了，他站了起来，然后说：'你们跟我来。'我们跟着他，走了没多远，竟看到一片小树苗，在风里它们摇摆的声音就像是一个幼儿园的孩子们在欢笑。我不由得感叹，这片树苗要是都成活了，那也是座了不起的林子啊！图雅问他：'这都是你种的？'麦克特别严肃地点了点头，说：'这片森林，是我为你们种的！'

"麦克傻里傻气的样子，像是死去的巴根与巴音。他们在最灿烂的青春里，也说过一模一样的话啊！依云娜像是一条小狗般凑到了麦克的身旁，眼神明亮地嗅来嗅去，我拉住了想上前去阻止依云娜的图雅。我们看见依云娜突然站直了身子，她的神态，她的动作恢复了正常。然后，她一句话又把我们打入了刺骨的冰窟。她对麦克说：'好久不见了，你怎么会在这里？'

"依云娜除了对待麦克像对待一个鬼魂般嘘寒问暖，其他的一切都似乎恢复了正常。她对我说：'这段时间真是辛苦了。'她对图雅说：'真没想到银行会赞成你的策划书。'我和图雅不知所措，支支吾吾地应付着她。图雅偷偷地凑到了麦克身边，对他说：'无论我母亲说什么，你就微笑点头好了。'我和图雅偷偷地开了一个小会。我对图雅说：'我们应该让麦克陪着依云娜，只有麦克才能让依云娜正常地和这个世界交流。'

"图雅说，她认为这样是一种残忍的欺骗。她惊惶不安，仿佛是自己那隐形的雪白翅膀被枪弹打出了冰冷的鲜红血液。我叹了口气，站了起来，我们谁都做不了决定，只能听着风从林海吹过，将图雅与麦克的窃窃私语吹到我们的心里。过了好久，我问了图雅一个问题：对于一棵树来讲，最重要的是什么？

"图雅说是水，我说不是。她又说那就是阳光，我说也不是。图雅有些沮丧，她问我那是什么。我说，是活下去的勇气。

"图雅说，一棵树怎么会有勇气？我说，当这棵树在一个气候宜人的地方时，它不需要勇气。但它要是在毛乌素，它就需要勇气。这里只有沙子、太阳、风。这里的每一棵树，为了活下来，都尽量地改变着自己遗传了亿万年的生存规律。成功了的，成为大树。失败了的，成为养分。可只有这样，毛乌素生命永存。

"此时此刻，人类静默着。倾听这座森林，这些不响的树，经历着它们的厮杀。

"从此之后，麦克住到了我家。那辆男人们离开这个家后就再也没响动过的破皮卡，又被他开了起来。这个当年的外国瘾君子，现在变成了一个搞货运，为三个女人赚吃喝钱的卡车司机，这要不是在毛乌素，我自己都觉得奇怪。

"无论依云娜跟麦克说什么样的疯话，麦克都欣然接受。他对我说过，只要是能赎罪，他愿意为我们做任何事情。他果然说到做到了，依云娜对现时越清醒，对往事就越疯狂。她不再仅仅把麦克当作死去的巴音，有时还把麦克当作巴根，当作其其格。她哭了笑，笑了哭，滚着闹，闹着滚。麦克的手上、胳膊上都是被她咬出来的伤疤。可麦克无怨无悔。为了早日度过这炼狱一样的生活，我和图雅尽力地不让依云娜的脑子安静下来。我带着依云娜走遍了所有的沙地和绿地。图雅让依云娜一遍遍地背诵那本策划书，提出来各种各样我认为银行都想不出来的刁难问题。可我这个傻女儿鬼上身的同时，又好像开了天眼一样。她在我们眼前，又似乎不在我们身边。她什么都知道，什么都记得，就像是在毛乌素已经活了一万年，还要再活一万年一样。这让我这个痴呆老太太不得不感叹，费劲地和阿木尔讲了这么长时间的故事，还不如依云娜疯一回有效果。

"提起阿木尔，我就伤心。自打这孩子进了监狱，我去看他的时候真是意志一回比一回消沉。到了后来，他不再跟我说话。只是听着我说，脸色铁青地盯着地面。终于有一次我着急了，我问他：'你倒是跟我说句话啊！'他说：'你为什么不让我离开毛乌素？'我这才明白这个孩子心里一直在埋怨我。这句话别提让我有多伤心了。我对他说：'你离开毛乌素，会死得很难看。所有的人会抛弃你，就像你亲生父亲当年一样。'他说我疯了。我不知道再跟他说什么，我想说，这都是命，是天注定了的事情。可我又不能这样说，我只能装作没听见一样，一点点地给他讲这个家的故事。

"依云娜的病情一点点地好了起来，可我一天比一天衰弱了。图雅和麦克也没有看出来，我发现，麦克似乎是对图雅有意思了。他有事没事总往图雅身边凑，看着她的眼神也总是含情脉脉。我问麦克：'你心里是不是有图雅了？'麦克点点头，正大光明地说：'阿茹娜老奶奶，我早就爱上图雅了。你们把我关在地窖里的时候，毒瘾让我整天迷迷糊糊，每时每刻都想去死。我祈求上帝给我解脱，这个时候我在黑暗里听到了有一个特别好听的女孩声音在给我念诗，虽然我听不懂诗的意思，可这个女孩的声音让这些诗句发出了光芒，温暖了我的心。在痛苦里，我时时刻刻地渴望着那女孩的脚步声响起，给我念诗。后来我才知道，那是图雅的声音。可我被送进了戒毒所，再也听不到她念的诗。我想，我深深地伤害了一个这么美的声音。我一定要好好戒毒，然后回到你们这里，赎我的罪。在我心里，我一遍又一遍地默诵着那些诗句，把我的声音想象成她的声音。有一天，我知道我这辈子再也不会碰那些鬼玩意了。那一刻，我真的相信有上帝，我愿皈依上帝，爱上帝，对我来说，上帝通过图雅的声音，向我证明了奇迹的存在。'

"看着依云娜对他的依恋，像是依恋她的丈夫，她的父亲，她的姐妹。我突然想起了我第一次见他，我问他为什么要穿一件大树图案的衣服。他说，这棵树在没光的时候会发出荧光，这样他走到最黑的地方都不会摔倒。长生天也好，上帝也好，大概都是一棵会发光的树吧。就像被阿木尔杀死的那棵大神树，根茎相连，努力生存。世间的一切，在我临死之前竟变得清晰起来，千丝万缕不过缘起缘灭，一枯一荣仅是生生长流。

"外国人干事情，真是像动物一样，完全不过脑子。我挑破了麦克那层小心思上的窗户纸，他干脆在毛乌素里摘了两天的鲜花，都铺在了我家房子的前前后后。那天有风，我们是被香味熏醒的，图雅脸都没洗，一走出屋子就被麦克握住了她的手。麦克激动得把他对我说过的话一股脑全说给了图雅。我看图雅的脸色由红变白，由白变青，由青变黑，她大喊一声：'你不要说了！'图雅冲进了屋子，拎出来一桶汽油，浇在了这争相斗艳的鲜花上，一根火柴扔下去，花圃变成了火海。隔着熊熊的流火与滚滚的浓烟，图雅对麦克喊道：'就算是世界末日了，全世界只剩下了一个男人，我宁愿自杀，也不会选你！'

"麦克无辜地摊开了手，好像要隔空拥抱图雅那颤抖的身体，抚慰她愤怒的心灵一样。他说：'这个世界是不会毁灭的。为了你我决不会让它毁灭。我会在毛乌素种满大树和鲜花，到那一天你一定会爱上我。'虽然麦克没看到，但是我看到图雅的嘴角咧了一下，我虽然老得快死了，但老得快死了也是女人，我知道图雅的心动了。

"风超出了我们的想象，裹挟着大火向我们的屋子刮去，这可把我们吓坏了，依云娜还在里面。此时我们看到一个黑乎乎的影子从浓烟中跳了出来，依云娜脸上全是烟熏火燎的痕迹，乌黑乌黑地让我想起了我那个被自己人民绞死的朋友——倒霉酋长。依云娜看着我们破口大骂，说：'你们这帮人是傻了吗？怎么烧房子呢？看着我干什么，还不赶紧救火！'在被这场火烧痊愈了的依云娜的指挥下，我们大家团结合作，扑灭了那一场火。最后一粒火星熄灭，麦克趴在地上，累得站都站不起来。我想家里真是不能没有男人，然后我觉得我这个家破碎过多少次啊，现在好像又活过来了。图雅问我：'外婆，你这是在哭，还是在笑啊？'是啊，我也不知道我是在哭还是在笑，我只能说，我不知道，我不知道啊……"

10

外婆，母亲，姐姐：

当你们看到这封信的时候，一定是来接我出狱的吧？把我接回毛乌素？

你们想得可真美。我不是毛乌素，也不是你们的铲子、钢钎和草方格。

我是个人，不是一棵树。

外婆，你对我说，母亲的病好了，你很开心。姐姐的公司办得很成功，你很开心。毛乌素一天一个样，红火热闹得不得了，你很开心。每个人都能靠种树过上富裕的生活了，你很开心。

你为什么这么开心呢？

因为你的理想实现了？你们这帮疯女人的理想终于实现了？

可我还在监狱里面坐牢啊！你把我忘掉了吗？如果你真把我忘掉了的话，为什么你每个周三还要来找我，折磨我，给我讲那些我一点都不关心的事情？

我情愿你把我忘掉。我情愿你死，我死，这个世界上活着的东西都死了。

我始终关心的那个问题，你始终没有回答，你为什么不让我离开毛乌素？

我走了，不要再试图找我。我要去这个世界上更多的地方，去寻找我的亲生父亲。找不到的话，我可以痛快地流浪。

毛乌素活了，许多人死了。

　　当你们庆祝你们理想的实现时、奋斗的胜利时，不要忘了那些牺牲了的人。

　　我不想死在这里。我要活，天崩地裂也好，海枯石烂也好，春夏秋冬也好，坑蒙拐骗也好，我不想死在这里。

阿木尔

　　阿茹娜啊，当狱警将这封信交到你手里时，你一定没想到会是这个结果吧！你看完信之后，心一下子从温暖的春天掉到了寒冷的冬天。你觉得，你准备的鲜花和新衣服，家里摆着的火盆和家宴，都变成了一个笑话。依云娜和图雅不知道该怎么劝说你，她们自己的心里也很难过。你和她们惘然地看着监狱门前的那条道路，那条路通向更漫长的公路。公路的一头是毛乌素，另一头是个更辽阔的世界。虽然是秋的尾声，可到处都是绿色，浓浓的，重重的，厚厚的，就像这封信里的哀怨与苦闷，就像你心中的迷茫与忧愁。宏博从图雅手中接过信，看完以后大骂着阿木尔，纯粹是脑子进了水。他把信撕成了碎片。那白色的纸屑像白色的蝴蝶一样在风中翩翩起舞，有的飞向了毛乌素，有的像公路的那一边飞去，还有的没飞多远，就掉在了地上，再也飞不起来，随风翻滚着，落进了沙土里。

　　那一刻，我看到你心中好像豁然了，却又好像迷茫了。那些碎纸屑，有的像是生者，有的像是死者，可此时此刻天空下起了大雪，覆盖了这翻飞的纸屑，就像生者和死者共有的青春，统统落在了地上。你在克制自己的悲哀，你快速地，又缓慢地，问了自己无数遍同一个问题：为什么理想实现了，你却如此孤独？然后你听到自己心中某个部位断裂的声音，轻轻的"啪"的一声，结成了冰。

最终章　凯歌

　　我不知道走了多久，还是没有走到路的尽头。我要赶紧离开这片森林，巴音惨死于此的情景我以为我忘了，可在我奔跑的公路上它是一幕海市蜃楼，天上地下地包围着我。当我实在跑不动了的时候我一下子摔倒在了公路上，这时我才发现我已是泪流满面。

　　我听到有人在呼喊我的名字，是莉莉。我看到麦克开着车从我身后驶来，我听到莉莉在冲我兴奋地大叫：阿木尔！我们终于找到沙漠了！

　　当我和他们赶到那片沙漠时，我不禁哑然失笑，当年被我的妒火烧死的神树，此时此刻还屹立在天地之间，屹立在我的眼前。它不是它，它仅是它残破的身躯。可这身躯似乎像昨天我的灵魂一样挺拔，让此时的我在那时的我眼里像是一个残酷的玩笑。

　　这里荒无人烟，不知多久都没人来过了。沙地干净得像一处静止的水面，正好在人们会惊叹"好美啊"的时候，它的身体会巧妙地戛然而止，不再向更远的地方延展，而是与草地和溪流融为一体。站在神树下，我们能望到毛乌素的全景，不但有草地和森林，还有高尔夫球场和工厂，就好像我们所有人的梦啊，最后混合在了一起。

"当阿木尔泪流满面地伏在我耳边，告诉我他们终于找到了一块保证让我满意的沙地时，我用尽了全身的力气，向他挤出了一丝微笑。其实，我早已知道了。巴根给我说的，我快要死了，我终于能看到我死去的亲人们了。他们穿着白色的袍子，巴根、巴音、其其格，他们在冲我微笑。他们向我伸出了手来，在欢迎我与他们的团圆。我说等等啊，再等等。我还有话要对他们说，那是一个我深藏心中太久的秘密。"

你把图雅和阿木尔一起召唤到了自己的嘴边，阿茹娜。你对他们说："我有一件事情要跟你们说。"你每说出一个字，都像是攀越了一座高峰般艰难，阿茹娜。可我帮不上你的忙啊，阿茹娜，我只能祈求长生天，在这困难重重而又实在短暂的人生里，再给你些时间。

你对阿木尔说："你不是想知道为什么我一直不愿让你离开毛乌素吗？现在我告诉你，你不是我们捡来的孩子，你才是依云娜的亲生儿子。当年眼镜抛弃的孩子，其实是个女婴。图雅，你才是眼镜的女儿啊。"

你看着这对姐弟，他们的震惊并没有掀起你内心的一丝波澜，你盼这一天好久了。你说："我不愿让阿木尔离开，是因为毛乌素是你的命，你的责任。可图雅，她应该去美国，她应该自由地选择命运啊……"

你说："我爱你们啊，我的孩子们。我舍不得你们……"

他们都哭了，宏博与老旗长这对冤家，都抱在一起像两个孩子一样痛哭流涕。你想，要是你的死能让这两个老朋友放下金钱带来的仇恨，也是一件功德了。你又看到悲伤至极的图雅终于被麦克揽在了怀中，你想，你早就知道这一天会来了。可爱啊恨啊，你已经不在意了。你用尽了你所有的气力，你全身放松了，舒展了，这一生这一世，像一棵树，每片叶子都是一个瞬间，每个瞬间里都是你，你在笑，你在哭，你在流血，你在爱。现在，这一切都结束了……

"妈妈，你终于来了。"你握住了我的手，你对我说："好久不见啊，其其格。你还是那个七八岁的小姑娘。"如果我的心还在跳动的话，我当时一定脸红了。我想告诉她，其实我们一直陪在她的身边。她给了巴音一个热情的拥抱，她对巴音说："这些年辛苦你了，我的好女婿！现在，我们终于能够好好休息了。"

妈妈终于面对爸爸了，我知道，这些年来他们对彼此的思念比沙漠还辽阔，比黄泉还深邃。这生死之间的壁垒终于被打破了，可他们两个人看着对方，却谁都说不出一句话来。过了好久好久，妈妈终于从这彼此的凝视中说了一句话，人生好美啊！

爸爸说，是啊！

妈妈说，可惜太短了。

爸爸说，是啊……

妈妈被爸爸的傻样逗笑了，现在，他们青春永恒。

人们把阿木尔的外婆葬在了那片沙地里。葬礼结束后，阿木尔兴奋地拉着我的手让我看那棵被烧死的树，我看到了一丝鲜绿的嫩芽从树干上生长了起来。阿木尔对我说："蒙古族讲究人死之后，亲人见到的第一个生灵，便是死者的转生。"

"我外婆转生成了这棵树，它一定会复活的。"阿木尔兴奋极了，"这样，她就能永远地陪伴毛乌素了！"

阳光下，那一抹新绿，就像是一个旅人，在黎明呼吸的第一口空气，

最终章

凯歌

就像是一个孩子，出生后看到的第一缕阳光。

"阿木尔和莉莉分手了。因为阿木尔最终选择了留在这里，他说我死之前跟他说的那个秘密，让他一下子知道了自己将来究竟要干什么。莉莉先是死打活闹，说什么也不愿意离开阿木尔。大家没有办法，只得带着莉莉到我坟前的沙地里种了几天树，她才沉默了。又种了几天树，阿木尔再次提出了分手，莉莉默然接受。她流了一晚上的泪，哭声连我这个刚死了的人都觉得凄凉。我看我自己的追悼会都没那么难过。第二天，阿木尔把莉莉送上了回北京的火车，临开车前，莉莉对阿木尔说：'你别怨我，我很爱你。'阿木尔笑了，说：'我也很爱你，真的真的很爱你。'然后，那鸣响的汽笛像一把剪刀，割断了这段缘。

"阿木尔愣了好半天。回到毛乌素，他都没有休息，直接跑到了我身边，拼命地干活。从白天到黑夜，他用尽了全身的力气，累倒在了我所生长的神树下，竟浑浑噩噩地睡着了……

"他是被天上落下的冰凉雨滴惊醒的。他环顾四周，竟又是天亮。他看到远方一个小小的黑点在向这里奔来，他不敢相信自己的眼睛，然后扔下了手里的工具，向那个朝自己跑来的身影跑去。雨点轻轻地打在我的躯干上，打在毛乌素生长的每一棵树的枝叶上，婆娑的声音在风中广阔而又悠远，两个小黑点在远方越来越近，越来越近……

"然后，阿木尔真的醒了过来，雨已经停了。沙漠还是沙漠，只有他孤零零一个人，像他远古的第一个祖先来到毛乌素时一样。阿木尔摸了摸脸，已被水打湿，他不知这是泪，还是雨。一阵风吹过我的叶子，那沙沙声里，这夜色，竟一下子就凉了下来。"

后　记

一直很佩服像《鼠疫》《白鲸》《失明症漫记》那样的小说，用一个城市或一种地貌去象征人类的某种生存困境，探析人类在此困境中的精神生活。我也想成为这样的小说家，因此我在不断地寻找属于我的故事，最后终于找到了这座沙漠。

这座沙漠真实地存在于我的家乡附近，这些人也真实地存在于已经变绿了的沙漠之中。她们当中有些人依然真实地活着，有些人已经真实地逝去了。

这座沙漠也真实地存在于每个人心中，他们会做的每一个选择在这部小说中的每一个人都已经做过了。我不判断这些选择，我尝试理解。

所以你看到，我通过这座沙漠勾勒出一家普通人在这六十多年的滚滚红尘中的生命体验。他们干了一件非常了不起的事情：把沙漠变成了森林。在我看来，这简直是希腊神话中普罗米修斯和西绪福斯才能达到的英雄境界。也和一只老山羊、一头老狮子在没有人类出没的隐秘之地上要料理好自己的老巢一样了不起。我用我的笔还原了这生命的伟岸，并像赞美普罗米修斯、西绪福斯以及老山羊和老狮子一样赞美这些女人。在这六十多年里，她们也经历了阴谋、背叛、死亡和失败，这些事情每一个英雄和动物也都经历过，这就是我所理解的永恒人性：人是神性和兽性的集合体。我希望，我的笔能让逝去的人安息，让饱受折磨的人获得宁静。

这部小说原本的野心，是用笔让这座沙漠、这个家庭中的每个人都发声。这些声音将组成生命的合唱，以此来印证这六十多年来我们究竟付出了多么大的代价，才让沙漠变成了绿洲。我们的内心是否和我们的外在截然相反，已经荒芜一片？

可写到结尾，我发现这一切都不再重要，人物有其各自的命运，天地也是。小说中的这天这地都远比我这个小说作者的想象还要宽广，人的声音再大，都会被旷野的风吹散，大地归于寂静，唯有女人们种下的万物生生不息。

"时间与人"是我这些年来一直感兴趣的问题，它是这部小说中的一个隐性主题，我也会在接下来的创作中继续探索这个主题中的种种可能性。

感谢在写小说的我，他让我回到了大地之上，灵魂得到了宁静。感谢找到了大地的我，他让一个迷茫的人重新获得了写小说的力量。